Michael Grütering

Der zwölfte Gott

Eine spannende Fantasy & Science-Fiction Geschichte

Impressum

© 2017 Michael Grütering
Herstellung und Verlag:
BoD – Books on Demand, Norderstedt

Bibliografische Information der Deutschen Nationalbibliothek

Die Deutsche Nationalbibliothek verzeichnet diese Publikation in der Deutschen Nationalbibliografie; detaillierte bibliografische Daten sind im Internet über http://dnb.d-nb.de abrufbar.

ISBN 978-3-7431-8220-2

Prolog

Ägypten vor fast 3000 Jahren:
Nicht weit entfernt von seinem Dorf Iteru, dem heutigen Gizeh bei Kairo, stand der alte Mann in der drückenden Hitze der mittäglichen Sonne. Sein langes, vergilbt weißes Gewand, sowie sein geschickt gewickelter Turban schützten seine alte, faltige Haut vor der direkten Sonnenstrahlung, während er wartete. Bei ihm waren seine Frau und seine beiden jungen, erwachsenen Töchter. Gemeinsam harrten sie am Ende einer etwa einhundert Menschen zählenden Schlange und warteten darauf, dass sie die seltsame Höhle betreten konnten, die sich jeden Moment für sie öffnen würde. Es war für den alten Mann selbstverständlich, dass er, als der Dorfälteste, als Letzter durch den Eingang schreiten würde. Sie waren zwar alle freiwillig hier, aber trotzdem spürte er die Unsicherheit der hundert anderen wartenden Dorfbewohner, die seiner Familie und auch seine eigene.

Der alte Mann schaute sich in der Wüste, in der er aufgewachsen war um, bis sein Blick an einer markanten Stelle hängen blieb. Voller Stolz und Wehmut betrachtete er die strahlende Schönheit des vor wenigen Tagen fertiggestellten, gewaltigen Bauwerks, das sich über fünfhundert Meter weit von ihm entfernt in den blauen Himmel streckte. Selbst aus dieser Entfernung wirkte es gigantisch und die völlig glatte Oberfläche aus Tura-Kalkstein reflektierte die Sonne, sodass die Konstruktion zu leuchten schien. Der alte Mann hätte es niemals für möglich gehalten, dass die Erbauung einer solchen Pyramide überhaupt möglich gewesen wäre. Für ihn war sie mit ihren 150 Metern Höhe und 230 Metern Kantenlänge ein absolutes Mysterium. Die Bauherren hatten den rekrutierten Arbeitern die einzelnen Bauschritte erklärt und das notwendige Werkzeug zur Verfügung gestellt. Bei dem Gedanken, dass er dieses fantastische Bauwerk niemals wiedersehen könnte, wurde dem alten Mann schmerzhaft bewusst, dass diese Möglichkeit auch für sein Dorf galt. Er presste seine Lippen fest aufeinander und zwang sich, optimistisch zu wirken.

Auf einmal wuchs eine murmelnde Unruhe in der Menschenschlange und der Dorfälteste erkannte, dass der Eingang zur Höhle nun für sie geöffnet war. Langsam setzte sich der Tross in Bewegung und einer nach dem anderen verschwand ruhig in dem Dunkel hinter der Öffnung. Als sich auch der alte Mann und seine Familie in Bewegung setzten, erinnerte er sich daran, wie die fremden Bauherren der Pyramide nach der Fertigstellung zu ihm kamen, um ihm stellvertretend für alle zum Erfolg zu gratulieren. Gleichsam luden sie ihn und einhundert weitere Dorfbewohner ein mit ihnen zu kommen, um dort, wo sie herkamen, weitere Pyramiden für sie zu bauen. Sie meinten es wäre freiwillig und sie würden dafür mit einem ewigen Leben in Gesundheit und Wohlstand belohnt werden. Jedoch wäre es mit großer Wahrscheinlichkeit für immer, oder zumindest für eine so lange Zeit, dass bei ihrer Rückkehr niemand mehr leben würde, den sie hier zurückließen. Nachdem der alte Mann von seiner Familie eine positive Reaktion und die Bereitschaft zum Mitkommen hatte, waren die übrigen hundert Freiwilligen aus seinem Dorf ebenfalls schnell gefunden. Nun waren sie hier und die Euphorie über das bevorstehende Abenteuer besiegte fast alle aufkeimenden Zweifel.

Mittlerweile war etwa die Hälfte der Leute in dem Höhlengang eingerückt, als plötzlich brummende Geräusche aus dem Inneren des Gebildes, in das sie schritten, kamen. Es waren Laute, die der alte Mann schon kannte und mittlerweile nicht mehr merkwürdig fand. Als die fremden Bauherren das erste Mal zu ihnen kamen, war das noch anders: abnorm, laut und Angst einflößend. Doch schnell stellten sich die Fremden als freundlich und hilfsbereit heraus. Der alte Mann war begeistert von ihrem scheinbar unbegrenzten Wissen und freute sich, dass sie die Dorfbewohner in Schrift, Sprache und Mathematik unterrichteten und ihnen den Umgang mit Werkzeugen beibrachten.

Schließlich waren fast alle in den dunklen Gang hineingegangen. Der alte Mann streichelte seiner zweiten Tochter, die als Vorletzte hineinging, aufmunternd über den Kopf. Abschließend schaute er noch einmal in den blauen Himmel, bewusst die Sonnenstrahlen spürend, blinzelte zur Pyramide und zu seinem Dorf hinüber und schaute auf seine mit ledernen Sandalen bekleideten Füße, die im staubigen Sand der Wüste ruhten. Ein aufkeimendes Vibrieren, das von dem künstlichen Gebilde ausging, in das sie hineingingen, ließ die Fußspuren der einhundert Freiwilligen verschwinden.

Der alte Mann atmete ein letztes Mal den Sauerstoff seiner Heimat ein und machte einen Schritt vom Sand auf den metallischen, mit merkwürdigen Mustern versehenen Boden der Höhle. Er kannte das Gefühl von Sand, Stein, Gras oder Matsch unter seinen Sandalen, aber dieser Boden fühlte sich neu für ihn an. Er folgte weiter vorsichtig dem Gang, als es plötzlich dunkler um ihn herum wurde. Er drehte sich um und bemerkte, dass sich die Öffnung hinter ihm als Letzten von alleine zischend wieder schloss.

1

Professor Doktor Neumann war nervös. Der kleine, weißhaarige Mann rückte zum wiederholten Male ungeduldig seine runde Nickelbrille auf der Nase zurecht, obwohl sie eigentlich perfekt saß. Das war ein Spleen, der sich immer dann bei dem fast sechzigjährigen Mann zeigte, wenn er aus den verschiedensten Gründen fahrig wurde oder aufgeregt war. Dieses Mal stand er mit seinen Kollegen kurz vor dem alles entscheidenden Experiment. Eigentlich gab es keinen Grund zur Nervosität, denn alle vorangegangenen Tests waren bisher ausnahmslos positiv verlaufen. Doch nach diesem letzten Versuch wäre es an der Zeit gewesen, die Ergebnisse zu veröffentlichen.

Seit fünf Jahren leitete der Physikprofessor Horst Neumann das deutsche Forschungsinstitut für angewandte Physik ´Science-Lab`, das einsam in einem Waldgebiet bei Walldorf in Baden-Württemberg lag. Schon bevor er die Leitung feierlich übertragen bekam, war dort seit seiner Promotion vor rund dreißig Jahren sein Arbeitsplatz. Aber erst unter seiner Führung hatte diese mittlerweile renommierte Forschungsanstalt einige bahnbrechende Entdeckungen und Erfindungen der Weltöffentlichkeit präsentieren können. Aktuell machte eine Abteilung zum Beispiel große Fortschritte bei der Antigravitation, wobei es sich um ein Transportsystem handelte, mit dessen Hilfe man tonnenschwere Gegenstände allein mit Muskelkraft bewegen konnte. Einer anderen Abteilung gelang es erstmalig, ein komplettes Wasserstoffatom in einen benachbarten Raum zu teleportieren, was den Anfang einer visionären Reisemöglichkeit bedeutete. Jedoch war keines der Forschungsprojekte soweit fortgeschritten wie dieses. Was Professor Neumann und sein Team, bestehend aus drei Doktor-Kollegen und zwei sehr ehrgeizigen Studenten, hier entwickelt hatten, würde die Welt für immer verändern. Neumann rechnete diesmal fest mit dem

Nobelpreis.
Die Uhr an der Laborwand zeigte in digitalen Ziffern 02:09 Uhr an. Der kleine Apparat war eingeschaltet und lief perfekt. Erfahrungsgemäß dauerte es nur wenige Sekunden, bis sich das Gerät selbstständig auf die notwendigen Parameter einstellte. Und tatsächlich: Das aus zahlreichen Tests und Versuchen bekannte, unterschwellige Summen trat auf und in wenigen Augenblicken würde das unwirkliche Feld initiiert werden. Doch bevor es dazu kam, gab es irgendwo im Gebäude einen dumpfen Knall, begleitet von einem kompletten Stromausfall. Bis auf das fahle Mondlicht, das durch das Fenster schien, war es nun dunkel und wieder still. Das Gerät in Neumanns Hand funktionierte noch. Es wurde nicht von einer externen Stromquelle gespeist, sondern lief über einen Nuklearakku, der eine ununterbrochene Laufleistung von etwa fünfundzwanzig Jahren gewährleistete. (Auch eine geheime Entwicklung von Science-Lab). Aber ohne Licht im Labor und ohne Monitore zur Überwachung entschieden sie sich zum Abbruch. Neumann schaltete die handliche Erfindung aus und ließ sie im Stand-by-Modus in seine Brusttasche gleiten.
Plötzlich passierte etwas Unglaubliches. Die zehn Zentimeter dicke, stählerne Labortür erhellte sich und wurde kristallartig durchsichtig. Immer heller und klarer, bis sie in einer dumpfen, aber heftigen Detonation explodierte. Die Wucht der Druckwelle erfasste den Professor und seine Mitarbeiter und schleuderte sie durch den Raum. Neumann prallte hart mit dem Rücken gegen ein Bücherregal und fiel zu Boden. Von dutzenden Büchern halb begraben, spürte er sofort den stechenden Schmerz einer gebrochenen Rippe in seinem Brustkorb. Mit schmerzverzerrtem Gesicht schaute er in die Richtung der Labortür. Er suchte in seinem Verstand nach rationellen Antworten auf das, was er dort sah: In dem flackernden Licht kleinerer Feuer, die im Labor loderten, erblickte er drei offensichtlich nicht menschliche Wesen, die langsam schlurfend den Raum betraten. Keiner von ihnen war kleiner als zwei Meter und ihre Silhouetten glichen nichts, das

er je zuvor gesehen hatte. Zwei von ihnen trugen fremdartige, waffenartige Geräte, von denen sie erbarmungslos Gebrauch machten. Seine Kollegen, die von einem daraus abgefeuerten Energiestrahl getroffen wurden, konnten nicht mal schreien. Sie erstarrten augenblicklich und wurden durchsichtig. Schließlich platzten diese Statuen auseinander und Neumann erkannte: Es war Eis! Geistesgegenwärtig rappelte er sich auf und hechtete hinter eine Computerkonsole, wo die gebrochene Rippe einen weiteren Schmerzimpuls durch seinen Körper schickte. Gepeinigt schrie Neumann auf. Sofort wurde sein Versteck durch einen Energiestrahl getroffen, sodass es ebenfalls durchsichtig wurde und in Millionen kleiner Eisstücke zerplatzte. Das blanke Entsetzen machte sich bei Neumann breit. Ihm blieben nur noch wenige Augenblicke, bis er das Schicksal seiner Kollegen und das der Computerkonsole teilen würde. Die Fremden standen fünf Meter von ihm entfernt und zielten auf ihn. Panisch rannte er auf das einzige Fenster zu, das dem Labor am Tage Sonnenlicht spendete. Er hörte einen der Angreifer unverständliche Worte schreien, dann schrillte die Waffe eines der Monster los und traf Neumann am linken Arm. Im Laufen starrte er auf seine Hand, die bis zur Mitte des Unterarms zu Eis geworden war. Es brannte wie Feuer. Neumann schrie erneut auf und wollte seinen Arm schützend an sich drücken, doch dabei brach der Arm ab, fiel zu Boden und zerplatzte ebenfalls in unzählige kleine Stücke. Aus dem puren Fluchtgedanken heraus nutzte er seinen Schwung und sprang mit der Schulter voraus durch das geschlossene Laborfenster des ersten Stockwerks. Die Glasscheibe zerbarst in einem lauten Klirren und zwei Sekunden später krachte der Professor hart auf den gepflegten Rasen des Forschungsinstituts. Schwer atmend und aus zahlreichen Schnittwunden blutend, lag Neumann auf dem Rasen. Sein gesamter Körper war eine einzige Agonie. Nach ein paar Sekunden übermannte ihn erneut der Fluchtinstinkt, sodass er sich voller Adrenalin aufrappelte, und sich hinter einen dichten Busch schleppte, wo er sich versteckte. Von hier konnte er das Gebäude

beobachten. Er starrte schnaufend zu dem zerbrochenen Fenster hinauf, wo er niemanden entdeckte. Dann blickte er an sich herab. Sein ehemals weißer Kittel war größtenteils blutverschmiert und der Stumpf seines fehlenden Armes schmerzte pochend bei jedem Herzschlag seines rasenden Pulses. Erst jetzt realisierte er, dass er sich beim Sturz aus dem Laborfenster offenbar den Fuß gebrochen hatte. Auch diese Schmerzen waren kaum zu ertragen.
„Ich muss weg" keuchte er.
Er humpelte so schnell er konnte vom Gebäude weg. Mit unbändigem Überlebenswillen kletterte er mühsam über den Zaun, der das Institut einfriedete, und schleppte sich scheinbar unbeobachtet durch den angrenzenden Wald. Es ging ihm von Minute zu Minute schlechter. Blut tropfte auf den Boden. Schließlich trat er aus dem Geäst auf eine unbeleuchtete Straße, die sich durch den Wald schlängelte.
"Toni", fiel es ihm ein, als er die Straße erkannte. Er dachte dabei an eine kleine, 24 Stunden geöffnete Tankstelle, die sich etwa einen halben Kilometer die Straße rauf befand. Müde und schwindelig durch den Blutverlust kämpfte er Schritt für Schritt gegen seinen Schweinehund an, der ihn ständig zur Aufgabe überreden wollte. Aber er widerstand der inneren Stimme und erreichte schließlich die kleine Tankstelle, bei der er sich manchmal einen Schokoriegel und eine Zeitung besorgte.
Bei den Zapfsäulen und auf dem Parkplatz war niemand zu sehen. Auf der rechten Seite der Parkfläche standen lediglich zwei Fahrzeuge: ein blauer Chevrolet Blazer und ein kleiner, roter Nissan Micra. Durch das große Fenster des Tankstellengebäudes konnte er den Kassierer erkennen. Außer ihm waren dort noch zwei Männer, die an einem Stehtisch standen und sich angeregt unterhielten.
Plötzlich wurde Neumann schwarz vor den Augen. Sein Bewusstsein schien sich endgültig zu verabschieden, aber kurz bevor ihm die Beine wegsackten, kam ein kleiner Rest seines Überlebenswillens zurück. Wie in Trance bewegte er sich zu dem Auto hin, das ihm am nächsten war. Er wusste instinktiv,

dass er es nicht mehr bis zu den Männern im Gebäude schaffen würde, und Schreien war wegen mangelnder Kraft auch kein Thema mehr. Er griff zur Beifahrertür des Chevrolets und hatte ein letztes Mal in seinem Leben Glück: Die Tür ging auf. Er nahm die Erfindung aus seiner Brusttasche und legte sie in das Handschuhfach. Im nächsten Moment hörte er hinter sich ein schlurfendes Geräusch. Mühsam drehte er sich herum und starrte in die sechs unheimlichsten Augen, die er je gesehen hatte. Ihre Sprache verstand er noch immer nicht, aber dafür konnte er die drei Fremden hier viel besser erkennen als vorher im Labor. Sie waren nur mit einem Lendenschutz bekleidet, hatten eine grünschwarze, fischig schuppige Haut, Schwimmhäute zwischen ihren vier Fingern und große, runde Glubschaugen. Zwei von ihnen waren mit den ihm schon bekannten Kältestrahlern bewaffnet, während der dritte ein golden glitzerndes Schwert aus Perlmutt in der Hand hielt. Horst Neumann sackte auf die Knie. Die Wesen kamen ihm turmhoch vor, während der größte Turm mit seinem Kältestrahler auf ihn zielte.

2

Bret Mulligan beobachtete mit müden Augen den Mittelstreifen der Autobahn. Der fünfundzwanzigjährige Geologie-Student war gebürtiger Amerikaner, lebte jedoch schon seit fünfzehn Jahren in Deutschland. Mit seiner großen, sportlichen Statur und seinen strohblonden, gelockten Haaren, hielt ihn jeder, der ihn zum ersten Mal traf, für eine Person aus dem skandinavischen Raum.
Im Scheinwerferlicht seines Autos wirkte das Wechselspiel zwischen den weißen Mittelstreifen und der stets folgenden Lücke fast hypnotisch auf ihn. Die Autobahn Nr.5 war um kurz vor zwei Uhr in der Nacht ziemlich leer. Wegen der fehlenden Unterhaltung war ihm furchtbar langweilig und er hatte stark mit seiner Müdigkeit zu kämpfen. Die Rückfahrt dauerte nun schon fast zwei Stunden und einige Male waren ihm bereits die Augen kurz zugefallen. Nach jedem Einnicken gab er sich selbst eine Ohrfeige, um wieder klar zu werden, doch der Effekt hielt jeweils nur wenige Sekunden an. Das Radio schwieg ebenfalls. Es funktionierte schon seit einem halben Jahr nicht mehr. Sein Onkel hatte ihm zu seinem Geburtstag fünfhundert Euro geschenkt. Zusammen mit seinen mühsam angesammelten Ersparnissen hatte er sich den elf Jahre alten, blauen Chevrolet Blazer für zweitausend Euro bei einem Händler gekauft, der auf den Import von amerikanischen Fahrzeugen spezialisiert war. Bei der Probefahrt funktionierte das Radio mit integriertem CD-Spieler noch einwandfrei. Es hatte einen tollen Klang. Voller Vorfreude hatte Bret sich extra eine CD mit seinen Lieblingssongs zusammengestellt.
„Hätte ich die blöde CD bloß nie da rein geschoben", flüsterte er vor sich hin und dachte daran, dass weder das Radio, noch der CD-Spieler seit diesem Moment einen Ton von sich gab, und die eingeschobene CD unerreichbar gefangen war.
Von seinem Freund und Kommilitonen war auch keine

Ablenkung zu erwarten. Der rothaarige, mit Sommersprossen übersäte Peter Tenner schlief tief und fest auf dem quietschenden Beifahrersitz und schnarchte leise vor sich hin. Der Vierundzwanzigjährige hatte sich am Abend mindestens einen Cocktail zu viel gegönnt. Schließlich hatte er das Auslosen gewonnen, bei dem es darum ging, wer auf dem Heimweg fahren müsste. Bret verdrehte die Augen, als er daran dachte, wie oft Peter bei solchen Entscheidungen schon Glück gehabt hatte. Peter hatte das längere Streichholz bei der Wahl des Schlafzimmers ihrer gemeinsamen Dreizimmer-WG gezogen und hatte somit das größere Zimmer. Peter hatte ferner beim Schere-Stein-Papier-Spiel gewonnen, als es darum ging, wer als Erstes die hübsche Nachbarin aus der Wohnung unter ihnen um ein Date bitten durfte. Und da eine Woche ja bekanntlich aus sieben Tagen besteht, ist es nicht schwer zu erraten, wer nur dreimal pro Woche spülen oder aufräumen muss. So ging das schon, seit sie als Freunde in der Grundschule und auf dem Gymnasium in die gleiche Klasse gingen, und es setzte sich jetzt, da sie in Heidelberg zusammen studierten und wohnten, genauso fort.
In Bret schrie die Vernunft nach einer Pause, außerdem verspürte er große Lust auf eine Tasse heißen Kaffee. Er erinnerte sich an eine kleine Tankstelle, die hier in der Nähe etwas abseits von der Autobahn lag. Sie hatten bis nach Hause noch etwa vierzig Minuten Fahrt vor sich und er wusste, dass auf ihrem Weg kein weiterer Rastplatz mehr kommen würde. Also entschied er sich für den Stopp und fuhr von der Autobahn runter. Wenig später bewegte sich der Wagen auf einer Landstraße durch ein Waldgebiet. Bret rüttelte an Peters Schulter.
„Was ist denn los?", stöhnte Peter, noch immer leicht alkoholisiert lallend. „Sind wir etwa schon da?"
„Nein, aber ich brauche dringend eine Kaffee-, Frischluft- und Toilettenpause."
Peter rieb sich die Augen und horchte kurz in sich hinein.
„Klingen alle drei gut, ich bin dabei. Oh Mann, bei mir dreht sich noch alles. War aber auch eine tolle Party, oder? Schade

nur, dass du nichts trinken konntest. Da gab es echt klasse Cocktails."
Bret kniff die Augen zu Schlitzen zusammen.
„Halt bloß die Klappe, Glückspilz. Nächstes Mal fährst du."
„Aber nur wenn *du* die höhere Zahl würfelst", lachte Peter.
Vier Minuten und einige Sticheleien später lenkte Bret den Wagen auf das Tankstellengelände. Ein großes, verwittertes Schild ragte über allem:
„*Toni´s Tank und Rast – 24 Stunden*".
Es war jetzt kurz nach zwei Uhr. Bret parkte den Wagen direkt neben einen roten Nissan. Der kleine Japaner wirkte im Vergleich zu dem bulligen Chevrolet wie ein Spielzeugauto. Bret schaltete den Motor aus, der sich mit einem leisen Zischen dafür bedankte, und verließ mit Peter zusammen den Wagen. Er öffnete die Heckklappe, um aus seiner Reisetasche etwas Geld zu holen. Der Kofferraum war voll beladen mit Survival Equipment, bestehend aus einem Zelt, Schlafsäcken, Taschenlampen, zwei Reisetaschen mit Klamotten, Kletterzeug wie Seile, Gurte und Abseilrollen. Außerdem hatten sie noch zwei komplette Taucherausrüstungen und ein GPS-Gerät fürs Geocaching dabei.
Das war seit vielen Jahren ihr großes Hobby. Wann immer sie Zeit hatten, was momentan durch ihr Studium leider viel zu selten der Fall war, fuhren sie in die Berge, um zu klettern oder zu tauchen und zu campen. Schon als sie noch Kinder waren, haben sie jeden Sommer zusammen bei den Pfadfindern im Zeltlager verbracht. Mit siebzehn Jahren haben sie bereits eigene Trekking-Touren in die Alpen gemacht, wo sie Erfahrungen und Erlebnisse gesammelt haben, die sie tief freundschaftlich zusammenschweißten. Auch jetzt waren sie auf dem Rückweg von einer großen Bergtour. Dank der Semesterferien hatten sie die komplette Woche zuvor zeltend in den Schweizer Alpen, in der Nähe von Interlaken verbracht. Nach zahlreichen Kletter- und Wandertouren sind Peter und Bret vor zwei Tagen zurück Richtung Deutschland gefahren. Aber nicht nach Hause, sondern erst nach Basel, wo sie der Einladung eines Kletterkumpels zu einer Party gefolgt sind.

Nach einer Übernachtung bei ihm fand am nächsten Abend die Feier statt, bei der nicht weniger als fünfzig Leute anwesend waren, und die Wohnung nahezu ruinierten. Gegen Mitternacht haben sich Bret und Peter dann vom Gastgeber und den Partygästen verabschiedet und sind losgefahren.

3

01:53 Uhr in der Nacht.
Gerald Erwin Adalbert Frisbee, den jeder nur vereinfacht 'Gary` nannte, las wie jede Nacht die Zeitung des abgelaufenen Tages. Hier konnte er das in aller Ruhe tun. Er liebte seine Stellung als Nachtwächter bei *Science-Lab* und er war stolz auf die Uniform mit seinem eigenen Namensschild auf der Brust.
Der dunkelhaarige, hagere Sohn aus gutem Hause, seine deutsche Mutter war Lehrerin, sein australischer Vater Urologe mit eigener Praxis, hatte mit seinen dreiunddreißig Jahren schon viele Jobs ausprobiert, nachdem er damals das Abitur abgebrochen hatte. Als Wurstverkäufer im Frankfurter Fußballstadion wurde er entlassen, weil er zu viele Würstchen hat fallen lassen, sodass sie ihn, wie schon in der Schulzeit, 'Tollpatsch` schimpften. Er war auch schon als Autoeinparker an dem vornehmen 5-Sterne-Hotel seines Onkels beschäftigt, doch nachdem er zwei Nobelkarossen beim Ausparken beschädigt hatte, nannte sein Onkel ihn 'Nichtsnutz` und auch diese Anstellung war beendet. Er hatte es als Tierpfleger und als Jugendbetreuer versucht, wo er wegen seiner Allergien und seiner Angst vor großmäuligen Teenagern nach ein paar Tagen freiwillig wieder aufgab. 'Angsthase` und 'Weichei` waren hier die gängigsten Abschiedsgrüße. Wie ein roter Faden zogen sich diese und ähnliche enttäuschende Erfahrungen durch das Leben des ängstlichen Einzelgängers.
Aber dieses Mal glaubte er seinen Traumjob gefunden zu haben, bei dem alles, was ihm wichtig war, stimmte. Es war eine ruhige Stelle ohne komplizierte Aufgaben, und es gab weder Tiere noch Jugendliche, die ihn hänselten. Das Institut wurde offiziell um zwanzig Uhr geschlossen. Ganz selten waren ein paar von diesen kauzigen Kittelträgern nach Dienstschluss noch im Gebäude. Gary wusste nicht genau, was sie in den Laboratorien des Instituts taten, es interessierte

ihn aber auch nicht. Wenn sie endlich nach Hause gingen, schloss er ihnen die große Glastür in der Empfangshalle auf und verriegelte sie hinter ihnen wieder. Darüber hinaus bestand seine Aufgabe darin, sechs flimmernde Monitore zu beobachten, auf denen meist leere Flure zu sehen waren. Bei ungewöhnlichen Ereignissen sollte er ´*nicht den Helden spielen und die Polizei rufen*`, so Professor Neumann bei Garys Einweisung. Das nahm Gary sehr ernst und hatte die Nummer der örtlichen Polizeidienststelle auf seinem Telefon an erster Stelle der Kurzwahltasten programmiert. Für den täglichen Dienst hatte er sich sehr schnell ein beständiges Ritual angewöhnt:
Nach seiner Schicht, die von achtzehn Uhr bis sechs Uhr morgens ging, fuhr er nach Hause in seine kleine Wohnung. Dort aß er etwas und schlief anschließend bis vierzehn oder fünfzehn Uhr. Eine Junggesellenmahlzeit und ein paar TV-Stunden später machte er sich um siebzehn Uhr dreißig wieder auf den Weg zur Arbeit. Bei Toni´s Tankstelle holte er sich noch eine Zeitung, die er sich jeden Tag zurücklegen ließ, um dann endlich wieder auf dem bequemen Drehstuhl Platz zu nehmen, der in der Mitte des halbrunden Empfangschreibtisches stand. Gary hatte sich sehr an diesen Rhythmus gewöhnt und er war froh, wenn es keine Abweichungen gab. Bis zu diesem Tag wurde sein Wunsch respektiert.

Gary studierte gerade die Fußballergebnisse im Sportteil der Zeitung, als er ein seltsames Summen wahrnahm. Gary blickte aus seiner Zeitungswelt hoch und stutze. Das Geräusch war etwa so laut wie ein Radio, das man beim Hausputz leise im Hintergrund mitlaufen lässt. Er konnte nicht sagen, aus welcher Richtung es kam. Es schien von überall zu kommen, und gleichzeitig glaubte er, mitten im Zentrum seines Ursprungs zu stehen. Die Zeitung verlor nun endgültig ihren Reiz und wurde beiseitegelegt. Gary kontrollierte die Monitore, auf denen aber nur die gewohnten, leeren Flure schwarzweiß zu sehen waren. Gary zuckte mit den Schultern

und beschloss das Geräusch zu ignorieren. Im gleichen Moment wurde es schlagartig lauter und einige Oktaven höher, sodass Gary seine Hände schützend gegen die Ohren pressen musste. Nur zwei Sekunden später verstummte das unerträgliche Summen komplett und mitten in der Empfangshalle schwebte eine grell leuchtende Kugel in einem Meter Höhe, die etwa so groß war wie ein Basketball. Langsam nahm Gary seine Hände wieder runter.
„Was zum Teufel...?", flüsterte er und kniff geblendet die Augen zusammen. Er hatte als Kind mit anderen Kindern um Süßigkeiten gewettet, wer ohne Schutz länger in die Sonne schauen konnte, ohne zu blinzeln, oder wegzuschauen. Daher wusste er jetzt mit Gewissheit, dass dieses Licht heller war, als unser Stern es jemals sein könnte. Allerdings strahlte es keinerlei Wärme ab. Nach einigen Augenblicken fing die Leuchtkugel langsam an zu wachsen. Gary erwachte aus seiner Faszination und Neugierde wurde zu Angst. Die war ihm ins Gesicht geschrieben und er spürte, dass er sich in großer Gefahr befand. Das Licht schwebte wachsend zwischen seinem Schreibtisch und dem gläsernen Haupteingang. Gary wollte aus dem Gebäude raus, bevor das grelle Ding ihm endgültig den Weg versperrte. Er rannte hektisch los. Als er genau neben dem Licht war, erkannte er, dass es sich nicht um eine Kugel, sondern um eine flache Scheibe handelte. An dem Haupteingang angekommen drückte er gegen die Tür, doch sie öffnete sich nicht. Panisch rüttelte er am Griff, bis er sich erinnerte, dass die Tür abgeschlossen war. Zitternd suchte er in seinen Taschen nach dem Schlüsselbund, fand ihn aber nicht. Die Scheibe hatte mittlerweile einen Durchmesser von anderthalb Metern und dehnte sich weiter völlig geräuschlos aus. Das grelle Licht erhellte den Platz vor dem Gebäude und warf Garys Schatten wie einen langen schwarzen Teppich auf die Pflastersteine. Dann erinnerte er sich, dass sein Schlüsselbund auf dem Schreibtisch unter der Zeitung lag. Er traute sich jedoch nicht noch einmal an der wachsenden Scheibe vorbeizugehen. Verzweifelt trommelte er so fest er konnte gegen das Sicherheitsglas des Haupteinganges. In dem

Moment, als die leuchtende Scheibe den Boden berührte und einen Durchmesser von zwei Metern erreichte, löste sie sich in einem kurzen, blendenden Blitz auf. Gary schaute erneut hin und sah an ihrer Stelle drei riesige Wesen mit grünschwarzer und schuppiger Haut, die mit dem Rücken zu ihm vor dem Schreibtisch standen. Eine der Gestalten hatte auf dem nackten Buckel ein Schwert in einer Scheide. Die anderen besaßen fremdartige gewehrähnliche Waffen. Langsam drehten sie sich zu dem vor Angst erstarrten Gary um.

4

Bret nippte an seiner Tasse. Er konnte heiße Getränke nicht so schnell trinken wie Peter, der seinen Kaffee schon geleert und sich danach eine Cola, sowie einen Donut gegönnt hatte. Nach der kleinen Mahlzeit ging es ihm viel besser.
„Trink mal schneller, damit wir nach Hause kommen. Mein Bett wartet auf mich", sagte er schelmisch.
Bret, der Peters ironische Worte nicht verstand, verdrehte die Augen.
„Mensch, du hast doch schon im Auto fast zweieinhalb Stunden geschlafen, wie kann man da noch so große Töne spucken? Wenn einer von uns müde ist, dann bin ich das."
Sie standen in der Tankstelle an einem kleinen Stehtisch in einer Ecke. Bret war sehr froh über die Koffeinpause.
„Noch fünf Minuten und ich wäre schlafend gegen den nächsten Baum gerast."
„Schlafend zu sterben ist nicht das schlimmste Schicksal", lachte Peter.
Einige Schlucke später war auch Brets Tasse leer. Nach Peters spöttischem Applaus schlappte Bret zum Kühlregal und wollte sich ebenfalls noch eine Flasche Cola holen. Peter hatte jedoch die letzte Flasche gehabt, sodass Bret mit einer ´Light` Version vorlieb nehmen musste.
Er schaute auf seine Uhr, deren Zeiger mittlerweile auf kurz vor halb drei vorgerückt waren.
„Lass uns endlich weiter fahren."
Peter nickte zustimmend.
Sie bezahlten ihre Rechnung beim wortkargen Kassierer, der wie ein Hippie aus den sechziger Jahren aussah, und verließen das Tankstellengebäude. Als Peter die Beifahrerseite des Chevrolets erreichte, stutzte er verblüfft.
„Oh, ich glaube der Kühler von deinem Auto ist kaputt."
Er stand mitten in einer großen Pfütze, die sich unter und neben dem Auto gesammelt hatte und durch Risse im Asphalt

als kleines Rinnsal zur Straße floss. An allen anderen Stellen der Tankstelle war es trocken.
„Blödsinn!", motzte Bret und huschte um seinen Wagen herum zur Beifahrerseite. Er war ein wenig besorgt, wo sollte er um diese Uhrzeit einen neuen Kühler her bekommen?
„Vielleicht hat sich nur ein Schlauch gelöst", hoffte er, als er Peter in der Lache stehen sah. „Zum Glück sind wir ja an einer Tankstelle."
Er ging zum Vorderreifen und kniete sich so hin, dass er den Motor von unten sehen konnte. Doch hier war alles trocken. Bret runzelte die Stirn und schaute sich kniend um. Da entdeckte er etwas Kleines, Weißes direkt neben seinem Knie. Er hob es auf, betrachtete es und sagte beruhigend zu Peter: „Eis! Hier hat jemand einen Haufen Eiswürfel ausgeschüttet." Erst jetzt bemerkte er, dass im Umkreis noch weitere kleine Eisstückchen lagen. Erleichtert stand er auf und lachte.
„Eine Panne hätte uns noch gefehlt."
Auch Peter grinste und öffnete die Beifahrertür, woraufhin Brets Lachen schlagartig erstarrte.
„Ich habe doch noch gar nicht aufgeschlossen", sagte er entsetzt.
Er rannte um den Van und zog an dem Griff seiner Tür, die sich ebenfalls öffnen ließ.
„Verdammt, ich habe vorhin vergessen abzuschließen, weil ich noch mal am Kofferraum war, um das Geld zu holen."
„Ist doch egal, Mann. Deine Karre ist ja noch da. Auch Diebe haben scheinbar Geschmack", zog Peter seinen Freund auf.
Sie schauten gemeinsam nach ihrem Equipment und stellten grob fest, dass nichts fehlte. Erleichtert stiegen sie ein und Bret fuhr los. Beim Abbiegen vom Rastplatzgelände auf die Straße fuhr er unbemerkt mit dem linken Vorderreifen über einen größeren Eisklumpen, der aussah wie ein durchsichtiger Schuh, in dem noch ein ebenfalls durchsichtiger Fuß bis zum Knöchel steckte. Im Innenraum hörten die beiden nur ein leises Knacken, als er durch das Gewicht des Autos zerplatzte.

5

Peter und Bret hatten die Tankstelle seit zehn Minuten hinter sich gelassen. Bret hatte sich entschlossen, die restlichen zwanzig Kilometer über Landstraßen zu fahren. Er war jetzt bei Weitem nicht mehr so müde wie vor der Koffeinpause und auch Peter war jetzt wieder einigermaßen fit. Sie unterhielten sich angeregt über die kommenden Wochen, in denen einige wichtige Prüfungen anstanden. Sie waren für das dritte Semester an der ´Ruprecht-Karls-Universität` in Heidelberg als Geologie Studenten eingeschrieben und stolz darauf, gemeinsam an der ältesten Universität Deutschlands zu studieren.
„Ich muss für den Semester-Test am Donnerstag auf jeden Fall noch einiges lesen", meinte Bret.
„Ich auch", stimmte Peter zu. „Wenn die letzte Woche in der Schweiz nicht so schön gewesen wäre, hätte ich jetzt sogar ein schlechtes Gewissen, dass wir uns so schlecht vorbereitet haben. Aber so viel Zeit wie du denkst haben wir nicht mehr. Der Test steht schon am Mittwoch an."
Bret schüttelte den Kopf. Er war sich ziemlich sicher, was den Prüfungstermin anging, aber er wollte es genau wissen.
„Hol mal bitte mein Handy aus dem Handschuhfach. Da drin sind alle meine Termine gespeichert. Dann siehst du ja, wer Recht hat. Du musst nur die Kalenderfunktion öffnen und…"
„Ich weiß schon wie man ein Handy benutzt, Nervensäge", unterbrach Peter seinen Freund.
Er öffnete das kleine Fach über seinen Knien und schaute hinein. Neben diversem Papierkram und einer ungeöffneten Packung Erdnüssen, die er sofort auf seinen Schoß legte, befand sich darin außer Brets Smartphone noch ein zweites Gerät.
„Warum hast du denn zwei Handys dabei? Etwa eins für jede Freundin? Und ich dachte du wärst im Moment solo."
Bret legte die Stirn in Falten.

„Wovon zum Teufel redest du? Ich besitze nur ein Handy. Du weißt doch wie es aussieht."
„Na klar, aber wem gehört dann das hier? Sieht ziemlich neu aus."
Peter holte ein kleines schwarzes Gerät aus dem Handschuhfach. Es sah von Form und Größe tatsächlich wie ein modernes Smartphone aus. Es hatte keinen Knopf, oder Schalter an der Hülle, sondern nur einen schwarzen Bildschirm. Peter berührte den Touchscreen mit dem Zeigefinger, woraufhin der Bildschirm weiß aufhellte. Nach einem flinken Wischer mit dem Finger über das Display nach rechts war das Gerät entsperrt. Vor dem hellblauen Hintergrund des Bildschirms waren nun zwanzig gleichförmige Icons in fünf Vierrerreihen zu sehen, die alle einen unterschiedlichen Farbton hatten.
„Was sind denn das für seltsame Apps auf deinem Handy?", fragte Peter stirnrunzelnd. „Hier sind ja nur einfarbige Icons drauf."
„Hä? Was hast du denn da?", war nun auch Brets Neugierde geweckt. Er lockerte seine Konzentration von der Straße etwas und schaute mehrmals zu Peter hinüber. Schließlich meinte er kühl: „Dieses Ding habe ich noch nie gesehen, das ist nicht mein Handy. Ruf mich doch mal damit an, um zu prüfen, ob es funktioniert."
Peter nickte zustimmend, realisierte jedoch schnell, dass es keine typische Telefon-App gab, die bei manchen Modellen zum Beispiel als grüner Telefonhörer stilisiert waren. Kurzentschlossen tippte Peter auf das grüne Icon in der untersten Zeile, was für ihn die logischste Wahl war. Tatsächlich öffnete sich dadurch ein Ziffernblock mit einer auffallend großen Taste darunter, auf der ein Omega-Symbol zu sehen war. Peter tippte rasch die Zahlen ein. Er hat seinen Kumpel oft genug angerufen, sodass er die Zahlenfolge auswendig kannte. Anschließend hielt er das fremde Gerät locker in seiner Hand, die auf seinem rechten Bein ruhte, und beobachtete gespannt Brets eigenes Handy, das noch immer im geöffneten Handschuhfach lag. Doch es klingelte nicht. Er

führte den Apparat an sein Ohr, um zu hören ob es tutete. Dabei fiel ihm auf, dass es überhaupt keine Öffnung zum Hören oder Sprechen gab. Sein Blick wanderte wieder auf den Bildschirm. Brets Telefonnummer und der Ziffernblock waren verschwunden. Stattdessen war dort nun das Wort ´Scopus` über der Omega-Taste zu lesen.

„Ich glaube, das ist gar kein Handy. Das Ding hat ja noch nicht mal ein Mikrofon. Hier steht jetzt so ein merkwürdiges, ich glaube lateinisches Wort. Vielleicht hat uns ja jemand eine Bombe ins Auto geschmuggelt."

Beide mussten lachen. Bret richtete seine Aufmerksamkeit nun noch mehr auf Peters Interaktion mit dem fremden Gegenstand. Er musste dabei aufpassen nicht von der Straße abzukommen und reduzierte die Geschwindigkeit.

„Drück doch mal auf die große Taste", empfahl er.

Leicht zögernd drückte Peter auf das Omega-Symbol. Augenblicklich wechselte erneut die Anzeige. Peter las den neuen lateinischen Schriftzug laut vor:

„*iussa facere*..."

6

In einem stockdunklen Raum erwachte jemand aus einer traumlosen Ohnmacht. Er schlug die Augen auf und sah nichts außer schwarzer Unendlichkeit. Sein ganzer Körper schmerzte fürchterlich und fühlte sich völlig steif an. Seine Kleidung war klatschnass und er fror wie im Schnee ohne Kleidung. Er lag mit dem Rücken auf einem harten Boden. Beim Versuch sich aufzurichten hatte er das Gefühl, dass seine Beine ihm nicht mehr gehören würden. Nur sehr langsam gehorchten sie ihm. Gary Frisbee stöhnte laut auf und rieb sich langsam die Stirn um die unerträglichen Kopfschmerzen zu vertreiben. Dabei lösten sich einige Eisreste von seinen Haaren und rieselten als Eisstaub zu Boden. Er versuchte sich zu konzentrieren und erinnerte sich an die grelle Scheibe im Foyer und an die drei Gestalten, die aus ihr heraus traten. Panisch sprang Gary auf. Ein stechender Schmerz durchfuhr ihn und blieb als pulsierende Qual.
„Die haben auf mich geschossen", schrie er in die Dunkelheit. Das war das Letzte, woran er sich erinnern konnte. Er tastete über seine kalten, nassen Kleider. „Scheint noch alles dran zu sein".
Er versuchte sich zu beruhigen, aber sein Puls raste weiter. Er wusste nicht, wo er sich befand. Mit ausgestreckten Armen bewegte er sich vorsichtig in eine Richtung. Nach vier kleinen Schritten beendete ein Regal seinen Weg. Er drehte sich um hundertachtzig Grad und schritt mit schmerzenden Bewegungen in die andere Richtung. Als er auch hier nach nur wenigen Metern gegen eine Wand stieß, ahnte Gary, dass er sich in einer Art Besenkammer befinden musste. Nicht weit weg von dem Empfangstisch, an dem er jede Nacht seine Zeitung las, befand sich eine solche. Er war also möglicherweise noch im Institut.
„Ich muss Hilfe holen", flüsterte er knapp und dachte an das Telefon neben den Überwachungsmonitoren.

Er strich mit der Hand an der Wand entlang zur Tür. Dabei berührte er den Lichtschalter. Ein Druck darauf blieb jedoch ohne die erhoffte Reaktion. Schließlich erreichte er die Tür und drehte am Knauf. Zu seiner Überraschung war die Tür nicht verschlossen. Er schritt leise auf den Linoleumboden des Ganges. Auch hier war es ziemlich dunkel. Er blickte nach rechts in die Richtung der Fahrstühle. Dort war alles ruhig. Dann schaute er nach links und erkannte im spärlichen Mondlicht, das durch die Glasfront herein schien, seinen Arbeitsplatz. Schritt für Schritt bewegte er sich mit klopfendem Herzen und zitternden Knien auf die große Empfangshalle zu. Als er seinen Arbeitsplatz erreicht hatte, schwenkte sein Blick über die Monitore, die genauso wenig funktionierten wie das Licht im Gebäude.

„Bitte lass das Telefon funktionieren", bettelte er.

Gary nahm den Hörer ab und führte ihn wie in Zeitlupe an sein Ohr. Enttäuscht stieß er ein ´Verdammt` aus. Er legte noch mal auf und lauschte erneut am Hörer. Dann drückte er die Kurzwahltasten, aber das Telefon blieb tot. Entmutigt blickte er auf und erkannte, dass die gläserne Eingangstür zerstört war. Es wurde nicht nur das Sicherheitsglas zerbrochen, sondern die Tür war völlig aus den Angeln gerissen. Auch die Scheiben um die Tür herum waren zerbrochen wie Kristallglas, wofür eine unvorstellbare Kraft nötig gewesen sein musste. Gary erkannte seine Chance. Er schob die Zeitung beiseite und ergriff den Schlüsselbund, an dem auch sein Autoschlüssel befestigt war. Bis zu seinem Wagen auf dem Parkplatz waren es nur achtzig Meter. Er ging auf die zerstörte Glaswand zu. Die Scherben knirschten unter seinen Schuhen, als er plötzlich am Ende des Ganges bei den Fahrstühlen das klingende Signal eines ankommenden Liftes hörte. Er wusste, dass bei einem Stromausfall ein Fahrstuhl immer durch ein separates Notstromaggregat versorgt wurde. Starr vor Schreck blickte er in den dunklen Gang. Er konnte kaum etwas erkennen, aber was er hörte, machte ihm Angst. Die Tür vom Lift glitt auf und die Passagiere traten heraus. Dann hörte er schlurfende Schritte und unverständliche

Stimmen. Das Grauen machte sich in ihm breit, als er langsam die bekannten Silhouetten der drei großen Wesen erkennen konnte. Auch sie blieben abrupt stehen, als sie ihn mit ihren Glubschaugen erblickten. Gary nahm noch wahr, dass erneut einer seine Waffe auf ihn richtete. Doch bevor er sie abfeuerte, versagten Gary die Beine und er fiel abermals in eine traumlose Ohnmacht.

7

´Iussa facere...` stand auf dem Display des anfänglich für ein Smartphone gehaltenen Gerätes. Peter hatte die Worte kaum vorgelesen, da bildete sich etwa einen Meter vor der Motorhaube auf Augenhöhe eine kleine leuchtende Kugel. Sie war so groß wie ein Golfball und hielt ihre relative Position vor dem Auto, obwohl der Chevrolet immer noch fuhr.
„Das siehst du doch auch, oder?", staunte Bret.
Peter nickte fasziniert.
„So was habe ich noch nie gesehen. Was ist das? Ich finde es sieht schön aus."
„Und ich glaube es wächst", merkte Bret an.
Tatsächlich war die Scheibe, die aus ihrer Sicht wie eine runde Kugel aussah, innerhalb weniger Augenblicke auf Tennisballgröße angewachsen. Peter hatte das aktivierte Gerät in seiner Hand völlig vergessen. Auch Bret beobachtete das heller werdende Licht mit wachsender Faszination. Seine Aufmerksamkeit für den Straßenverkehr sank weiter und er ging vom Gas, sodass sich der Wagen jetzt nur noch mit etwa fünfundfünfzig Km/h bewegte. Als sich die Größe der leuchtenden Erscheinung erneut verdoppelt hatte, stieg die Wachstumsrate plötzlich ins Unendliche. Explosionsartig hatte sie ihre Endgröße erreicht und war höher und breiter als der Chevrolet Blazer. Sie strahlte so hell, dass die Freunde im Auto instinktiv ihre Arme hochrissen, um ihre Augen zu schützen. Einen kurzen Moment hielt die riesige, grelle Scheibe ihre Position vor dem fahrenden Wagen noch, dann blieb sie abrupt stehen. Das Fahrzeug fuhr hinein und verschwand. Die Leuchtscheibe blieb eine Sekunde lang allein zurück, bis sie in sich zusammenfiel und sich vollständig auflöste. Zurück blieb nur die dunkle, leere Landstraße vor den Toren Heidelbergs.

8

In der feuchten Höhle war es stockdunkel und still. Nur das Tropfen des Wassers war zu hören, das irgendwo von unzähligen Stalaktiten herunter tropfte und auf dem Boden seit Millionen von Jahren geduldig Stalagmiten bildete. Diese Ruhe wurde durch leise Schritte gestört, die langsam näher kamen. Die drei fremdartigen Wesen schlappten barfuß durch die felsige Höhle. Sie bewegten sich ohne Licht zielsicher durch die finsteren Gänge. Einer von ihnen trug einen Bewusstlosen auf seinen schuppigen Schultern, der sich äußerlich sehr von ihnen unterschied. Es war ein Mensch, der mit einer schwarzen Uniform bekleidet war. Nach einer lang gezogenen Biegung wurde es allmählich heller und Wasser spiegelte das Licht glitzernd an die rauen Wände. Schließlich endete die Höhle und sie betraten das Innere einer riesigen Tempelanlage. Die Wände bestanden hier nicht mehr aus dem rauen Felsen der Höhle, sondern es waren künstlich errichtete Mauern, die sich nach oben pyramidenmäßig nach innen verengten. Die einzelnen Steine waren unterschiedlich groß. Manche hatten die Größe einer Zigarettenschachtel, andere waren bis zu drei Meter lang und wogen mehrere Tonnen. Aber nirgendwo gab es Fugen, in die man eine Rasierklinge hätte hinein schieben können. Alles war unglaublich präzise und rechtwinklig erbaut worden. Der Raum war mindestens einhundertfünfzig Meter lang und ebenso breit. Etwa alle zehn Meter waren Lampen an den Wänden angebracht, deren Licht allerdings nicht bis zur Decke hinaufreichte. An der gegenüberliegenden Seite des Höhleneingangs standen mehrere fremdartige, computerähnliche Maschinen, die blinkend vor sich hinarbeiteten. In den anderen Wänden befand sich je ein weiterer Ausgang zu einer dunklen Höhle. In der Mitte war ein mit Wasser gefülltes Loch im glatten Boden von etwa zehn Meter Länge und Breite. Die drei grünschwarzen Wesen bewegten sich auf diesen Pool zu.

Rechts neben dem Wasserloch stand ein großer, schwarzer, altarähnlicher Tisch, der aus einem einzigen Stück Diorit-Gestein geschnitten worden war und eine völlig glatte Oberfläche hatte. Sie legten den ohnmächtigen Nachtwärter darauf und stellten sich an den Rand des Wassers. Aus heiterem Himmel erklang plötzlich eine tiefe Stimme, die von überall in dieser Halle zu kommen schien. Ihre Worte waren in einer Sprache gesprochen, die kein Mensch hätte verstehen können, doch die drei Schuppenwesen verstanden jedes Wort: „Meine Auserwählten sind zurück und ihr habt mir einen Menschen mitgebracht." Die Stimme war sehr laut und schmerzte in den empfindlichen Ohren der drei Wesen. „Ich hatte euch befohlen, mir den Apparat zu bringen! Wo ist er? Antwortet!"
Die Drei blickten sich mit ihren Glubschaugen gegenseitig an.
„ANTWORTET!"
Vorsichtig schaute einer auf, blickte zur dunklen Decke hinauf und sprach vorsichtig:
"Mein Gebieter. Wir haben es gehabt fast. Menschlinge wenig Widerstand. Eines Menschling fliehen. Wir es tot gemacht. Wir groß suchen alles in Labor. Wir nichts finden. Diesen kleinen Menschling hier wir nahmen mit. Vielleicht er wissen, wo Ding ist."
Die allgegenwärtige Stimme reagierte wütend.
"Ihr seid nicht in der Lage einen solch einfachen Auftrag auszuführen? Ich bin sehr enttäuscht!"
Ein Energiestrahl blendete aus dem unbeleuchteten oberen Teil der Halle auf und traf den Sprecher. Mit einem Todesschrei glühte er kurz auf und zerfiel schlagartig zu Asche. Panisch wichen die beiden anderen von dem kleinen Aschehaufen weg.
„Wenn der Mensch noch lebt, sperrt ihn in ein Aquacella und bewacht ihn. Bringt ihn wieder zu mir, wenn er aufwacht. Ihr habt versagt. Ich werde drei andere Neptunier auswählen, die euren Auftrag zu Ende bringen. Sie sollen das menschliche Bauwerk vernichten. Dann wird auch der Wandler zerstört."
In diesem Moment betrat ein weiterer Neptunier die Halle.

Sein Blick fiel auf die beiden anderen seines Volkes, die ängstlich auf dem Boden kauerten, dann auf den Aschehaufen und schließlich auf den Menschen, der noch immer reglos auf dem Steinaltar lag.
"Neptunier, du wagst es einfach hier hereinzukommen und mich zu stören? Was willst du? Sprich schnell!"
Der eingeschüchterte Neptunier blickte sich suchend in der Halle um.
„Herr, ich euch mitteilen, eine Sonnentunnel ist genutzt worden. War offen an Stelle in großes Wald."
Nach einer kurzen Pause befahl die Stimme:
"Sofort begibst du dich mit zwei Neptuniern deiner Wahl zur Erde. Dort vernichtet ihr das besagte Bauwerk der Menschen. Dann kommt ihr zurück und geht in den Wald von Algrén. Ihr findet die Eindringlinge und sperrt sie in ein Aquacella! Sage mir Bescheid, wenn ihr sie habt. Ich werde sie dann persönlich verhören."
Der Neptunier nickte kurz, dann verließ er die Pyramide wieder. Die beiden verbliebenen Neptunier nahmen Gary Frisbee wieder auf die Schultern und schlurften ebenfalls in die Höhle zurück.

9

Innerhalb eines Atemzuges befand sich der schwere Chevrolet nicht mehr auf der Landstraße, sondern hüpfte mit steigender Geschwindigkeit unkontrolliert durch einen steil abschüssigen, uralten Wald, dessen Boden sehr uneben war. Peter und Bret hatten die Augen weit aufgerissen und starrten schreiend in das grüne Inferno. Sie stießen mit dem Wagen durch dichte Büsche und dicke, moosbehangene Äste. Astwerk schlug gegen die Karosserie sowie gegen die Frontscheibe, die sofort zu einem Mosaik zerplatzte. Ein dicker Stamm rauschte so knapp an dem Wagen vorbei, dass der rechte Außenspiegel abgerissen wurde. Er knallte gegen Peters Seitenscheibe, die dadurch in tausend Teile zersprang. Glassplitter trafen ihn im Gesicht und fielen in seinen Schoß und in den Fußraum. Tiefe Schlaglöcher und hervorstehende Felsstücke gaben dem Wagen immer wieder neue Richtungen, sodass er Haken schlug wie ein Hase auf der Flucht vor einem Fuchs. Peter und Bret hüpften auf ihren Sitzen auf und ab und wurden stark durchgeschüttelt. Erneut schrammte ihr Fahrzeug mit der rechten Seite an einem dicken Nadelbaum vorbei. Die tief hängenden Äste prallten erneut hart gegen die bereits in Fetzen hängende Frontscheibe aus Verbundglas, deren Splitter nur noch durch die Innenfolie zusammengehalten wurden, und schlugen ein Loch hinein. Peitschend traf der Ast Peters linke Hand. Bret hatte sich bereits zweimal den Kopf an der Seitenscheibe gestoßen. Überrascht und verwirrt von der kompletten Situation, trat er erst jetzt mit aller Kraft auf die Bremse. Die blockierenden Räder gruben sich tief in den Boden. Offensichtlich war das ABS-System ausgefallen. Ohne groß an Tempo zu verlieren rutschte der Wagen mit dem linken Vorderrad gegen einen Stein von der Größe eines Fußballs, sodass das Lenkrad nach links bis zum vollen Lenkeinschlag wirbelte. Dadurch schleuderte der Chevrolet herum und pflügte dabei durch den Waldboden. Die Drehung wurde durch den Aufprall mit dem rechten, seitlichen Heck gegen einen weiteren Baumstamm abrupt gestoppt. Nun rutschten sie rückwärts den allmählich flacher werdenden Hang hinab.

„Bleib stehen!", schnauzte Bret seinen Wagen an, während er seinen Fuß noch immer mit aller Kraft auf das Bremspedal presste. Sein Wunsch wurde jedoch erst erfüllt, als der Chevy mit der linken Seite des Hecks gegen einen weiteren turmhohen Baumstamm prallte. Die Scheibe der Heckklappe explodierte förmlich und das Blech verbog sich knirschend. Durch diesen Aufprall rutschte Bret vom Bremspedal ab und sie wurden noch einmal nach rechts um die eigene Achse gedreht. Dann rollte der ramponierte Wagen auf dem mittlerweile flachen Terrain aus und blieb am Fuße des steilen Hangs, wo sich eine Lichtung öffnete, stehen. Verkrampft und mit weit aufgerissenen Augen saßen die beiden Freunde angeschnallt auf ihren Sitzen. Sie waren von Glas, Laub, Dreck und Ästen bedeckt. Peter blutete leicht an seiner rechten Wange und an der linken Hand, während Bret außer einer großen Beule am Kopf unverletzt geblieben war. Der Scheibenwischer kratzte rhythmisch über die zerfetzten Reste der Windschutzscheibe. Das ´Sie-haben-noch-Licht-an` Signal machte gleichmäßig ´Dinnn... Dinnn ... Dinnn...´, und Brets Radio spielte leise die CD ab, die er seit einem halben Jahr vergeblich zu hören versucht hatte.

Langsam entspannten sich ihre Muskeln. Ein greller Sonnenschein fand seinen Weg durch das Geäst der Bäume bis in Brets Gesicht. Er blinzelte und fragte heiser:

"War es nicht eben noch dunkel?"

10

Oberkommissar Hubi Schubert und Hauptmeister Kieru Koch rasten mit ihrem blau-weißen Streifenwagen über die nachtleeren Straßen. Vor wenigen Minuten hatten die beiden Polizisten über Funk die Instruktion erhalten so schnell wie möglich das Forschungsinstitut *Science-Lab* zu erreichen. Ein stiller Alarm wurde dort ausgelöst und im Revier angezeigt. Sie waren die Streife, die dem Institut aktuell am nächsten war.
Nur sechs Minuten nach der Alarmierung bogen sie auf den langen, schmalen Zufahrtsweg, der durch ein Waldstück führte. Die blaue Signalanlage auf dem Dach des Polizeiautos spiegelte sich an den Bäumen in der dunklen Allee wieder. Nach etwa dreihundert Metern hielten sie vor der geschlossenen Schranke an. Von hier aus konnten sie das Gebäude in etwa achtzig Metern Entfernung sehen. Zwischen der Schranke und dem Gebäude befand sich der große Mitarbeiter-Parkplatz, auf dem sich nur eine Hand voll Fahrzeuge befanden. Nirgendwo brannte Licht, alles schien ruhig. Zu ruhig? Koch drückte auf den Meldeknopf und wartete auf das Öffnen der Schranke, oder zumindest auf eine Antwort über Lautsprecher, aber nichts passierte.
„Seltsam", befand er. „Der Nachtwächter muss uns doch schon auf dem Monitor haben." Er aktivierte kurz das Martinshorn auf dem Dach, um auch akustisch auf sich aufmerksam zu machen.
„Sollte nicht wenigstens in der Lobby Licht sein? Dort sitzt doch der Nachtwächter."
Schubert öffnete das Handschuhfach und nahm ein Fernglas heraus. Er schaute hindurch und betrachtete die gläserne Eingangsfassade.
„Mensch, die Glasscheiben sind völlig zerstört. Und die Eingangstür ist aus den Angeln gerissen. Gib Gas, das müssen wir uns anschauen!"
Koch trat aufs Gaspedal, wodurch der Wagen beschleunigte

und mühelos die Schranke durchbrach. Quietschend und knirschend kamen sie direkt vor dem Haupteingang zum Stehen. Schubert schaltete das Fernlicht ein und Koch richtete einen Suchscheinwerfer auf die Empfangshalle.
„Ich werde mal schauen, ob ich den Nachtwächter finde."
„In Ordnung. Ich gebe der Zentrale Bescheid. Bleib aber in meinem Blickfeld."
Koch stieg aus und zog seine Waffe aus dem Holster, während er in der linken Hand eine Taschenlampe hielt. Vorsichtig schritt er durch die Glasscherben, die unter seinen Schuhen knirschten. Am großen Schreibtisch gab es keine Spur vom Nachtwärter und die Überwachungsmonitore funktionierten nicht.
Unterdessen gab Schubert der Zentrale einen ersten Bericht.
„Wagen vier an Zentrale! Kommen! Wagen vier an Zentrale! Bitte Kommen!"
„Hier ist die Zentrale. Was ist los, Hubi? Seid ihr bei *Science-Lab* auf etwas gestoßen?"
„Ja, Andi, das kannst du dir nicht vorstellen. Hier sieht es aus, wie nach einem Krieg. Am Haupteingang sind alle Glasscheiben zerstört. Von dem Wachmann ist nichts zu sehen. Kieru ist gerade ins Gebäude und schaut sich um. Kommen!"
„Ja verstanden. Braucht ihr Verstärkung, oder einen Krankenwagen?"
Nachdem keine Antwort kam, wiederholte Andreas Rosenthal in der Zentrale seine Frage:
„Hubi, benötigt ihr eine Verstärkung? Kommen! Hubi? Bitte kommen! Wagen vier, hier ist Zentrale. Bitte melde dich Hubi! Kieru? Hubi?"
Hubi Schubert war nicht in der Lage zu antworten. Er saß hinter dem Steuer des Streifenwagens und hielt das Mikrofon des Funkgeräts, das unaufhörlich seinen Namen rief, unbeachtet in der Hand und starrte wie hypnotisiert in die Empfangshalle. Zwischen ihm und seinem Partner, den er von wenigen Sekunden noch an dem großen Schreibtisch mit einem Schlüsselbund winken sah, hatte sich aus dem Nichts

eine große, leuchtende Scheibe gebildet. Als sie wieder verschwunden war, standen an ihrer Stelle dort drei unheimliche, grünschwarze Monster sowie eine seltsame, kofferartige Apparatur. Hubi war noch immer wie paralysiert. Er sah, dass sein Partner irgendetwas den Gestalten zurief, und seine Pistole auf sie richtete. Dann zog eines der Monster ein Schwert, das es auf dem Rücken trug, und ging auf seinen Kollegen zu. Der zögerte nicht lange und schoss zwei Mal auf den Angreifer, der augenblicklich zu Boden sackte. Im gleichen Moment, wie Kieru mit seiner 9 mm Pistole geschossen hatte, traf ihn ein Energiestrahl aus der Waffe eines der beiden anderen Wesen. Schubert sah geschockt mit an, wie sein langjähriger Partner und Freund erstarrte, durchsichtig wurde und in tausend Teile zerplatzte, nachdem er umgefallen war.

„Hubi, hier ist die Zentrale, bitte melden! Ich habe euch zwei Streifenwagen zur Verstärkung geschickt. Hubi, hörst du mich?", tönte es noch immer aus dem Funkgerät.

Vor Angst unfähig sich zu bewegen, beobachtete Hubi Schubert die weitere Szenerie. Er sah, wie eines der Monster die mitgebrachte Maschine ein wenig in Richtung Schreibtisch schob und daran einige Schalter betätigte. Der andere schulterte den erschossenen Kameraden. Erneut bildete sich die Leuchtscheibe, in denen die Drei verschwanden. Zurück blieb nur der blinkende Apparat.

„Hubi, bitte melden."

Die Stimme aus dem Funkgerät klang längst nicht mehr so energisch.

„Kieru!", stieß Schubert verzweifelt hervor.

Plötzlich realisierte er die Gefahr:

„Bombe! Das kann nur eine Bombe sein."

Er ließ den Sprechapparat achtlos fallen und legte hastig den Rückwärtsgang ein. Dann trat er das Gaspedal voll durch. Den Blick stur auf das Gebäude gerichtet, hielt er das Lenkrad krampfhaft fest. Der Wagen raste schnurstracks rückwärts über den Parkplatz. Dort streifte er einen parkenden Wagen, krachte anschließend durch den Zaun des Grundstücks und kam scheppernd an dem Stamm einer dicken Eiche zum Stehen. Der Polizist hatte noch immer seinen Blick auf das Institut gerichtet und sah, wie die Maschine im Foyer glühte. Strahlen gingen von ihr aus und hüllten den Komplex komplett ein. Dann widerfuhr dem Gebäude das gleiche, wie seinem Partner. Es wurde durchsichtig und verwandelte sich in Eis. Schließlich krachte es unter dem eigenen Gewicht zusammen und zersprang in Millionen Eisklumpen.

Drei Minuten später hielten quietschend zwei weitere Streifenwagen der Polizei sowie ein Krankenwagen auf dem Grundstück von *Science-Lab*. Die Sanitäter versorgten den wie paralysiert wirkenden Hubi Schubert. Die übrigen Polizisten starrten kopfschüttelnd auf den riesigen Haufen schmelzenden Eises.

11

Bret schaltete den Scheibenwischer und das Radio aus. Dann öffnete er langsam die Tür und stieg zitternd aus dem Wrack. Auch Peter wollte aussteigen, doch seine Tür war so verklemmt, dass er ebenfalls auf der Fahrerseite herausklettern musste. Verwirrt standen sie am Rande der etwa fußballplatzgroßen Lichtung und klopften sich den Schmutz und die Glassplitter von der Kleidung. Peter betrachtete seine linke Hand und befand, dass sie nicht verbunden werden musste.
Sprachlos schauten sie sich um. Die Geräusche, die Gerüche und die Landschaft wirkten sehr fremd. Noch nie hatte einer von ihnen einen solchen Wald gesehen, der aussah als ob er schon bei der Entstehung von Raum und Zeit uralt gewesen ist. Die Bäume waren knöchrig und von Moos bewachsen. Die Rinden der dicken Stämme waren unter Schmarotzerpflanzen fast nicht mehr zu sehen. Fremdartige Sträucher und exotische Pflanzen wuchsen hier. Einige von ihnen waren nicht grün oder braun, sondern blau und lila. Auf der sonnigen, mit kniehohem Gras bewachsenen Lichtung, reckten sich unbekannte Blumen der Sonne entgegen. Seltsamerweise war nirgendwo ein Vogel zu hören oder zu sehen. Dann schauten sie in die Richtung, aus der sie kamen. Dort war der Wald war so dicht, dass kein Sonnenstrahl durch die uralten Baumkronen schien. Die Schneise, die der Chevrolet gezogen hatte, musste irgendwo dort oben wie aus dem Nichts anfangen, war aber im Dunkeln nicht zu erkennen.
„Wo sind wir hier? Was zum Teufel ist passiert?", fragte Bret und nickte in Richtung Schneise. „Wieso sind wir von der Straße abgekommen? Und was ist das für ein seltsamer Wald?" Peters anfängliches Schweigen machte klar, dass er keine Antwort darauf hatte.
„Wir sollten zur Straße zurückgehen und Hilfe holen. Vorausgesetzt die Straße ist noch dort oben", schlug er vor.

„Wie ist das denn gemeint?"
„Na ja, kennst du vielleicht einen solchen Wald, hier in der Nähe von Heidelberg? Ich jedenfalls nicht. Und wieso ist es schon hell?", fragte Peter. Er schaute auf seine Uhr, die 03:17 Uhr anzeigte. „Es ist Viertel nach Drei. Wieso scheint schon die Sonne?"
Bret zuckte mit den Schultern. Sie entschlossen sich Peters Idee zu folgen und zur Straße zurück zu gehen. Der steile Aufstieg war sehr schwierig und ihnen wurde schnell klar, dass es ein Wunder war, hier mit dem Wagen heil heruntergekommen zu sein. Nach etwa zweihundert Metern, die sich wie tausend anfühlten, endete die Schneise plötzlich. Hier war es zwar ziemlich dunkel, aber sie konnten den Anfang der durch das Auto hervorgerufenen Zerstörung deutlich erkennen. Hier musste doch die Straße sein, dachten sie sich, und kletterten noch einige Meter weiter durch den dichten Wald, bis sich allmählich Ernüchterung bei ihnen breitmachte. Die Straße war nicht mehr da.
Bret und Peter kehrten zum Auto zurück. Von außen gelang es ihnen, die Beifahrertür zu öffnen. Der Innenraum des Pkw sah fürchterlich aus. Überall waren Schmutz und Glassplitter. Bret öffnete das Handschuhfach und nahm sein Handy heraus. Er wollte telefonisch Hilfe rufen, aber nach einem kurzen Blick auf das Display ließ er enttäuscht die Schultern hängen.
Kein Netz.
„Das ist ja mal wieder klar. Da brauche ich das Handy wirklich einmal nötig weil ich einen Unfall habe, und bekomme keinen Empfang."
Er hielt das Telefon hoch über seinen Kopf, dann streckte er es nach vorne und drehte sich langsam um die eigene Achse, den Blick stets auf die stilisierte Antenne im Display gerichtet. Verzweifelt ging er in die Mitte der Lichtung und bewegte sich dort mit ausgestrecktem Arm im Zickzack. Das Ergebnis blieb das gleiche, kein Empfang! Resignierend ließ er den Arm sinken. Peter trat zu ihm und legte ihm seine nicht mehr blutende Hand auf die Schulter.

„Lass gut sein. Ich glaube nicht, dass wir in einem Funkloch stecken. Ich glaube wir haben hier nirgendwo Netzempfang." Vor dem nächsten Satz zögerte er etwas. "Ich glaube wir sind gar nicht mehr auf der Erde."
Bret, der eben noch mit zusammengepressten Lippen auf den Boden geschaut hatte, wirbelte herum und schaute seinen Freund mit großen Augen an. Er war zwar ein Freund von Science-Fiction-Filmen, aber diese Idee schien ihm doch zu fantastisch. Peter erkannte den Zweifel in Brets Gesicht.
„Ich fasse noch einmal für dich zusammen: Wir fahren nachts gemütlich über eine Landstraße. Auf einmal bildet sich vor uns dieses helle Ding. Wir rasen hinein und sind plötzlich in diesem seltsamen Wald. Bei Tag! Außerdem ist dir noch nicht aufgefallen, dass die Luft hier irgendwie ganz anders riecht?"
Bret kaute auf seiner Unterlippe und schüttelte den Kopf.
„Dafür muss es eine andere Erklärung geben."
Peter wollte das nächste Argument vorbringen und auf die fehlenden Vögel hinweisen. Er blickte nach oben und erstarrte zur Salzsäule.
„Bret!", stieß er hervor und deutete mit dem Kinn in den Himmel. Was sie dort sahen, war der unwiderlegbare Beweis dafür, dass sie sich nicht mehr auf der Erde befanden. Über ihnen hing die leuchtend helle Mittagssonne am blauen Firmament. Vom Betrachter aus drei handbreit rechts daneben war schemenhaft ein Mond zu erkennen. Nur fehlte ihm das dem Erdenmond typische ‚Mann-Im-Mond-Gesicht'. Dieser Mond war völlig glatt und auch größer als der Erdtrabant. Staunend schweifte ihr Blick synchron weiter nach rechts, wo sie einen weiteren, noch größeren Himmelskörper entdeckten. Dieser andere Mond war so groß, dass man ihn nicht mit einem Basketball am ausgestreckten Arm hätte verdecken können. Als sie nach einigen faszinierten Sekunden ihren Blick lösen konnten und in die andere Richtung schauten, glaubten sie bis jetzt blind gewesen zu sein. Über den Bäumen am linken Rand der Lichtung war ein dritter, gigantischer Himmelskörper zu sehen. Dieser war so groß, dass man ihn sogar mit Brets Chevrolet am ausgestreckten Arm nicht hätte

verdecken können. Er hatte einen Ring, der von unten links nach oben rechts um den Planeten führte. Zwar war nur etwa ein Drittel des Planeten über dem Wald zu sehen, aber er war so nah, dass man Landmasse und Wasser erkennen konnte. Er war nicht so schemenhaft wie die beiden Monde, sondern hing fast wie gemalt am Horizont. Sechs Minuten standen beide wortlos staunend da und starrten den Planeten an. Er sah wunderschön aus.

Bret war der Erste, bei dem sich die Begeisterung in leichte Angst verwandelte. Er bekam plötzlich ein flaues Gefühl im Magen. Er sah Peter sorgenvoll an und bemerkte, dass es ihm nicht anders ging. Allerdings verfiel keiner von ihnen in Panik. Gemeinsam hatten sie bei ihren zahlreichen Abenteuertouren schon einige gefährliche Situationen gemeistert.

Vor drei Jahren wurden sie zum Beispiel bei einer Bergtour in den rumänischen Karpaten von einem ausgewachsenen Braunbären auf einen Baum gejagt. Sie mussten fast zwei Tage dort ausharren, bevor das Tier das Interesse verlor und davon trottete. In den österreichischen Alpen waren sie einmal von einer Lawine mitgerissen worden. Sie hatten sich damals erst nach etwa sechs Stunden selbst befreien können.

„Wir können nicht hier bleiben. Wir haben nichts zu essen, und nur noch eine angebrochene 2-Liter Flasche mit Wasser. Wir sollten einen Fluss, oder einen See suchen, und wir müssen etwas Essbares finden", meinte Bret.

„Du hast Recht. Ich habe zwar noch die Erdnüsse aus dem Handschuhfach, aber das ist ja nicht viel. Wir sollten sie uns unbedingt einteilen, solange wir nichts anderes finden. Ich schlage vor, jeder bekommt erst mal fünf Stück am Tag."

Bret war einverstanden. Sie gingen zurück zum schrottreifen Chevrolet und packten ihre Rucksäcke mit Dingen, die sie für eine solche Wanderung ins Ungewisse als notwendig erachteten. Bei der Durchsuchung ihres Gepäcks, nach nützlichen Dingen, fanden sie zu ihrer Freude noch eine ungeöffnete Flasche Cola. Auch die Schlafsäcke nahmen sie mit und banden sie an die Rucksäcke. Jeder klemmte sein Survival-Messer an den Gürtel und Peter schnallte sich noch

seinen Bauchbeutel um. Darin hatte er immer praktische Dinge für den schnellen Zugriff wie Karten, Kaugummis oder ein Sturmfeuerzeug. Bret schaltete sein Handy aus und steckte es in seinen Rucksack. Plötzlich fiel ihm noch etwas ein: „Wo ist eigentlich dieser Apparat, den du im Handschuhfach gefunden hast? Vielleicht ist er ja für alles hier verantwortlich."
„Ach ja, an das Ding habe ich gar nicht mehr gedacht. Seid wir hier gecrasht sind, hab ich es nicht mehr gesehen."
Peter flitzte um den Wagen herum zur Beifahrerseite und suchte im Fußraum nach dem Gerät. Er fand es schließlich unter dem Sitz zwischen Glas, Laub und Dreck.
„Hier ist es!" Behutsam holte er es heraus und wischte über dem Bildschirm. Wie beim ersten Mal waren wieder die zwanzig einfarbigen Icons zu sehen. Es funktionierte also noch.
„Meinst du es ist außerirdisch?", fragte Bret.
„Nein, ich glaube nicht. Ich habe vorhin auf eine Taste mit dem griechischen Omega Symbol gedrückt. Ich glaube nicht, dass Aliens griechisch sprechen. Außerdem ist die Hülle doch aus ganz normalem Plastik."
„Wenn es uns hergebracht hat kann es uns bestimmt auch wieder nach Hause bringen. Soll ich noch mal was drücken?"
„Lass mal lieber. Wer weiß wo wir dann hinkommen. Vielleicht auf einen Planeten mit einer Oberfläche aus Lava, oder auf einen Eisplaneten."
„In welche Richtung sollen wir?", fragte Peter, während er das fremde Gerät in seinen Bauchbeutel steckte.
„Ist doch egal. Nur da oben waren wir schon", deutete Bret in Richtung Schneise. „Da ist der Wald zu dicht. Hinter der Lichtung scheint es weiter bergab zu gehen, während es links und rechts ebenirdisch weiter geht."
„Wir machen es wie immer, und losen." Peter kramte in seinem Bauchbeutel und holte ein kleines Säckchen heraus. Darin befanden sich zwei Würfel und ein gelber und ein grüner Spiele-Pöppel. „Wir würfeln! Eins für bergauf, bei Zwei gehen wir nach vorne der Nase nach, bei Drei nach links in Richtung Planet und bei Vier gehen wir rechts lang."

„Und bei einer Fünf oder Sechs?", wandte Bret ein.
„Dann würfeln wir halt noch mal, in Ordnung?"
Die Freunde gingen zur Front des Chevrolets. Peter schüttelte den Würfel in seiner Hand und ließ ihn dann auf der Motorhaube rollen…
…
…
…
Drei.

12

Es herrschte schwarze Unendlichkeit und völlige Finsternis. Auf einmal tauchte weit weg, oder winzig klein, ein angenehmer weißer Lichtpunkt auf. Die Stille wich einem leisen Rauschen, das an das raschelnde Laub von Bäumen in einer leichten Brise erinnerte. Langsam wurde das Lichtlein größer und das Rauschen stärker. Doch da war noch etwas. Je näher das Licht kam, bzw. je größer es wurde, desto mehr konnte man eine undefinierbare Form um es herum ausmachen. Die Schwärze änderte sich allmählich in schemenhafte Formen. Zum Rauschen gesellte sich ein weiteres in schnellen Abständen dumpf zischendes Geräusch. Die Konturen der Umgebung wurden zu einer nebligen Landschaft mit einem Eisenbahngleis, auf dem der Betrachter zu stehen schien. Das Licht kam immer näher, die Geräusche wurden immer lauter. Die heranrasende Dampflokomotive war jetzt deutlich zu erkennen, ihr Licht vorne weg. Unfähig auszuweichen fuhr der Zug mit ohrenbetäubendem Lärm über den Punkt des Betrachters hinweg.
Das Licht war da. Allgegenwärtig und grell.
Gary Frisbee hatte die Augen weit aufgerissen. Er lag auf dem Rücken und wachte heute schon zum zweiten Mal aus einer tiefen Ohnmacht auf. Sein Bewusstsein kehrte nur langsam zurück und er wusste wieder mal nicht, wo er sich befand. Er starrte an eine hellblaue Decke. War es überhaupt eine Decke? War sie blau? Mit unglaublichen Schmerzen im ganzen Körper richtete er sich vorsichtig auf. Er saß mit triefend nasser Uniform auf dem von Wasser bedeckten Boden und presste seine Hand gegen die schmerzende Stirn. Er rieb sie hin und her, als wolle er die fürchterlichen Kopfschmerzen einfach wegwischen. Seinen Augen nicht trauend blickte er sich in dem völlig leeren, kubischen Raum um, der drei mal drei mal drei Meter maß. Es gab weder Fenster noch Türen. Die Wände waren farblich ebenso undefinierbar wie die Decke.

Gary stand vorsichtig auf und ging zu einer der Wände. Seine Schuhe versanken platschend etwa fünf Zentimeter tief im Wasser. Darunter war der Boden nicht hart, sondern weich wie Watte. An der Wand angekommen streckte er seine Hand aus. Er berührte sie und stellte erstaunt fest, dass sie ebenfalls mit Wasser bedeckt war. Es floss jedoch nicht hinunter, sondern bildete an der Stelle, an der er die Wasserwand berührte, kleine kreisförmig Wellen, wie bei einem Teich, in den man in einen Stein wirft. *Wie war so etwas möglich?* Behutsam steckte er seine ausgestreckten Finger tiefer ins Wasser. Es war nicht kalt. Die ersten drei Zentimeter gingen einfach, doch je tiefer er kam, desto größer wurde der Widerstand, bis es nach etwa acht Zentimetern auch unter größter Anstrengung nicht mehr weiter ging. Langsam wurde Gary nervös und etwas in seinem Magen verkrampfte sich. Er probierte alle anderen Wände mit der gleichen Methode aus, erntete jedoch immer dasselbe Ergebnis. Auch die Decke bestand augenscheinlich aus der gleichen Wassermasse.
Wassermasse? Warum tropfte es nicht herunter?
Er folgte einer Idee und nahm sein Taschenmesser aus der Gürtelhalterung. Er klappte es auf und stach damit in die Wasserwand. Das Resultat war das gleiche wie mit seinen Fingern. Genauso gut hätte er versuchen können ein Stück Wasser aus einem See herauszuschneiden.
Garys Nervosität verwandelte sich in Panik. Mehrmals rief er laut um Hilfe, doch seine Stimme verhallte dumpf. Der Schall wurde von den Wasserwänden fast komplett geschluckt. Verzweifelt stellte er sich mit dem Rücken an eine Wand und sprintete los. Unter seinen Füßen spritzte es wie bei einem Spurt durch einen Regenschauer. Kurz vor der gegenüberliegenden Wand sprang er ab und rammte sie mit seiner rechten Seite. Seine Schulter und sein Arm tauchten kurz ins Wasser ein, federten aber mit ebenso viel Schwung wieder zurück, sodass Gary das Gleichgewicht verlor und rücklings sanft im Wasser landete. Selbstquälerisch wiederholte er dieses Manöver ein Dutzend Mal vergeblich an verschiedenen Stellen seines Gefängnisses. Schließlich lag er

erschöpft wieder in der Ausgangslage in seinem Wassergefängnis und musste laut lachen. Dann schloss er die Augen in der Hoffnung endlich aufzuwachen, oder wieder ohnmächtig zu werden, doch es änderte sich nichts. Mehrere Minuten lang lag Gary schwer atmend im warmen Wasser. Er fror trotzdem. Er wusste nicht, seit wie vielen Stunden er nun schon in dieser nassen Uniform steckte, denn seine Uhr funktionierte nicht mehr.
Plötzlich war da ein knisterndes Geräusch an der Wand hinter ihm. Er wirbelte herum und kroch panisch auf allen vieren rückwärts in die gegenüberliegende Ecke. Mit blankem Entsetzen erkannte er durch die Wand hindurch die schemenhaften Umrisse von zwei großen Lebewesen. Gleichzeitig beobachtete er wie sich in der Wasserwand ein zwei Meter hohes und ein Meter breites, völlig orthogonales Rechteck aus Eis bildete, das wie eine Tür aussah. Nur wenige Sekunden später begann sie von oben nach unten zu schmelzen, bis eine Öffnung übrig blieb. Von Angst überwältigt und unfähig sich zu bewegen blickte er erneut in die grässlichen Glubschaugen zweier bewaffneter Neptunier.

13

Seit geschätzten zwei Stunden waren Peter und Bret mittlerweile unterwegs. Sie konnten die genaue Uhrzeit nicht feststellen, da ihre Uhren an den Handgelenken allem Anschein nach nicht mehr funktionierten. Sie zeigten noch immer 03:17 Uhr an, der exakte Zeitpunkt ihrer Ankunft in diesem Wald.
Die Wanderung war sehr anstrengend und sie kamen nur sehr langsam voran. Sie schätzten die Temperatur auf diesem Planeten auf etwa fünfunddreißig bis vierzig Grad und die Luftfeuchtigkeit war extrem hoch. Die Beiden scherzten und hofften, dass dies nicht der örtliche Winter war. Stellenweise war der Wald so dicht und dunkel, dass sie über Wurzeln stolperten und ihnen Äste ins Gesicht schlugen. In diesen finsteren Abschnitten war es angenehm kühl. Sie hatten schon mehr Wasser aus ihrer 2-Liter Flasche getrunken, als sie vereinbart hatten. Immer wieder entdeckten sie unbekannte Pflanzen mit spitzen, daumengroßen Dornen, undurchdringliche Sträucher mit Blüten in allen Farben und riesige alte Bäume mit dunkelgelber oder tiefschwarzer Rinde. Exotische Geräusche und die Schreie fremdartiger Tiere drangen aus den schwarzen Schatten des Gehölzes. Hin und wieder sahen sie aus den Augenwinkeln kleine Tiere über den moosbewachsenen Waldboden huschen, aber keines konnten sie richtig erkennen.
Sie befanden sich gerade in einem sehr unzugänglichen Teil des Forstes. Peter ging voraus und drückte sich mit dem Rücken voran durch eine Hecke. Schlagartig gab sie nach und Peter stolperte rückwärts durch die Peripherie des Waldes. Drei Schritte lang versuchte er Halt zu bekommen, fiel dann aber doch rücklings auf den weichen Boden einer weiteren Lichtung. Bret trat durch das entstandene Loch in der Hecke und blickte lachend auf seinen Kumpel herab, der keuchend in den Himmel blickte, wo der große Planet majestätisch über

ihnen thronte. Nebeneinander setzten sie sich auf die Wiese.
„Ich bin für eine Pause", meinte Peter trocken.
Bret hatte keine Einwände. Er wischte sich den Schweiß von der Stirn und kramte in seinem Rucksack nach der Wasserflasche.
„Das ist der Rest." Er hielt Peter die Flasche vor die Nase, in der sich nur noch etwa drei Zentimeter Flüssigkeit befand. Bret schraubte den Drehverschluss ab und füllte ihn vorsichtig mit Wasser. Dann nippte er es in den Mund und dachte enttäuscht, dass das lediglich zum Befeuchten der Lippen reichte. Sein Durst war mittlerweile fast unerträglich. Peter erging es nicht anders. Auch er trank einen Verschluss voll und schraubte die Flasche widerwillig wieder zu.
„Wir müssen unbedingt etwas zu trinken finden. Von der Cola bekommen wir nur noch mehr Durst", meinte er.
Die Freunde schauten sich auf der Lichtung um. Anfangs hatten sie befürchtet sie wären im Kreis gelaufen und zur Lichtung zurückgegangen, an der sie gestrandet waren, doch der fehlende Chevrolet beruhigte sie. Eine halbe Stunde lang legten sie sich ins Gras und ruhten sich aus. Dann packten sie ihre Sachen und gingen in die Mitte der Lichtung, um zu entscheiden, in welche Richtung sie weitergehen sollten. Dort angekommen, bemerkten sie eine unbewachsene, dreißig Zentimeter breite Linie auf dem Boden, die von rechts nach links quer durch die Lichtung verlief.
„Das ist doch ein Trampelpfad!", rief Peter und blickte aufgeregt in beide Richtungen. „So ein Weg entsteht doch nur, wenn er ziemlich oft benutzt wird, sodass an dieser Stelle nichts mehr wächst."
„Ja, aber nicht nur Menschen gehen oft den gleichen Weg. Im Stuttgarter Zoo habe ich in den Gehegen von Raubtieren auch solche Trampelpfade gesehen. Die Viecher gehen so ihr Revier ab", gab Bret zu bedenken.
„Aber ich finde das ist eine Chance. Außerdem gehe ich lieber auf diesem Pfad, als dass ich mich mühsam durch das Dickicht schlage", beharrte Peter.
Dieser Aussage stimmte Bret zu. Die Hoffnung auf ein

leichteres Vorankommen war größer, als die nicht greifbare Gefahr, die von einem möglichen Raubtier ausging. Falls es hier wirklich ein gefährliches Tier gab, konnte es genauso gut viele Kilometer weit entfernt sein.
„Du hast recht, aber in welche Richtung sollen wir gehen?" Nach einer Sekunde antworteten beide gleichzeitig. Peter sagte „Rechts", Bret sagte „Links".
Peter verdrehte grinsend die Augen und holte erneut den Würfel hervor. Das Auslosen führte dazu, dass sie dem Pfad nach rechts folgten. Am Waldrand angekommen, führte der Pfad wie ein kleiner Tunnel durch eine weitere Hecke und setzte sich im Wald einen Meter breit und gut begehbarer fort. Eine angenehme Kühle streifte die Beiden. Hier war es nicht so dunkel wie vorher. Dicke Sonnenstrahlen schienen durch die Baumkronen und malten ein Muster aus hellen Punkten auf den von Laub bedeckten Boden. Voller Ehrfurcht bemerkten die beiden immer wieder ihnen völlig unbekannte Dinge. Unter einem gigantischen Baum lagen einige Blätter auf dem Boden. Bret hob eines von ihnen auf und betrachtete es verblüfft. Es hatte einen Durchmesser von mindestens fünfzig Zentimetern und die Form von einem irdischen Ahornblatt.
Nach einer Stunde kamen sie an eine Stelle, an der der Weg einen Bach kreuzte. Peter hörte das leise Rauschen schon hundert Meter vorher und legte den Rest der Strecke sprintend zurück. Alle Vorsicht vergessend, tauchte er seinen Kopf fast vollständig in das kalte Wasser und trank ausgiebig. Bret kniete sich daneben und machte es ihm gleich. Das Wasser füllte sie mit neuem Leben und neuer Energie. Als sie sich satt getrunken hatten, füllte Bret noch die Flasche bis zum Rand. Nebeneinander knieten sie im Matsch und schauten sie sich grinsend an, bis Bret Peter gegen den Arm boxte und meinte: „Das war ganz schön riskant. Das Wasser hätte auch unverträglich für Menschen sein können."
„Ist es aber nicht", antwortete eine unbekannte Stimme.
Peter und Bret erschraken und wirbelten herum. Die beiden waren so durstig auf das Wasser fixiert, dass sie nicht bemerkt hatten, dass flussaufwärts, keine zehn Meter von ihnen

entfernt, zwei unbekannte Lebewesen standen. Der eine war ein menschlicher Mann von etwa fünfundfünfzig Jahren. Er trug braune, altertümliche Kleidung, die stark abgenutzt aussah, und stand barfuß im Wasser. Er hatte mittellange schwarze Haare und einen leichten Vollbart. Viel mysteriöser hingegen war das andere Wesen. Es war kein Mensch und befand sich direkt neben dem Mann, stand allerdings nicht im Wasser, sondern schwebte fast dreißig Zentimeter darüber. Trotzdem war es noch einen Kopf kleiner als der Mensch. Es hatte eine zartgrüne Hautfarbe und langes, graues Haar, das wie Spaghetti, dünn bis zu den Schultern herunter hing. Seine Kleidung war ein einteiliger, roter Kittel, der schmal bis über seine Füße reichte. Peter zweifelte, ob eine schwebende Gestalt überhaupt Füße hatte. Der Blick aus seinen gelben Augen war sanft.

„Ihr könnt das Wasser ruhig trinken. Es schadet euch nicht", sagte der Mensch mit ruhiger Stimme.

„Ich bin Alram. Ihr seid seltsam gekleidet. Sagt, woher seid ihr? Kommt ihr von der Erde?"

14

Die beiden Neptunier starrten Gary Frisbee kalt mit ihren unheimlichen Augen an. Einer war mit einem Kältestrahler bewaffnet, der andere führte ein goldenes Schwert. Er deutete mit der Schwertspitze in seine Richtung und befahl ihm in schwer verständlichen Worten, ihm zu folgen. Gary gehorchte und stand auf. Er hatte die Hoffnung diesmal nicht eingefroren zu werden. Mit zittrigen Knien trat er aus seiner Zelle heraus und kam in einen hellen Gang, der ein Meter breit und genauso hoch wie seine Zelle war. Die Wände, die Decke und der Boden waren ebenfalls aus Wasser. Er blickte in beide Richtungen. Der Gang war so lang, dass nirgends ein Ende zu sehen war. Der Schwertträger ging voraus. Gary folgte ihm und spürte, dass der zweite Neptunier, mit der Waffe im Anschlag, die Nachhut bildete. Links und rechts befanden sich in regelmäßigen Abständen andere Wasserwürfel, die durch weitere Gänge ohne erkennbares Ende getrennt waren. Alles war völlig rechtwinklig und geometrisch konstruiert. In manchen Zellen erkannte Gary verschwommenen die Umrisse von Insassen. Offenbar war er nicht der einzige Gefangene in dieser Anlage. Einige Zellen waren auch mit zwei Personen besetzt, aber die Meisten schienen leer gewesen zu sein.
Nach geschätzten einhundert Metern erreichten sie eine Außenwand. Gary erkannte nun, warum er zuerst kein Ende des Ganges sehen konnte. Alle Wände bestanden aus dem gleichen hellblauen Wasser, das durch eine fremde Technologie in ihrer Form gehalten wurde. Dadurch waren die Konturen von Zellen und Gängen ab einigen Metern Entfernung nur schwer auszumachen. Sie blieben vor der Wand stehen. Gary hatte bis hierher zweiundzwanzig Wassergefängnisse gezählt. Anhand der geometrischen Perfektion schätzte er, dass sich in jeder Reihe fünfzig Zellen befanden. Er überschlug die Zahlen in seinem Kopf und kam auf eine quadratische Grundfläche von über vierzigtausend

Quadratmetern mit zweitausendfünfhundert Zellen. Der vordere Neptunier stand noch immer mit dem Rücken zu ihm. Gary wusste, dass er keine Chance bei einem Fluchtversuch gehabt hätte. Er kam schon nicht mit Kindern zurecht und diese grässlichen Monster waren bewaffnet und viel größer wie er. Außerdem spürte er noch immer den aufmerksamen Blick des zweiten Monsters bohrend in seinem Rücken. Und selbst wenn er sie hätte überwältigen können, wohin hätte er fliehen sollen? Stattdessen beobachtete Gary interessiert, wie der Neptunier sein Schwert mit der kompletten Schneide langsam in die Wasserwand steckte. Es ging so leicht, wie man es auch hätte erwarten können, wenn man ein Schwert ins Wasser steckt. Nachdem er es wieder herausgezogen hatte, bildete sich an dieser Stelle eine rechteckige Tür aus Eis, die ein paar Augenblicke später wieder schmolz und eine Öffnung zurückließ. Gary folgte dem Neptunier durch die entstandene Pforte und fand sich zu seiner Verwunderung in einer kalten Steinhöhle wieder. Sie folgten etwa einhundert Meter weit einem Pfad leicht bergauf und betraten schließlich die riesige Pyramide, was Gary nun zum ersten Mal bei Bewusstsein tat. Staunend blickte er nach oben, wo er nur etwa acht Meter weit sehen konnte. Der Rest bis zur Decke lag im Dunkeln. Er erkannte gegenüber und an der linken Wand je eine weitere Höhle. In der Mitte bemerkte er so etwas wie einen Swimmingpool, und rechts von ihm surrten einige fremdartige Maschinen. An einem dieser Computer stand eine weitere Gestalt mit dem Rücken zu ihnen. Gary spürte, wie die Angst sich in seinem Körper ausbreitete. Er hoffte instinktiv, dass das Wesen sich nicht zu ihnen umdrehte, doch einer der Neptunier sprach ihn gezielt an.

„Herr, das Menschlein wach sein. Wir es bringen zu euch wie befohlen."

Als die unheimliche Gestalt sich daraufhin zu ihnen umdrehte, hatte Gary den unwiderstehlichen Drang zu fliehen, doch als ob er Gedanken lesen könnte, trat der bewaffnete Neptunier zu ihm heran, hielt ihn mit seinen schleimigen Fingern an der

Schulter fest und drückte ihn runter auf die Knie. Die dunkle Person bei den Maschinen war noch weit von ihnen entfernt. Einige Sekunden blickte sie stur zu Gary und den beiden Neptuniern, dann schritt sie langsam auf sie zu und sprach ihn in verschiedenen Sprachen an:
„Usted habla espaňa? Parlante italiano? Tu parles français? Spreekt u het Nederlands? Вы говоритее русского? Nihuì yán zhōngwén? Talar du svensk? Você fala o português? " Die Gestalt wollte Gary mit seinen Sprachkenntnissen beeindrucken. Längst wusste sie schon alles über ihn. „Nein, ich weiß es. Du sprichst eine Sprache, die ihr Deutsch nennt. Nicht wahr, kleiner Mensch von der Erde?"
Die ruhige, tiefe Stimme des Fremden hallte von den Wänden der Pyramide wieder, sodass sie von überall zu kommen schien.
Gary Frisbee nahm all seinen Mut zusammen.
„Ja, äh, ich spreche Deutsch. Aber w... wer sind sie, was ist das hier für ein Ort und w... warum wurde ich von diesen grässlichen Monstern entführt?"
„So viele Fragen, Mensch? Nun gut, ich will sie dir beantworten. Mein richtiger Name ist für dich unaussprechbar. Auf einigen Planeten nannte man mich Aqumulus oder Murna. Auch Prachtar und Rhek´Dal wurde ich schon genannt. Aber auf deinem Planeten, der Erde, wurde ich Poseidon und Neptun genannt."
Gary stutzte. In seinem Kopf rotierten die Gedanken.
„Neptun? *Der* Neptun? Aus der Mythologie? Das ... das kann nur ein Scherz sein."
In diesem Moment war die Gestalt aus dem Schatten herausgetreten und Gary konnte sein Gesicht erkennen. Schlagartig wurde ihm bewusst, dass Neptun die Wahrheit gesagt hatte. Er blickte in das Antlitz einer außerirdischen Person, die menschenähnlich, aber doch fremdartig war. Neptun hatte lange dunkle Haare und einen Henriquatre Bart um den Mund herum. Die Knochen seiner Stirn bildeten einen nach oben gerichteten Dreizack, dessen Griff nach unten verlief und zur Nase wurde. Das andere außerirdische

Merkmal waren die schwarzen Augen mit grüner Iris. Neptun war zwei Köpfe größer als er, und Gary erkannte unter dem futuristischen, schwarz-silbernen Anzug eine sehr muskulöse Figur. Er stand jetzt zwei Meter von Gary entfernt und fixierte ihn ruhig mit seinen unheimlichen Augen.

„Zu deiner zweiten Frage: Du befindest dich in meinem Reich und dies ist die große Pyramide von Quatar."

Er nickte den beiden Neptuniern zu, die sich daraufhin in die Höhle zurückzogen. Dann forderte er Gary mit einer Handbewegung auf aufzustehen, dem Gary mit wackeligen Knien nachkam.

„Zu deiner dritten Frage: Du wurdest von meinen Neptuniern auf meinen Befehl hin zu mir gebracht, um mir einige Fragen zu beantworten. Ihr Menschen habt Augen zu sehen – und seht doch nichts. Ihr habt Ohren zu hören – und hört doch nichts. Ihr sucht den Weltraum ohne Unterlass nach nichtmenschlichen Spuren ab. Ihr schickt primitive Maschinen auf eure Nachbarplaneten, um Mikroben zu suchen, dabei ist euer Planet voller Beweise. Ich selbst war nach deiner Zeitrechnung vor vielen tausenden von Jahren auf deinem Planeten. Von den schwachen Menschen dort wurde ich als Gott verehrt, und so wird es bald wieder sein." Dann schritt er noch einen weiteren Schritt auf Gary zu, um seiner nächsten Frage die nötige Wichtigkeit zu vermitteln:

„Und jetzt beantwortest du *mir* eine Frage! Wo ist der Weltenwandler?"

15

Bret und Peter starrten verblüfft auf Alram und besonders auf seinen schwebenden Begleiter. Nach stundenlanger Wanderung in dieser fremden Welt waren sie endlich auf intelligentes Leben gestoßen. Von ihnen erhofften sie sich Hilfe, sodass Bret wie entfesselt losplapperte.
„Hallo, ich bin Bret, das ist Peter. Natürlich sind wir von der Erde, von wo denn auch sonst? Wir waren eben noch mit dem Auto kurz vor Heidelberg, dann müssen wir irgendwie von der Straße abgekommen sein. Unser Auto ist nur noch Schrott und wir schlagen uns seit Stunden durch diesen dämlichen Wald. Woher kommt der große Mond am Himmel? Warum ist es hier so heiß! Und wo ist die verdammte Autobahn?"
Ergänzend zeigte Peter auf den schwebenden Zwerg:
„Und wer ist das?"
Alram und sein Begleiter wechselten verwirrt ihre Blicke. Sie hörten die Worte, verstanden aber nur wenig. Alram wusste, dass Peter und Bret seine Hilfe brauchten. Beruhigend hob er seine Arme.
„Ihr Fremden sprecht eine Sprache, die ich kenne, jedoch mit Worten, die mir fremd sind. Wir werden versuchen, euch zu helfen. Ihr befindet euch im Wald von Algrén, und das hier ist mein Freund Hrolph. Vor ihm braucht ihr keine Angst zu haben. Folgt mir in mein Dorf, wo ich euch zum Ältesten bringe. Dort werdet ihr versorgt und ihr bekommt alle Antworten auf eure Fragen. Es sind nur wenige Geschichten bis dorthin."
Nun sahen sich Bret und Peter fragend an und murmelten gleichzeitig:
„Geschichten?"
Sie folgten Alram und Hrolph über den Bach weiter den Weg entlang. Nach einigen Minuten realisierten sie, dass sich ihre Lage deutlich gebessert hatte. Sie hatten zwei Personen getroffen, die ihnen freundlich gesonnen waren und die sie mit

in ihr Dorf nahmen. Der Gedanke an eine Mahlzeit löste bei Peter ein Knurren im Magen aus. Staunend beobachtete er Hrolph, wie er geschmeidig und lautlos über Stock und Stein schwebte.
„Das hat sicherlich nur Vorteile. Der bekommt bestimmt kein Muskelkater", flüsterte er seinem Freund zu.
„Auf jeden Fall wird er nicht über irgendwelche Wurzeln stolpern", scherzte Bret.
Ihr aufkeimender Humor wurde jäh gestoppt, als Hrolph aus heiterem Himmel für den Bruchteil einer Sekunde wie vom Blitz getroffen aufleuchtete. Er schwebte noch immer seelenruhig neben Alram her, während seine schlanke Figur in der Länge zusammenschrumpfte und in der Breite auseinander dehnte. Der Kopf wurde runder, die Nase länger und auf der Haut wuchsen braune Haare zu einem dichten Fell. Die Kleidung verschwand und ein Tier, das stark an einen kleinen Bären erinnerte, landete auf seinen Pfoten und tapste gesellig weiter. Ganz so, als ob nichts geschehen war. Die Verwandlung dauerte nur etwa vier Sekunden. Bret und Peter blieben erschrocken stehen. Alram, der ihr Zögern bemerkte, verharrte ebenfalls und drehte sich zu ihnen um. Er hob erneut beruhigend die Arme:
„Meine Freunde, habt keine Angst. Das ist ein harmloser Guka-Uhl, ein pflanzenfressendes Tier, das in diesen Wäldern lebt. Sie fressen nur einmal in ihrem Leben Fleisch, damit ihr Körper bestimmte Proteine bilden kann. Danach nie wieder. Hrolph ist ein Wesen, das jede beliebige Form annehmen kann und er hat momentan diesen Körper gewählt. Entschuldigt, dass ich euch nicht vorher davon berichtet habe, aber für mich ist es nichts Befremdliches. Ich habe nicht daran gedacht."
Vorsichtig ging der Guka-Uhl auf Bret zu und schnupperte an seinen Beinen. Fasziniert tätschelte er vorsichtig den Kopf des bärenähnlichen Tieres, das die Streicheleinheit sichtlich genoss. Auch Peter hockte sich neben das fremde Tier und bestaunte es. Hrolph sah das als Gelegenheit an, um seine außergewöhnlichen Fähigkeiten erneut zu demonstrieren. Wieder hüllte sich sein Körper kurz in Licht, um sich in ein

anderes Tier zu verwandeln. Als pferdeähnliches Lebewesen, von der Größe eines Ponys mit ocker-gelbem Fell, präsentierte er sich wiehernd den beiden Männern, die begeistert applaudierten.
Hrolph verwandelte sich während der Wanderung noch einige Male und genoss sichtlich die Begeisterung der beiden Fremden. Bret und Peter hatten zum ersten Mal seit ihrer turbulenten Ankunft ihre Angst komplett vergessen. Sie fühlten sich bei dem freundlichen Alram und dem mysteriösen Hrolph wohl und lachten fröhlich über seine Verwandlungstricks.
Nach einiger Zeit erreichten sie eine Bergkuppe, auf deren Kamm sie anhielten. Alram deutete mit dem Arm den Weg hinab.
„Dort liegt unser Dorf Galosch! Das bedeutet in eurer Sprache so viel wie `...wo die Sonne die neue Welt erwärmt´."
Bret und Peter waren sprachlos von der Schönheit, die sich ihnen darbot. Vor ihnen lag ein Tal, umringt von bewaldeten Bergen, durch das sich ein silbern glitzernder Fluss schlängelte. In der Mitte, direkt am Fluss gelegen, befand sich ein malerisches Dorf mit etwa fünfzig kleinen Häusern und Hütten. Von hier aus konnten sie auch zum ersten Mal den Planeten über ihnen in seiner ganzen Erscheinung sehen, ohne störende Bäume. Auf keiner ihrer zahlreichen Klettertouren und Ausflügen in die Naturparks der Erde hatten sie je einen schöneren Anblick erlebt.
„Folgt mir." Mit diesen Worten begann Alram den Abstieg. Hrolph schwebte wieder in seiner ursprünglichen Form neben ihm her.
„Von hier sind es nur noch etwa zwei Geschichten." Dieser Satz riss Bret aus seiner Faszination. Er schloss zu dem älteren Mann auf und ging neben ihm her.
„Alram, was bedeutet es, wenn sie sagen ´es dauere nur drei oder vier Geschichten`? Wie weit ist es denn nun bis in euer Dorf? Ich schätze eine viertel Stunde, für etwa einen Kilometer."
Alram blieb nicht stehen.
„Mein Sohn, ich verstehe eure Sprache sehr gut. Es ist eine

derer, die auch ich spreche, jedoch sind mir manche eurer Worte noch immer unbekannt. Ich kenne keine Stunde oder Kilometer. Eine Strecke von hier nach dort, oder eine bestimmte Tätigkeit wie das Fällen eines Baumes, ist so lang, wie die Anzahl der Geschichten, die man während dessen erzählen kann."
Bret nickte verständnisvoll.
„Aber sie haben seit wir uns begegnet sind keine einzige Geschichte erzählt. Und sind die Geschichten denn immer gleich lang? Bei uns auf der Erde messen wir Strecken in definierten Abständen. Das hier ist zum Beispiel ein Meter." Bret hielt die Arme so weit voneinander entfernt nach vorne ausgestreckt, das er ungefähr einen Meter anzeigte. „Bis zum Dorf sind es etwa tausend davon, schätze ich."
Alram lachte.
„Mein Freund, wer würde es für einen Heimweg jemals so genau wissen wollen? Wir kennen ähnliche genauere Einheiten, mit denen wir messen, aber die benötigen wir nur beim Haus- oder Mauerbau. Ich habe unterwegs keine Geschichten erzählt, weil ich Hrolph nicht bei seinen Verwandlungen stören wollte. Ihr habt euch so mit ihm gefreut, außerdem werden heute nur noch selten Geschichten erzählt." Alram seufzte. „Alle Geschichten sind erzählt. Wir kennen alle und niemand weiß etwas Neues zu berichten", erklärte er traurig.
„Peter und ich kennen eine Menge Geschichten und Märchen. Die Erzählungen der Gebrüder Grimm kennt ihr doch bestimmt nicht. Die haben auf der Erde vor ungefähr zweihundert Jahren Märchen geschrieben, die noch heute erzählt werden."
Jetzt blieb Alram stehen. Er wand sich vorsichtig an Bret: „Ist das wahr? Du kennst neue Geschichten? Könntest du mir eine davon erzählen? Ich würde sie sehr gerne hören."
Bret legte die Stirn in Falten und überlegte. Dann sagte er aufgeregt:
„Na klar, ich habe eine. Da war mal so eine Familie im Wald."
Schmunzelnd korrigierte er sich. „Nee, das geht so: *Es war*

einmal vor langer Zeit in einem finsteren Wald..."

Während Bret das Märchen von Hänsel und Gretel vortrug und Alram aufmerksam und fasziniert zuhörte, stand Peter noch immer auf der Kuppe und betrachtete die wundervolle Landschaft. Erst jetzt bemerkte er, dass die anderen mittlerweile zweihundert Meter weiter gegangen waren. Er bildete mit den Händen einen Trichter um seinen Mund und rief hinter ihnen her: „BRET! WARTET".

Bret unterbrach die Erzählung, weil er Peter rufen hörte und drehte sich zu ihm um. Auch Alram und Hrolph blieben stehen und wollten auf Peter warten. Sie sahen wie er zu laufen begann, während im gleichen Moment hinter ihm auf der Kuppe drei Neptunier erschienen.
Dann ging alles ganz schnell. Einer von ihnen zielte mit seinem Perlmuttschwert auf Peter. Ein Energieblitz schlug aus der Waffe und traf Peter im Rücken. Er verwandelte sich nicht in Eis, sondern erstarrte nur und fiel nach vorne um. Alram und Hrolph drehten sich um und flüchteten Richtung Galosch. Bret, der zum ersten Mal einen Neptunier sah, schrie Peters Namen und rannte panisch in seine Richtung, um seinem Freund zu helfen. Alram und Hrolph bemerkten Brets Fehlverhalten. Sie tauschten die Blicke aus und nickten sich stumm zu. Während Alram seine Flucht ins Dorf fortsetzte, glitt Hrolph hinter Bret her. Da sein Volk nicht sprechen konnte, war es ihm nicht möglich Bret etwas zuzurufen, doch er konnte sehr schnell fliegen. So holte er Bret rasch ein und hielt ihn entschlossen an der Schulter fest. Bret sah, wie ein Neptunier Peters steifen Körper auf die Schulter lud und wegtrug.
„LASS MICH!", schrie Bret. Hrolph erkannte wie der Neptunier mit seinem Schwert in ihre Richtung zielte. Er legte seine zweite Hand auf Brets andere Schulter, dann umhüllte wieder ein Licht seinen schlanken Körper und er begann sich erneut zu verwandeln. Diesmal übertrug sich das Leuchten auch auf Brets Leib und einige Augenblicke später rollten

beide als zwei vierzig Zentimeter große, runde Steine den Abhang hinab ins Dorf.

Die Neptunier folgten ihnen nicht. Sie trugen Peter zurück über die Kuppe und außer Sichtweite. Dann drückte einer an einem kleinen Gerät, das er am Gürtel befestigt hatte, auf einen Sensor. Daraufhin bildete sich vor ihnen eine leuchtende Scheibe, in der sie mit Peter verschwanden.

16

„*Weltenwandler?*"
Gary starrte in das wartende Gesicht Neptuns und kannte die Antwort auf dessen Frage nicht.
Auf einmal überkamen ihn Erinnerungen an ein Ereignis, dass ihn als Kind traumatisiert hatte. Mit sieben Jahren sollte er eine Mutprobe bestehen, indem er einen Apfel auf dem Markt stehlen sollte. Die anderen Kinder wollten ihn erst dann in ihre Bande aufnehmen. Der kleine, schüchterne Gary hatte eine Ewigkeit still da gestanden und einen Gemüse- und Obststand beobachtet. Der Verkäufer war ein riesiger, grimmiger Bauer, der wegen einer Stimmprothese eine nicht menschliche, roboterähnliche Stimme hatte. Gary bildete sich ein, dass der Händler deutlich seine Gedanken lesen konnte. Trotzdem rannte er in einem verzweifelten, von Adrenalin beflügelten Moment los, krallte sich einen grünen Apfel, in der Hoffnung dadurch von den anderen Jungs akzeptiert zu werden, und sprintete so schnell er konnte vom Stand weg. Er wühlte sich hektisch durch die Menschenmenge und war der festen Überzeugung, dass jede einzelne Person auf dem Marktplatz versuchte, ihn zu ergreifen. Er wirbelte wild mit den Armen und prallte im nächsten Moment ausgerechnet mit einem Polizisten zusammen.
„Hoppla mein Junge. Nicht so schnell! Vor wem bist du denn auf der Flucht? Einen schönen Apfel hast du da. Den hast du doch nicht etwa gestohlen?" Der Polizist zwinkerte mit dem Auge, doch der kleine Gary erkannte den ironischen Ton in seiner Stimme nicht und hatte furchtbare Angst. Er wurde ertappt. Schließlich brachte der Ordnungshüter den stummen Gary auch noch zum Tatort und zum zornigen Bauern zurück. Das gleiche panische Gefühl wie damals hatte Gary nun wieder. Erneut schaute er eingeschüchtert zu dem `Polizisten´ auf.
„Weltenwandler? Ich habe doch nur einen Apfel genommen",

flüsterte Gary. Wieder erklang Neptuns Stimme. Diesmal noch drohender und entschlossener.
„Beantworte meine Frage. Wo ist der Weltenwandler."
„Ich ha... habe keine Ahnung, w... was sie ...meinen", stotterte Gary.
Neptuns Augen verengten sich zu Schlitzen.
„Strapaziere nicht meine Geduld, Mensch. Ich meine das Gerät, das ihr entwickelt habt, um durch die Galaxie-Tunnel auf fremde Welten zu reisen. Es wurde in einem Labor auf der Erde hergestellt. Mir wurde berichtet, dass du in diesem Haus eine zentrale Position einnimmst. Deshalb glaube ich, dass du über alles Bescheid weißt, was dort geschieht."
Gary war verwirrt. Er vermied Augenkontakt, während er kopfschüttelnd versuchte, Neptun aufzuklären.
„Herr, ich... ich bin dort nur ein kleiner, ein winzig kleiner Nachtwärter. Ich passe nur auf, dass niemand in das Haus einbricht, wenn alle nach Hause gegangen sind. Von den Dingen, die dort hergestellt werden, habe ich keine Ahnung."
Neptun fixierte Gary während dessen zittrigen Ausführungen. Nach einigen Sekunden sagte er wesentlich ruhiger:
„Ich glaube dir, du erbärmliche Kreatur. Ich weiß, dass du die Wahrheit sprichst, dein Geist ist sehr leicht zu lesen. Aber um sicherzugehen,..."
Neptun holte ein kleines silbernes Gerät hervor, auf dem einige Leuchtdioden blinkten. Er hielt es einige Sekunden in seine Richtung, dann bestätigte er:
„Du hast das Gerät nicht bei dir und du weißt nichts darüber. Es war ein Fehler, dich hierher zu holen." Dann rief er über ein Kommunikationsgerät die beiden Neptunier herbei. „Ihr habt den falschen Menschen zu mir gebracht. Bringt ihn wieder in sein Aquacella. Ich entscheide später, was mit ihm geschieht."
Mit kühler Gleichgültigkeit gehorchten die Neptunier und führten Gary zurück in seine Wasserzelle, wo er sich apathisch in eine Ecke hockte und an den riesigen Polizisten dachte, der das ängstliche Kind Gary Frisbee zum Obststand des Roboterbauern zurückbrachte.

17

Alram wurde von den beiden rollenden Felsen kurz vor Galosch rasend schnell überholt. Sie erreichten das Dorf und rollten an einigen verblüfften Menschen vorbei. Der Boden war hier zwar nicht mehr abschüssig, aber sie kugelten noch immer sehr schnell auf einen alten Hühnerstall zu. Der linke Stein glühte im Rollen kurz auf, dann hatte Hrolph sich mit einer eleganten Bewegung in seine Urform zurück verwandelt. Mit gleich bleibendem Tempo flog er hinter der zweiten Felskugel her, um Bret ebenfalls zurück zu verwandeln, doch es war schon zu spät. Die schwere Steinkugel durchschlug mühelos einen dünnen Bretterzaun und krachte wie eine Bombe donnernd in den kleinen Hühnerstall. Das Holz splitterte und die Hühner flogen panisch gackernd davon. Die primitive Tierbehausung brach völlig in sich zusammen und begrub die Steinkugel Bret, der durch einige Heuballen gestoppt wurde, unter sich. Hrolph schwebte in den Nebel aus Federn und Staub, schob einige Bretter und Stroh beiseite, sodass er den Stein berühren konnte und verwandelte Bret zurück. Von dem Lärm alarmiert versammelten sich die Dorfbewohner um den zerstörten Stall und erblickten einen fremden Menschen, der wie ein Häufchen Elend zwischen zerbrochenen Eiern, Stroh und Hühnerkot auf allen Vieren kauerte.

Die ganze Welt drehte sich in Brets Kopf. Ihm war schwindelig wie noch niemals zuvor in seinem Leben. Er konnte gar nicht begreifen, was passiert war, oder wo er sich befand. Er versuchte aufzustehen, landete aber prompt wieder auf seinem Hinterteil. Er schloss die Augen und spürte, wie ihn jemand am Arm packte und aufhalf. Es ging. Seine Beine waren zwar wie Gummi, aber er schaffte es, stehen zu bleiben. Er spürte noch immer die Unterstützung an seinem Arm und öffnete die Augen. Langsam ließ der Schwindel nach. Wie beiläufig schaute Bret nach, wer ihm freundlicherweise

geholfen hatte aufzustehen und blickte in Hrolphs gelbe Augen, die ihn gequält anlächelten. Schlagartig kamen die Erinnerungen wieder.
„Du hast mich verwandelt! Oh mein Gott! Ich war ein Stein! Ich konnte mich gar nicht bewegen! Oh mein Gott!" Dann fiel ihm sein Freund wieder ein.
„Peter! Wo ist Peter? Diese Monster haben auf ihn geschossen. Ist er tot? Warum habt ihr mich aufgehalten? Ich wollte ihm doch helfen."
Hrolph machte mit den Händen eine hilflose Geste und blickte ihn verzweifelt an.
„Dein Freund ist nicht tot", sagte jemand anderes.
Bret und Hrolph drehten sich um. Alram hatte das Dorf mittlerweile ebenfalls erreicht. Schnaufend drängte er sich durch die Menschenmenge. „Sie haben Peter betäubt und mitgenommen." Er trat an Bret heran und legte ihm freundschaftlich eine Hand auf die Schulter. „Und sie hätten auch dich mitgenommen, wenn du dich ihnen entgegen gestellt hättest. Wolltest du denn mit leeren Händen gegen drei bewaffnete Neptunier kämpfen?" Nun deutete er auf Hrolph. „Er hat dich gerettet. Es ist für ein Wechselwesen sehr anstrengend, wenn er andere Menschen verwandelt. Du solltest ihm dankbar sein."
Alrams Worte machten Sinn und beruhigten Bret ein wenig. Aus der Emotion heraus wäre er sehr wahrscheinlich in sein Verderben gerannt, dachte er sich. Er richtete sich an Hrolph: „Alram hat völlig Recht. Natürlich danke ich dir, dass du mich vor einer großen Dummheit bewahrt und mir geholfen hast, der Gefahr zu entkommen. Das war eine unglaubliche Erfahrung, aber musste es unbedingt ein Stein sein?"
„Er wird dir nicht antworten", meinte Alram. „Sein Volk kann nicht sprechen."
„Woher weißt du, dass Peter nicht tot oder verletzt ist, und wo bringen diese Turiner ihn hin?", wollte Bret wissen.
„Diese Wesen heißen Neptunier. Sie benutzen nach unseren Erfahrungen zwei verschiedene Waffen, einen Kältestrahler und ein Eisschwert aus Perlmutt. Der Strahler hat

verschiedene Intensitätseinstellungen, während die klassische Waffe nur betäubt. Mit dem Schwert können sie auch das Wasser beherrschen, ihren eigentlichen Lebensraum. Leider weiß ich nicht, wo sie deinen Freund hinbringen. Es gibt allerdings die Legende von…"

„Alram, was geht hier vor?"
Die Stimme gehörte einem Mann, den Bret sofort als Dorfoberhaupt identifizierte. Er hatte schnee-weißes Haar und tiefe Falten im Gesicht. Ein weißer Bart bedeckte sein Kinn. Auf der Erde hätte Bret ihn optisch dem arabischen Raum zugehörig gedacht. Auch die Sprache, in der der Alte nach dem ersten Satz in Deutsch jetzt mit Alram sprach, klang für Bret wie arabisch. Ein auffällig großer Ohrring hatte seine Ohrläppchen im Laufe der Zeit in die Länge gedehnt. Seine Haut lag wie Leder auf seinem knochigen Körper, der nur von einer Toga bedeckt war. Erst jetzt bemerkte Bret, dass sich vermutlich fast alle Dorfbewohner eingefunden hatten, um Bret anzustarren. Alle waren unterschiedlich altertümlich gekleidet, so wirkten manche arabisch oder indianisch, andere trugen Inka- oder Maja-Kleidung. Sie unterhielten sich auch in den verschiedensten Sprachen, was Bret an die Legende vom Turmbau zu Babel erinnerte. Anscheinend verstanden sie sich jedoch untereinander, was den Unterschied zur Geschichte in der Bibel ausmachte. Bret blickte sich noch genauer um. Das Dorf sah wie eine Mischung aus Altertum und Neuzeit aus. Die Häuser waren schlicht, aber modern. Es gab Häuser aus Holz und einige aus Stein. Daneben gab es alte Bretterbuden, in denen neben Schweine, Hühner oder Schafe auch Tiere gehalten wurden, die nicht von der Erde stammten. Es gab keine richtigen Straßen, sondern nur Trampelpfade, die von Haus zu Haus führten. Alram riss ihn aus seiner Faszination: „Bret, ich möchte dir Sáphir vorstellen." Der alte Mann nickte Bret langsam zu. „Er ist unser Ältester, der Weise unseres Dorfes. Auf seinen Rat hören wir. Komm mit in sein Haus, er wird all deine Fragen beantworten."

18

In seiner nassen Zelle lag Gary in der Fötusposition in einer Ecke. Die schrecklichen Erlebnisse der letzten Stunden hatten ihren Tribut gefordert und ihn einschlafen lassen, doch es war ein sehr unruhiger Schlaf. Er träumte, dass er unter Wasser an einem Felsen gefesselt war und sich nicht bewegen konnte. Er sah, wie sich hunderte von grässlichen Wassermonstern auf ihn zu bewegten. Alle aßen grüne Äpfel. Der Polizist aus seiner Kindheit und Neptun waren dicke Freunde. Beide zeigten mit dem Finger auf ihn und lachten ihn aus. Vor den beiden standen Körbe mit weiteren Äpfeln, mit denen sie ihn immer wieder bewarfen. Garys Körper zuckte im Schlaf bei jedem Treffer. Die Neptunier kamen unaufhaltsam näher und näher. Allmählich erreichten sie ihn und streckten ihre schleimigen Hände nach ihm aus. Sie griffen nach ihm, während Neptun und der Polizist immer lauter lachten.
„Lasst mich, Hilfe!", schrie Gary, doch die Monster rüttelten an ihm. Immer fester und schneller.
Dann kehrte die Grenze zwischen Traum und Realität zurück und Garys Verstand realisierte, dass er wirklich geschüttelt wurde. Langsam öffnete er die Augen. Erst verschwommen, dann deutlich fokussierten seine Augen das Gesicht eines Menschen.
„Was zum Teufel..."
„Bleib cool. Ich habe dich geweckt, weil du im Schlaf geschrieen hast. Du hattest einen Alptraum."
Gary starrte am Boden liegend in das blasse Gesicht des Fremden über ihm. Das menschliche Gesicht war der erfreulichste Anblick, den er in den letzten Stunden hatte, doch der Mann sah krank aus. Er hielt sich die Stirn, als wenn er Kopfschmerzen hätte. Gary setzte sich auf und der Mann hockte sich neben ihn ins Wasser.
„Danke, dass du mich geweckt hast. Ich hatte einen echt miesen Traum." Er streckte ihm die Hand entgegen. „Ich bin

Gary. Ich bin echt froh mal wieder ein normales Gesicht zu sehen. Sag mal, geht es dir nicht gut? Hast du Kopfschmerzen?"
Langsam nahm der Mann Garys Hand.
„Kopfschmerzen ist gar kein Ausdruck! Mir platzt bald der Schädel", stöhnte der Unbekannte. „Darum habe ich dich auch geweckt. Ich bin von deinem Geschrei selber eben erst wach geworden. Ich weiß gar nicht wie ich hergekommen bin und wo wir hier sind. Alles nass hier! Und eine Tür gibt es anscheinend auch nicht. Das ist ein echt mieser Tag heute. Eben war ich noch in einem Wald und habe die Landschaft bewundert, im nächsten Moment wache ich hier in dieser Feuchtzelle neben dir auf. Kannst du mir sagen, was hier los ist?" Er ließ Garys Hand wieder los und fügte flugs hinzu: „Ach übrigens, mein Name ist Peter, Peter Tenner aus Heidelberg."

19

Bret folgte Alram und Sáphir durch das Dorf, während Hrolph leise neben ihnen herschwebte. Der Dorfälteste wurde von zwei muskulösen Männern flankiert, die beide mit einer alten, rostigen Hellebarde bewaffnet waren. Offensichtlich standen ihnen keine besseren Waffen zur Verfügung. Bret bezweifelte, dass diese beiden nur mit einem Lendenschutz bekleideten Prätorianer eine Chance gegen die Waffen der Neptunier gehabt hätten.
Sie überquerten einen größeren, runden Platz in der Mitte des Dorfes, wo Bret eine Absurdität entdeckte. Es war eine Maschine, die überhaupt nicht in das Gesamtbild von Galosch passte. Augenscheinlich seit vielen Jahren nicht mehr benutzt, stand sie würfelförmig mit einer Kantenlänge von etwa zwei Metern in der Mitte des Dorfplatzes. Drei Seiten bestanden aus matt glattem, mit fremden Schriftzeichen verziertem Metall, an das alte Kisten und Heuballen gestapelt waren. Auf der vierten Seite gab es eine schmale Öffnung, die offensichtlich dazu diente, dass sich ein Mensch hineinstellen konnte. Darin befand sich auch eine kleine Bedienungstafel. Bret richtete sich an Alram und Sáphir gleichzeitig und fragte: „Was ist das für eine Maschine?"
Nur Alram reagierte. Er drehte sich im Gehen halb zu ihm um und vertröstete:
„Später!"
Als sie Sáphirs Haus am Ende des Dorfes erreichten, war Bret entsetzt. Er hatte für den Anführer des Dorfes zwar kein Schloss erwartet, aber schon etwas Besseres wie das, was er hier vorfand. Mit in Falten gelegter Stirn blickte er auf eine kleine Hütte aus Holz. Die Bretter waren teilweise morsch und faul und es sah so aus, als ob diese Bretterbude jederzeit unter dem Gewicht des moosbewachsenen, windschiefen Daches einbrechen würde. Es gab Fenster, aber keine Scheiben, sodass der Wind freie Bahn ins Innere hatte. Es war in Galosch das

mit Abstand älteste und schlechteste Haus. Bret konnte einfach nicht glauben, dass dort drin jemand leben würde, doch Sáphir öffnete die knarrende Tür und ging hinein. Die beiden Prätorianer positionierten sich links und rechts des Eingangs. Alram blieb auf der Schwelle kurz stehen und deutete Bret an, ihnen zu folgen. Nachdem auch Hrolph hinein geschwebt war, zögerte Bret noch einige Sekunden, dann betrat auch er verständnislos den Kopf schüttelnd die Bruchbude. Im Innern wurde seine Verwirrung noch größer. Der einzige Raum, den dieses Häuschen bot, war schnell überblickt. Es gab keine Möbel, sondern nur Spinnenweben und Staub. Bret stand auf dem blanken Lehmboden, der an manchen kleinen Stellen von Moos bewachsen war. Durch große, längliche Lücken in den Wandbrettern konnte man nach draußen sehen. Was Bret jedoch am meisten verwirrte, war die Tatsache, dass er hier allein war.

„Äh, Hallo? Wo seid ihr?", fragte er in den leeren Raum hinein. Er wollte gerade noch einmal lauter rufen, da fiel ihm ein kleines, quadratisches Loch, in der hinteren linken Ecke auf. Mit drei Schritten hatte er es erreicht und schaute hinunter. Eine alte Holzleiter führte etwa drei Meter hinab. Er hielt kurz inne, dann stieg er an ihr abwärts. Unten folgte er einem etwa zehn Meter langen, stufigen Gang weiter in die Tiefe. Zur Beleuchtung waren links und rechts Fackeln angebracht. Am Ende des Ganges öffnete sich eine runde Halle zu Sáphirs eigentlichem Wohnraum. Aus der zweieinhalb Meter hohen Decke bohrten sich an einigen Stellen die Wurzeln von Bäumen. An der runden Wand stand ein primitiver Schrank und an einer anderen Stelle gab es einen Kamin, in dem ein Feuer flackerte. Eine verbeulte Teekanne baumelte darüber. Im weiteren Verlauf der Rundung entdeckte Bret einen Brunnen mit Eimer und Kurbel. Direkt daneben war eine Nische in die Wand eingelassen, die ein gemütliches Bett beherbergte. Überall hingen Holzschnitzereien und Artefakte von den verschiedensten Kulturen der Erde. Es gab aber auch fremde Dinge, die Bret noch nie zuvor gesehen hatte. Der Lehmboden war mit Stroh ausgelegt und in der

Mitte des Raumes stand ein großer, runder Tisch mit acht Stühlen, an dem Alram und Sáphir wartend saßen. Hrolph, der keinen Stuhl benötigte, schwebte weiterhin.
„Willkommen in meinem Haus." Sáphirs Stimme klang sanft und war völlig akzentfrei. „Setze dich bitte zu uns. Möchtest du eine Tasse Tee?"
„Gerne, Herr Sáphir", antwortete Bret unsicher und nahm am Tisch vor einer leeren Tasse Platz. Der Dorfälteste nickte Hrolph zu, der daraufhin zum Kamin schwebte und den heißen Kessel vom Haken nahm. Um sich nicht zu verbrennen, verwandelte er seine Hand in eine Metallfaust, mit der er den Griff fest umschlossen hatte. Damit flog er zu Bret und füllte seine Tasse mit wohl duftendem Tee.
„Danke, Hrolph. Ich danke auch ihnen, Herr Sáphir."
„Nenne mich bitte nur Sáphir. Wie geht es dir? Ich denke, es muss dir hier einiges verwirrend vorkommen. Du hast bestimmt viele Fragen, die ich versuchen werde zu beantworten. Aber zuerst solltest du mir deine Geschichte erzählen."
Bret nippte an seinem heißen Tee, dann begann er detailliert zu erzählen, wie Peter und er auf dem Heimweg durch Zufall dieses seltsame Gerät im Auto gefunden hatten, wie sie durch die leuchtende Scheibe gefahren und anschließend den Wald hinab gerast waren. Er beschrieb wie sie losgingen, um Hilfe zu suchen, bis sie Alram und Hrolph begegneten, die sie nach Galosch führten.
Sáphir hörte regungslos und gespannt zu. Nach Brets Ende stand er auf und ging zur Wand. Es sah so aus, als betrachtete er dort eine bunte Holzmaske. Seine Arme hatte er auf dem Rücken verschränkt. Nach einer halben Minute drehte er sich wieder zu ihm um.
„Es ist ein Wunder und ein Rätsel. Noch nie erreichten Menschen von alleine diesen Planeten, den wir *Teros* nennen. Wir alle hier in Galosch sind Menschen von der Erde. Nach deiner Zeitrechnung vor vielen tausenden von Jahren, waren die Menschen einfach und friedlich. Sie lebten von dem, was die Natur für sie bereithielt. Eines Tages kamen die Götter auf

die Erde, jedenfalls hielten wir sie anfangs dafür. Wir kannten damals keine Maschinen und waren von der Herrlichkeit der Fremden geblendet. Sie zeigten uns unglaubliche Wunder. Dafür mussten wir für sie arbeiten. Sie ließen uns riesige Gebäude errichten, deren einzelne Steine größer waren, als das Haus an der Oberfläche. Mit Hilfe von Maschinen, in deren Funktion wir eingewiesen wurden, waren diese Steine so leicht zu bewegen, wie die Feder eines Vogels. Ich komme aus einem Land, das wir Kymeía nannten. Für dich kann ich das nur ins griechische Αἴγυπτος oder ins lateinische Aegyptus übersetzen. Mein Volk musste eine Pyramide errichten, die fast bis zum Himmel reichte. Solche geraden Wände und präzise Kanten waren für uns ein Wunder. Die Fremden hatten Maschinen, die Essen aus dem Nichts hervor brachten, sodass niemand hungern musste. Sie waren überall auf der Erde und haben die Menschen in ihrer Entwicklung gefördert. Auch ich war von ihnen geblendet und voller Vertrauen. So zögerte ich auch nicht, als die Götter mich und viele andere in ihren fliegenden Maschinen mit hierher nahmen. Auf diesem Wege wurden tausende Menschen aus den verschiedensten Kulturen und aus den verschiedensten Zeiten der Erde hierher gebracht."
„Gibt es denn noch andere Dörfer in denen Menschen leben?", unterbrach Bret den alten Mann.
„Aber natürlich. Auf Teros und auf Minda leben insgesamt noch etwa zweihundertfünfzigtausend Menschen. Minda ist die schöne Welt am Himmel über unseren Köpfen."
Bret runzelte die Stirn und schüttelte verwirrt den Kopf.
„Entschuldige, aber etwas verstehe ich nicht. Wie kannst du denn beim Bau der Pyramiden in Ägypten mitgeholfen haben? Die sind mehr als viertausend Jahre alt und kein Wissenschaftler kann heute sagen, wie die Menschen damals ein solch gewaltiges Bauwerk errichten konnten. Es ist eines der größten Rätsel der Menschheit."
Sáphir betrachtete Bret mit ruhigen Augen.
„Mein Freund, es spielt keine Rolle wie viel Zeit auf der Erde vergangen ist. Hier gibt es keine Zeit, keinen Wechsel zwischen Tag und Nacht. So wie es jetzt ist, ist es stets. Auf

der Erde verschwand die Sonne am Horizont, es wurde dunkel. Hier nimmt sie fortdauernd den gleichen Platz am Himmel ein. Es ist für dich sicher schwer zu verstehen, aber um es in deiner Sprache auszudrücken: Wir sind alle schon seit vielen tausend Jahren hier und auch erst seit gestern. Hier ist das kein Unterschied, wir altern nicht. Die Götter nahmen uns in ihren fliegenden Schiffen mit. Wir flogen so hoch, dass man die Erde aus dem Fenster als blaue Kugel sehen konnte. Dann bildete sich eine große, grell leuchtende Sonne, so wie auch du sie beschrieben hast, in die wir hineinflogen. Seit dem sind wir hier. Die Götter nannten es ´*die Reise durch den Galaxie-Tunnel*´. Ich nehme an, dass du die Parallelen zu deinem Erlebnis erkennst. Die Frage ist nun, wer außer den Göttern die Macht hat einen solchen Tunnel zu erschaffen. Möglicherweise ist den Alchemisten der Erde diese Entdeckung nun gelungen." Der alte Mann stockte in seinem Redefluss und kaute nachdenklich auf seiner Unterlippe. „Das würde bedeuten, dass die Menschen in all den Jahren, die auf der Erde vergangen sind, den gleichen Wissensstand, wie die Götter erreicht haben."
Bret hatte mittlerweile seinen Tee leer getrunken. Hrolph blickte ihn mit der Kanne in der Hand fragend an. Bret nickte ihm zu, um sich die Tasse erneut füllen zu lassen, dann richtete er sich wieder an den alten Mann.
„Sáphir, auf der Erde hört man oft Geschichten und Mythen von außerirdischen Raumfahrern, die in vorchristlicher Zeit die Erde besucht haben sollen. Ich habe das immer für Unsinn gehalten. Aber jetzt... Sind diese Neptunier etwa die außerirdischen Götter, von denen hier die Rede ist?"
„Nein! Diese armen Kreaturen sind nur Lakaien. Sie waren niemals auf der Erde. Ich sagte bereits, dass viele Völker auf der Erde von Göttern besucht wurden. Alram, der eigentlich Alramiziculápot heißt, gehörte zum Beispiel dem Volk der Azteken an. Ihren mächtigen Götteranführer nannten sie *Quetzalcoátl*. Ein großes menschenähnliches Wesen mit einem Schlangenkopf und Vogelfedern auf dem unbekleideten Leib. Bei mir in Kymeía, du nennst es Ägypten, waren *Horus* und

Apis. Horus war ein Mann mit Vogelkopf, während der muskulöse Apis einen Stierkopf hatte. Er war beim Volk wegen seiner Grausamkeit gefürchtet. Ob Mann, Weib oder Kind, wer nicht gehorchte wurde von ihm bestraft. Diese Götter waren die ´*außerirdischen Raumfahrer*´, wie du sie nanntest. Doch die zwölf mächtigsten Götter von allen, die ´*Dei Consents*`, lebten in einem riesigen Haus aus Metall, das sie ´*Raumstation*` nannten und das hoch über dem Berg Ὀλυμπος in Griechenland schwebte. In deiner Sprache heißt der dieser Berg *Olymp*. Diese Götter hatten verschiedene Namen, weil sie überall auf der Erde bekannt waren. Sie hießen im lateinischen der Rangfolge nach: *Jupiter, Neptun, Juno, Ceres, Apollo, Diana, Minerva, Mars, Venus, Merkur, Vulcanus und Vesta*. Von den Griechen wurden sie *Zeus, Poseidon, Hera, Demeter, Apollon, Artemis, Athene, Ares, Aphrodite, Hermes, Hephaistos und Hestia* genannt. Dies waren ihre geläufigsten Namen.“

20

Dies alles war für Bret nur schwer zu verstehen. Apollo, Aphrodite, Mars, Venus oder Merkur, das waren alles Namen, die er noch aus seiner Schulzeit kannte, aber bis jetzt glaubte er, dass sie aus der griechischen oder römischen Mythologie stammten. Er wusste auch, dass die Planeten im irdischen Sonnensystem nach den römischen Göttern benannt waren. Und jetzt sollen diese mythologischen Wesen wirklich vor tausenden von Jahren auf der Erde gewesen sein?
„Warum sind diese Götter denn heute nicht mehr auf der Erde?", wollte Bret wissen. „Wenn sie so mächtig waren, hätten sie doch bleiben und die ganze Menschheit beherrschen können."
„Das war jedoch nicht das, was sie wollten", antwortete diesmal Alram. „Sie waren Forscher und Entdecker und kamen auf die Erde, um die Menschheit zu studieren. Sie lehrten den Völkern Schrift und Sprache und brachten ihnen bei, mit Werkzeugen zu arbeiten. Sie selber kannten jede irdische Sprache, was auch der Grund ist, warum die Menschen auf Teros und Minda alle Sprachen sprechen."
Dann redete wieder Sáphir:
„Schon direkt nach ihrer ersten Ankunft auf der Erde wurden die Götter mit etwas konfrontiert, was sie bisher nicht kannten: Zeit! Plötzlich waren sie dem Altern ausgesetzt und ihre fliegenden Maschinen bekamen mehr und mehr Defekte, sodass sie repariert werden mussten. Sie wollten sich der Situation anpassen, indem immer eine Gruppe in ihre Galaxie zurückkehrte, um dem Altern zu entgehen, während die Anderen auf der Erde blieben und die Menschen beaufsichtigten. Bei jedem Wechsel nahmen sie viele Menschen mit sich.
Eines Tages beschlossen elf der zwölf Götter des Olymps, die Erde für immer zu verlassen, weil sie mittlerweile zu alt geworden waren. Doch der zwölfte Gott, in der Rangfolge

Nummer zwei, weigerte sich. Er wollte als einziger nicht darauf verzichten, von den Menschen als Gott verehrt zu werden. Es war Neptun."
Sáphir machte eine Pause und schloss kurz traurig die Augen. Dann nahm er seine Teetasse in die Hand und führte sie Richtung Mund. Auf halbem Wege stockte seine Bewegung und seine Augen blickten nachdenklich ins Leere.
„Er hatte den wahnsinnigen Plan den ganzen Planeten Erde durch einen Galaxie-Tunnel hierher zu bringen, wo die Menschen ihn dann bis in alle Ewigkeiten als Gott hätten huldigen müssen."
Bret konnte nicht fassen, was Sáphir ihm erzählte. Das klang doch zu fantastisch. Fast lachend sprudelte es aus ihm heraus: „Nun ja, anscheinend kam es nicht dazu. Hat Neptun seinen Plan etwa fallen lassen?"
Daraufhin fixierte der Dorfälteste Bret mit zusammengekniffenen Augen und ermahnte ihn.
„Spotte nicht, mein Freund. Es hätte nicht viel dazu gefehlt, und die Gefahr ist noch nicht vorbei." Wieder ruhiger setzte er seine Ausführungen fort. „Die anderen Elf waren von Neptuns Vorschlag geschockt und entsetzt. Sie wären auf keinen Fall mit dieser Idee einverstanden gewesen, also wollten sie ihn von der Erde verbannen. Doch Neptun wehrte sich. Er tötete die Rivalen Jupiter und Minerva, anschließend gelang ihm die Flucht in sein Flugschiff. Die Übrigen verfolgten ihn. Über der Erde, im Weltenraum, fand daraufhin eine schreckliche Schlacht statt, bei der weitere der zwölf olympischen Götter starben. Unzählige Flugmaschinen wurden zerstört, einschließlich der Raumstation über dem Berg Olymp. Am Ende des Kampfes kehrte Neptun als Sieger mit seinem Flugschiff hierher zurück, um die Vorbereitungen zu treffen, die Erde zu holen. Er wäre dann alleiniger Herrscher über die drei dicht beieinanderliegenden Planeten Teros, Minda und Erde."
„Was passierte dann?", fragte Bret hastig.
„Der Achte der Rangfolge, sein Name war Ares bzw. Mars, war als einziger der zwölf Götter noch nicht tot. Er schaffte

es, mit seinem stark beschädigten Flugschiff Neptun durch den Galaxie-Tunnel hierher zu folgen. In der *Blaustein-Wüste* hier auf Teros befand sich die große Maschine, mit der man die Galaxie-Tunnel kontrollierte. Ares zerstörte sie mit letzter Kraft und Energie, indem er sich opferte und mit seinem Raumschiff hineinstürzte. Nun war Neptun allein. Er hatte zwar noch sein Raumschiff, konnte jedoch nicht mehr zu anderen Welten reisen. Ebenso wenig konnten die überlebenden Götter von der Erde hierher zurück und starben höchst wahrscheinlich irgendwann einen normalen Alterstod."

„Dann ist die Gefahr gebannt?", hoffte Bret.

„Nein, ist sie nicht. Neptun wollte die Maschine wieder aufbauen. Für diese schwierige Arbeit brauchte er Hilfe. Er wollte die Menschen dazu zwingen, aber wir weigerten uns, unseren Heimatplaneten auf diese Weise in Gefahr zu bringen. Wir waren zu zahlreich für ihn, weshalb er einen anderen Plan verfolgte. Etwa zehn Geschichten von hier entfernt liegt das große *Meer von Quatar*. Es ist ein riesiger, dunkler See, der in der Mitte des einzigen Kontinentes von Teros liegt. An seinen Ufern liegt im Osten die unheimliche *Ebene der Unendlichkeit*. Von dort ist noch niemand zurückgekehrt, der sich jemals dorthin begeben hat. Man sagt, dort würden grausame Kreaturen leben. Im Süden schließt sich die unwirkliche *Blaustein-Wüste* an, die ihren Namen von den mysteriösen, blauen Felsbrocken hat, die dort überall im heißen Sand liegen. In ihr befand sich die von Mars zerstörte Kontrollstation. Im Westen des Kontinentes liegt das schwer begehbare *Kristall-Gebirge*, durch das nur wenige Pfade hindurchführen und in dem Feuer speiende Drachen leben. Hier im Norden erstreckt sich das größte Gebiet. Der *Wald von Algrén* hat sehr dichte und uralte Gebiete, die ebenfalls nur schwer zugänglich sind, aber auch jüngere Flächen, in denen sich die meisten der menschlichen Siedlungen befinden. Irgendwo in dem See steht unter Wasser eine sehr große Pyramide, in dessen Nähe sich die Unterwasserstadt Quataria befindet. In ihr lebten die friedlichen Quallas. Das sind jene Wasserwesen, die deinen Freund Peter entführt haben."

„Friedlich sahen die ganz und gar nicht aus, außerdem habt ihr sie vorhin noch Neptunier genannt", unterbrach ihn Bret.
„Lass mich meine Worte zu Ende führen, mein Freund, dann wirst du deine Antworten erhalten. Quataria wurde von einer geheimnisvollen grünen Kugel beschützt, die im Zentrum der Stadt in einem Tempel aufbewahrt wurde. Erzählungen zufolge ist diese Kugel zwar so klein wie eine Faust, aber dennoch schwerer als der Tempel selbst. Aus ihr zog die Stadt die gesamte Energie zur Versorgung. Mit ihr ist es auch möglich, Wasser nach seinen Wünschen zu manipulieren, sodass die Quallas mit ihrer Hilfe um ihre Stadt herum eine für andere Wesen undurchdringbare Wasserwand errichten konnten. Doch Neptun, der ebenfalls einem Volk von Wasserwesen angehört, ist es gelungen, die Wasserwand zu überwinden und die Kugel zu stehlen. Dadurch verlor die Stadt ihre Energie und die Quallas waren schutzlos. Sie ließen sich ohne Widerstand von Neptun als seine Neptunier versklaven. Mit der Hilfe seiner Neptunier und deren Kältestrahlern überwältigte Neptun die Menschen schließlich mühelos. Hunderte von uns wurden entführt. Anschließend nahm er uns jegliche Technologie, damit wir nie wieder eine Gefahr für ihn darstellen würden. Seit dem müssen wir hilflos mit ansehen, wie Neptun die Kontrollmaschine für den Galaxie-Tunnel wieder aufbaut. Er integriert sie in der *Blaustein-Wüste* in sein Raumschiff. Unsere Beobachter haben berichtet, dass es ihm bereits gelungen ist, einzelne Gruppen von Neptuniern durch kleine Tunnel zu schicken. Wohin wissen wir nicht."
„Gibt es denn gar keine Möglichkeit, Neptun aufzuhalten? Ihr seid den Neptuniern doch noch immer zahlenmäßig überlegen."
„Das stimmt zwar, aber wir haben ohne Waffen keine Chance gegen ihre Schwerter und den Strahlenwaffen. Außerdem haben wir keine Möglichkeit uns mit den anderen Dörfern zu koordinieren, weil sie zu weit auseinanderliegen. Das Dorf Aspolt liegt am weitesten entfernt, die Wanderung dorthin dauert über hundert Geschichten. Vorhin auf dem Dorfplatz

wolltest du wissen, was für eine Funktion die Maschine hat, die sich dort befindet."
Bret nickte hastig.
„Nun, bevor Neptun uns mit Hilfe der Neptunier technologisch amputiert hatte, konnte man mit dieser Maschine in die anderen Dörfer reisen. Jede menschliche Siedlung auf Teros und auf Minda hat eine solche Fernreise-Maschine im Zentrum stehen. Weitere davon stehen auf den verschiedensten Plätzen dieser Planeten. Man musste nur eine bestimmte Tastenkombination eingeben, und man erreichte in einem Wimpernschlag das angestrebte Ziel, doch es funktioniert keine einzige Maschine mehr. Neptun hat bei allen die Energiewürfel entfernen lassen."
Bret rieb sich nachdenklich die Nase.
„Ja, ich verstehe", meinte er. „Aber was wäre, wenn ihr einen neuen Energiewürfel hättet?"
Alram blickte ihn fragend an und antwortete:
„Dann könnten wir wieder reisen, denn nur die Ausgangsmaschine braucht Energie, mit der dann auch die Empfänger versorgt werden. Einmal aktiviert versorgen sich die Maschinen von selbst so lange, bis man sie wieder ausschaltet."
Nach dieser Aussage sprang Bret schlagartig von seinem Stuhl hoch. Er stützte sich mit beiden Armen auf dem Tisch ab und sagte langsam und entschlossen: „Wenn das so ist, dann habe ich eine Idee."

21

„Du bist aus Heidelberg? Ich auch! Na ja, nicht ganz. Ich wohne in Sandhausen, zehn Kilometer von Heidelberg entfernt. Das kann doch kein Zufall sein."
Gary berichtete Peter so detailliert wie er konnte, von den Umständen seiner Entführung durch die Neptunier aus dem Gebäude von *Science-Lab*. Dann fügte er hinzu: „Nachdem ich dann wie du hier in der Zelle aufgewacht bin, haben diese schleimigen Neptunier mich hier abgeholt."
„Dann kann man also aus diesen nassen Zellen heraus? Wie denn, es gibt doch gar keine Türen?"
„Diese Wesen können das Wasser irgendwie manipulieren. Sie haben eine Tür aus Eis erschaffen und sie dann schmelzen lassen. Nachdem ich hindurch war, floss das Wasser wieder zu und die Tür war verschwunden. Hier muss es übrigens tausende von diesen Zellen geben, und viele sind ebenfalls belegt. Die Neptunier führten mich bis zum Ende eines Ganges, wo sie erneut eine Eistür öffneten. Ab dort ging es in einer steinernen Höhle weiter bis in das Innere einer großen Pyramide." Gary spürte, wie sein Pulsschlag wieder stieg. Um sich von der aufkeimenden Angst abzulenken, führte er seinen Bericht fort. „Dort wartete ein fieser Typ auf mich, der behauptet Neptun zu sein. Verstehst du? *Der* Neptun! Der aus der irdischen Mythologie."
Peter runzelte die Stirn und schaute Gary skeptisch an.
„Der römische Gott?"
„So hat er sich jedenfalls vorgestellt", raunzte Gary. „Das ist kein Mensch. Das ist ein... ein Außerirdischer, oder so." Mehr zu sich selbst, als zu Peter murmelte Gary noch: „Und diese Augen... Diese unheimlichen Augen!"
„Was wollte dieser Neptun denn von dir?", wollte Peter wissen. „Was ist so wichtig, dass sie dich von der Erde hierher entführen?"
„Ich weiß es nicht genau. Ich glaube es war nur ein

Missverständnis. Neptun sucht irgendein Gerät, das diese Kittelträger bei mir im Institut gebaut haben. Er nannte es Weltenwandler, und man könne damit durch Galaxie-Tunnel zu anderen Planeten reisen. Ich weiß ehrlich nicht, was er meint"
In Peters Magen krampfte sich etwas zusammen. Er öffnete seinen Bauchbeutel und holte das kleine Gerät heraus, das Bret und ihn auf diese Welt gebracht hatte, und zeigte es Gary.
„Meinst du er sucht vielleicht das hier?"
Gary stutzte. Er legte die Stirn in Falten und fragte:
„Du hast es? Woher... äh... Wie kommst du an eine geheime Entwicklung von *Science-Lab*? Hast du es geklaut?"
„Quatsch!", rief Peter empört. „Das Ding lag im Handschuhfach, im Wagen meines Freundes. Wir wissen nicht, wie es dort rein kam. Ich habe es nur durch Zufall entdeckt."
Dann erzählte Peter die ganze Geschichte, und Gary erkannte, dass es nur Zufall war, dass sie sich hier in dieser Wasserzelle trafen.
Plötzlich war da wieder das knisternde Geräusch einer sich bildenden Eistür. Geistesgegenwärtig gab Peter den Weltenwandler an Gary weiter und blickte entschlossen zur schmelzenden Eistür. Gary kannte die beiden Neptunier, die dieses Mal Peter mitnahmen.

22

Neptun stand an einem Computer in der Pyramide und betrachtete die Daten auf dem Monitor. Ein zufriedenes Lächeln huschte über seine kalten Gesichtszüge.
„So gut wie fertig", sagte er laut, obwohl ihn niemand hören konnte. „Alles läuft perfekt. Das Feld ist zur Aktivierung bereit, nun kann nichts mehr schief gehen."
„Herr, wir dir bringen anderes Menschlein, wie befohlen." Der Neptunier riss seinen Herrn mit diesem Satz aus seinen Gedanken. Neptuns grüne Augen blitzten zornig auf. Er drehte sich um und sah aus dem Schatten heraus die beiden Neptunier mit ihrem Gefangenen, der eine ganz andere Ausstrahlung hatte als der Mensch, den er zuvor befragt hatte. Dieser Feigling hatte seine Angst und Ehrfurcht offen gezeigt, gezittert und gestottert, unsicher und panisch. Dieser andere Mensch versuchte seine Angst zu vertuschen, aber Neptun erkannte sie trotzdem in seinen Augen. Er kannte die Menschen. Sie konnten nichts vor ihm verbergen. Dieser hier musste etwas von dem Weltenwandler wissen. Er ist ohne seine Hilfe auf diesen Planeten gereist. Seine Neptunier haben ihn im Wald von Algrén eingefangen, nicht weit weg von einem dieser unbedeutenden Menschendörfer.
In ihrer Sprache befahl er den Neptuniern, die Pyramide zu verlassen. Sie gehorchten und ließen Peter stehen. Neptun sah, wie der Mensch sich suchend nach dem Ursprung seiner Stimme umsah.
„Er kann mich noch nicht sehen", dachte sich Neptun. Wieder huschte ein kaltes Lächeln über sein Antlitz. Er freute sich schon auf den nächsten Augenblick. Ein Schritt noch und der Mensch würde ihn erblicken. Seine gespielte Ruhe würde sich schlagartig in unbändige Angst verwandeln. Vielleicht würde er vor seinem Gott auf die Knie fallen.
„Je suis ici, bonjour!" Mit diesen französischen Worten trat Neptun aus dem Schatten bei den Computern heraus, doch

dieser Mensch beachtete ihn gar nicht. Neptun war nicht sicher, ob er gänzlich aus dem Dunkeln heraus ins Licht getreten war und ging zwei weitere Schritte auf Peter zu.
„Du bist anscheinend der französischen Sprache nicht mächtig, Mensch von der Erde."
Wieder reagierte dieser Mensch nicht und blickte sich weiter suchend in der Halle um. Neptuns Selbstsicherheit bröckelte und Wut stieg in ihm auf. Wie konnte dieser Mensch es wagen, seinen Gott mit Missachtung zu belegen? Nach einigen energischen Schritten war er bei Peter angelangt und baute sich drohend vor ihm auf. Er packte Peter fest an beiden Oberarmen und hob ihn mühelos mit ausgestreckten Armen hoch, sodass Peters Gesicht auf seiner Augenhöhe war. Diese Maßnahme verfehlte ihren Zweck nicht. Der Mensch beachtete ihn nun und blickte Neptun in die Augen, aber nicht so, wie er es erwartet hatte. Er erkannte zwar noch Furcht und Schmerz in den Augen, aber der Mensch bewahrte noch immer seine Fassung.
„Hallo, mein Name ist Peter Tenner. Warum werde ich hier gefangen gehalten? Was wollen sie von mir?", fragte Peter provozierend höflich.
Von so viel Mut überrascht setzte Neptun den Menschen wieder ab. In einem rauen Ton erwiderte er:
„Du stellst *mir* Fragen? Du weißt wohl nicht, wen du vor dir hast. Aber gut, du sollst mich als Neptun kennenlernen. Viele Menschen auf deinem Planeten nannten mich auch Poseidon. Ich bin der Gott der Menschen, und ich bin dein Gott."
Peters Gesichtsausdruck änderte sich nicht, was Neptun noch wütender machte. Er brüllte ihn an:
„Sage mir, Erdling, wie bist du hierhergekommen?"
„Mit dem Auto."
„Auto? Was meinst du, Mensch?"
„Na, ein Automobil, kurz Auto, auch Kraftwagen, früher Motorwagen genannt. Das ist ein mehrspuriges Kraftfahrzeug, das von einem Motor angetrieben wird und zur Beförderung von Personen und Frachtgütern dient. Die Bezeichnung ist aus dem griechischen ´*auto-*` gleich ´*selbst*` und Latein ´*mobilis*`

gleich ´beweglich` abgeleitet. Diese nominelle Definition würde eigentlich auch motorisierte Zweiräder und Schienenfahrzeuge einschließen. Im allgemeinen Sprachgebrauch jedoch…"
„Basta! Genug! Schweige still, nichtswürdiger Mensch", fuhr Neptun dazwischen. „Halte mich nicht für dumm. Ich bin dein Gott. Du musst mich respektieren. Gib mir den Weltenwandler, und ich lasse dich in deinem Aquacella weiter leben. Spielst du weiterhin den mutigen Menschen, werde ich dich vernichten."
Um seiner Warnung Nachdruck zu verleihen, zog Neptun einen kurzen braunen Stab aus einer Halterung an seinem Gürten. In seiner Hand wuchs der Stab schlagartig in beide Richtungen zu einem mannsgroßen, mit Verzierungen geschmückten Speer heran. Am unteren Ende befand sich eine scharfe und spitze Schneide, am oberen Ende bildete sich ein mächtiger Dreizack. Den hielt Neptun dem aufsässigen Menschen mit einem gekonnten Schwung direkt an die Kehle. Peter spürte das kalte Metall auf seiner Haut. Dazu blickte er in das zornige Gesicht Neptuns. Peter hoffte, dass er nicht zu weit gegangen war mit seiner gespielten Ruhe und versuchte trotzdem die Fassung zu bewahren. Er wusste, wenn jemand etwas so dringend will, sollte er es besser nicht bekommen. Neptun erhöhte den Druck mit dem Dreizack etwas, sodass Peter seinen Kopf nach oben strecken musste.
„Zerstört!", sagte er gedrungen. „Das Ding wurde zerstört, als ich mit dem Auto hier gestrandet bin."
Neptun schaute Peter in die Augen. Er war verwirrt, weil er nicht mit Gewissheit sagen konnte, ob der Mensch die Wahrheit sprach, oder nicht. Er erkannte nichts in Peters Augen.
„Ist das die Wahrheit, Mensch?"
Einen Moment verharrten die beiden Männer in dieser Position, dann entspannte sich Neptun und der Dreizack glitt weg von Peters Kehlkopf. Er schrumpfte wieder zum Stab, den Neptun sicher am Gürtel verstaute. Schließlich holte er das kleine silberne Gerät aus einer Anzugtasche, hielt es in Peters Richtung und schwenkte es von oben nach unten und

wieder zurück. Als er mit seiner Sensorabtastung an Peters Brustbeutel angelangt war, änderte sich das gleichmäßige Blinken der Leuchtdioden in ein hektisches Blitzen. Neptuns Augen verengten sich zu schmalen Schlitzen.
„Darin befindet sich Technologie, sofort aufmachen!"
Peter öffnete den Reißverschluss des Bauchbeutels und zeigte Neptun den Inhalt: ein Schokoriegel, ein Nagelknipser, eine kleine Taschenlampe, ein Würfel, ein gelber Spiele-Pöppel, zwei Kugelschreiber, ein kleines Telespiel, ein Kompass, ein Taschenmesser, ein Sturmfeuerzeug, drei Meter aufgewickelte Angelschnur, Streichhölzer, Nähzeug, ein kleines eingepacktes Stück Seife, ein leeres gefaltetes Blatt Papier, ein Verbandpäckchen, ein Bleistift und ein paar Euro-Cent Geldmünzen.
„Gib mir das!" Neptun deutete auf das Telespiel. Es war ein kleines Computerspiel, bei dem man mit einem Raumschiff Feinde bekämpfen musste. Die Batterien waren schon seit Wochen leer. Peter gab es Neptun, der es augenblicklich ungesehen auf den Boden warf. Dann ließ er seinen Metallstab wieder zum Dreizack werden und feuerte zu Peters Überraschung daraus einen Energiestrahl auf das Telespiel. Es blieb nichts davon übrig.
Neptun hatte seinen Dreizack noch nicht wieder zurück verwandelt und starrte Peter an.
„Ich weiß nicht, ob das der Weltenwandler war, aber wenn, ist er nun zerstört. Falls du die Wahrheit gesagt hast ebenfalls. Das war alles, was ich wollte. Ich dulde keine Störungen bei meinen Plänen."
„Und was sind das für Pläne?", fragte Peter vorsichtig.
Neptun war von dieser Frage überrascht. Er hatte aber keine Bedenken, Peter seine Absichten mitzuteilen. Im Gegenteil, er freute sich sogar darauf, jemanden auf seine Genialität aufmerksam zu machen. Dieser kleine Mensch bedeutete ohnehin keine Gefahr für ihn und seinen Plänen. Selbstherrlich gestikulierend erklärte er, wie er sich die Macht über die Menschheit zurückholen wollte.
„Höre zu, Menschlein. Bald werde ich deinen ganzen

Planeten, durch einen Galaxie-Tunnel hierher holen."
„Wie soll denn so etwas Absurdes funktionieren?"
„Absurd? Der Plan ist das Ergebnis meines genialen Verstandes, Ungläubiger. Wie du wahrscheinlich nicht weißt, umkreist die Erde einen unbedeutenden Stern in einer ellipsenförmigen Bahn. Diese Ellipse weicht aber nur sehr geringfügig von einer Kreisbahn ab, denn ihre numerische Exzentrizität ´e` beträgt lediglich 0,0167."
Peter runzelte verständnislos die Stirn. Er verstand kein Wort von dem Fachchinesisch.
„Meinem überragend überlegenen Verstand ist es gelungen, die Koordinaten zu ermitteln, die die Erde bei ihrer einsamen Sternenumrundung passiert. Ich bin nur noch eine Maßnahme davon entfernt, an genau diesen Koordinaten einen gigantischen Galaxie-Tunnel entstehen zu lassen. Dieses Wurmloch, das etwas größer sein wird, als der Durchmesser deines Planeten, wird dort warten, bis die Erde auf ihrer Bahn hineingleitet. Dann wird sie ohne Zeitverlust auf meiner Seite wieder herauskommen, und für immer diese Position einnehmen. Von Teros und Minda aus wird man sie dann betrachten können. Danach werde ich der Herrscher von drei Welten sein, und die gesamte Menschheit zu meinen Untertanen machen. Ihr werdet mich als den Gott verehren, der ich schon immer war. Auch du hättest mir friedlich dienen können, aber wegen deiner Dreistigkeit und Respektlosigkeit werde ich dich bestrafen. Du wirst in dein Aquacella zurückgebracht, wo du bis in alle Ewigkeit bleiben wirst, denn altern wirst du auf dieser Welt nicht mehr."
Neptun drehte sich um, und wandte Peter den Rücken zu. Er ging wieder in die Richtung der Computer. Der Wache in der Höhle befahl er selbstsicher grinsend in einem herrischen Ton: „Neptunier, bringt ihn zurück in sein Aquacella."

23

„Von welcher Idee redest du, mein Freund?", wollte Sáphir von Bret wissen. Auch Alram und Hrolph blickten ihn erwartungsvoll an.
„Ich rede davon, dass ich vielleicht eine Möglichkeit kenne, eure Fernreise-Maschine mit neuer Energie zu versorgen." Alram und Sáphir brauchten einige Sekunden, um diese Aussage zu verarbeiten. Selbst Hrolph schwebte einen halben Meter höher wie sonst.
„Du besitzt einen Energie-Würfel?", fragte Alram mit großen Augen.
„Nein", antwortete Bret, während ein Lächeln über seine Lippen huschte. „Aber ich habe etwas Ähnliches. Wenn ich euch richtig verstanden habe, müssen wir nur eine einzige Maschine mit Strom versorgen, um das ganze Netz wieder in Betrieb zu bekommen."
„Das ist richtig", bestätigte Sáphir. „Wenn unsere Fernreise-Maschine hier in Galosch funktioniert, würde jede weitere arbeiten, nachdem sie von hier angewählt wurde."
„Aber womit willst du denn unsere Maschine aktivieren?", hakte Alram nach.
„Ganz einfach. Das Auto, mit dem Peter und ich hier gestrandet sind, benötigt zum Betrieb neben Treibstoff auch Elektrizität. Dafür hat jedes Automobil eine sogenannte Batterie. Mit ihr könnte es möglich sein, eure Teleport-Maschine zum Laufen zu bringen."
„Zum Laufen bringen?" Sáphir sah Bret verwirrt an. „Deine Worte sind mir sehr wohl bekannt, aber manchen Zusammenhang verstehe ich noch immer nicht."
„Sáphir, ich glaube Bret will uns sagen, dass die Fernreise-Maschine mit Hilfe dieser Batterie wieder funktionieren könnte", versuchte Alram zu erklären. Bret nickte zustimmend.
„Richtig, wir müssen mein Auto irgendwie hierher bekommen,

dann baue ich die Batterie aus und versuche sie an die Maschine anzuschließen." Mit grimmigem Blick fügte er hinzu: „Und dann werden wir Peter befreien!"
Sáphir erhob sich entschlossen von seinem Platz.
„So sei es! Wir werden dein Fahrzeug nach Galosch holen, doch es ist ein langer, beschwerlicher Weg durch den Wald von Algrén. Alleine ist es zu gefährlich, viele unheimliche Wesen schleichen in seinen Schatten umher. Alram, Hrolph und zwei meiner Wachen werden dich begleiten, doch zunächst werden wir gemeinsam speisen, danach solltest du dich ausruhen und gut schlafen. Ihr macht euch auf den Weg, wenn ihr in wenigen Geschichten ausgeruht seid."
Anschließend rief Sáphir jemanden, worauf eine Frau in Sáphirs Alter, begleitet von zwei jungen, hübschen Frauen herein kam. Sie trugen Körbe mit Brot, Käse, Eier, Kuchen und Milch. Auch einige unbekannte Früchte waren dabei. Bret bemerkte ein paar neugierige, aber schüchterne Blicke von den jüngeren Damen. Sie deckten den Tisch und setzten sich anschließend zu den Männern. Sáphir führte eine schwingende Handbewegung aus.
„Mein Freund, darf ich dir meine geschätzte Ehefrau Fatma und meine Töchter Simonja und Alina vorstellen?"
Die schwarzhaarige, arabisch anmutende Simonja hauchte ein leises „Hallo", während ihre Schwester Alina und ihre Mutter ihm freundlich zunickten. Simonja fand die Tatsache, dass ein fremder Mann aus ihrer alten Heimat anwesend war, sehr aufregend. Ein innerlich anwachsendes Gefühl zwang sie, immer wieder zu ihm zu schauen. Auch während des Essens, da Bret viele Fragen über seine Herkunft und über die moderne Erde beantworten musste, konnte sie ihre Augen nicht von ihm lassen. Bret registrierte ihre vorsichtigen, lächelnden Blicke und die Tatsache, dass sie die einzige Person am Tisch war, die ihm keine Fragen stellte. Er realisierte schnell, dass sie ihm außerordentlich gut gefiel.
Nach dem Essen verabredeten sich Alram, Hrolph und Bret, sich kurz nach dem ersten Hahnengeschrei beim Teleporter zu treffen.

„Ich lade dich ein, hier in der Höhle zu schlafen", schlug Sáphir Bret vor, der das dankend annahm. Er wusste nicht, wie lange er mittlerweile wach war. Es kam ihm wie eine Ewigkeit vor.
„Ich werde bei Fatma in meinem anderen Haus schlafen. Simonja hat mich gebeten, hier bleiben zu können, falls du noch etwas brauchst", fügte Sáphir fort.
Schlagartig war Bret gar nicht mehr so müde. Er spürte, wie sich sein Herzschlag erhöhte. Erneut trafen sich ihre Blicke, doch diesmal schaute Simonja nicht schüchtern weg, sondern ihre braunen Augen hielten seinem Blick lächelnd stand, bis *er* diesmal verlegen wegschaute. Schnell richtete er sich an die anderen:
„In Ordnung, dann bis Morgen. Gute Nacht."
„Angenehmen und erholsamen Schlaf", sagten Fatma und Alina fast gleichzeitig. An Sáphir gerichtet flüsterte Fatma fragend:
„Morgen?"
Sáphir lächelte nur.
Hrolph schwebte rückwärts aus der Höhle und hob den Arm zum Gruß, dann waren Bret und Simonja allein. Nachdem beide etwa eine Minute still und starr da standen und auf den Boden starrten, unterbrach Bret die unangenehme Situation.
„Nimm du ruhig das Bett in der Nische. Ich lege mir dieses große Tierfell und eine Decke vor den Kamin." Bret zog das flauschige Fell eines unbekannten Tieres vor das Feuer, dann zog er sich bis auf die Shorts aus und legte sich hin.
„Gute Nacht, Simonja", sagte er und schaute sie auf der Seite liegend an. Seinen Kopf hatte er mit dem Arm gestützt. Sie stand vor der Bettnische und erwiderte seinen Blick.
„Angenehmen Schlaf, Bret Mulligan", hauchte sie mit zarter Stimme. Die junge Frau war innerlich verwirrt. Sie spürte etwas in ihr, dass sie veränderte, etwas, dass ihr zurückhaltendes und schüchternes Wesen unterdrückte und etwas Neues, nicht für möglich gehaltenes hervor brachte. Bret beobachtete, wie sie ihr altes, abgewetztes Kleid bis zur Hälfte aufknöpfte und es anschließend über den Kopf

abstreifte. Darunter trug sie nur einen feinen, seidigen Hauch von Nichts. Es verschlug Bret die Sprache, als er ihren makellosen Traumkörper erahnte. Zu seinem Erstaunen krabbelte sie nicht in die Schlafnische, sondern ging langsam auf ihn zu und legte sich hinter ihm auf das weiche Fell. Bret lag noch immer auf der Seite, mit dem Rücken zum Feuer und zum Kamin. Sein Herz pochte wie verrückt und er war unfähig sich zu bewegen. In seinem Nacken spürte er den heißen Atem dieser wunderschönen Frau.

„Hier gefällt es mir besser", flüsterte sie und kuschelte sich an seinen Rücken. Bret spürte ihren zarten Körper auf seiner Haut. Vorsichtig berührte sie seine Schulter mit ihren weichen Lippen. Dieser Blitzschlag löste seine Starre und er drehte sich behutsam zu ihr um. Sie roch wundervoll. Sie blickten sich tief in die Augen und wie von selbst berührten sich vorsichtig ihre Lippen.

24

„Aaaarrghhh!!!"
Neptun war rasend vor Wut. Seit Peter wieder abgeführt wurde, tobte er durch die große Halle der Pyramide. Wie konnte dieser Mensch es wagen, so mit ihm zu sprechen? Er würde die Menschheit in Zukunft für jede Respektlosigkeit bestrafen und würde nie wieder gnädig oder barmherzig sein. Er nahm sich vor, jedes aufsässige Dorf auf Teros und Minda zu vernichten.
„Aaaarrghhh!!!"
Er war entschlossen, seinen Plan nun abzuschließen und ging zu den Maschinen und Computern, wo er noch einmal alle Einstellungen überprüfte. Dann stellte er sich in eine dort befindliche Fernreise-Maschine und wählte eine Tastenkombination. Neptuns Körper wurde entmaterialisiert, und eine Sekunde später war der Teleporter wieder leer.
Im gleichen Moment bauten sich Neptuns Atome in einer anderen Fernreise-Maschine wieder auf. Diese befand sich an Bord seines Raumschiffs, das im Sand der *Blaustein-Wüste* stand. Nicht weit entfernt befand sich die Stelle, an der Mars mit seinem Raumschiff auf die alte Kontrollmaschine gestürzt war. Hier hatte Neptun noch brauchbare Teile gesammelt, die das trockene Klima gut erhalten hatte. Im Frachtraum seines riesigen Raumschiffs hatte er mit ihnen und mit neu hergestellten Teilen, eine neue Maschine gebaut.
Neptun sah sich zufrieden um. Der Ärger über den aufsässigen Menschen war beinahe verflogen. Überall in dem umgebauten Frachtraum blinkten bunte Lichter an den aus Computern bestehenden Wänden. In der Mitte des Raums befand sich eine fremdartige Konstruktion, an deren Spitze ein mächtiger, schwarzer Dorn herausragte. Neptun setzte sich auf einen Stuhl an einem Terminal und drückte auf den Knopf eines Kommunikationsgerätes. „Neptunier, hier spricht euer Gott. Sofort starten und gespeicherte Koordinaten

einnehmen."
Mit leichten Vibrationen starteten die mächtigen Triebwerke. Elegant erhob sich das riesige Schiff vom Boden, wo Unmengen an Sand und Staub aufgewirbelt wurden. Die drei Standfüße verschwanden in der Hülle des Raumschiffs, dann wurde es schneller und flog fast lautlos in den Weltraum. Im Orbit über Teros und Minda wurde der Antrieb abgeschaltet und das Schiff schwebte schließlich auf der Stelle.
„Position erreicht", tönte die Stimme eines Neptuniers aus einem Lautsprecher.
„Kollektor ausfahren", befahl Neptun kurz.
Zufrieden drückte Neptun auf einer Tastatur, die mit fremdartigen Zeichen und Symbolen versehen war, eine bestimmte Kombination. Daraufhin öffnete sich eine kleine Metallklappe rechts neben der Tastatur, aus der ein stumpfer Sockel hochfuhr. Auf der oberen Fläche hatte der Sockel eine kleine quadratische Auskerbung. Nachdem der Sockel, nach etwa zwanzig Zentimetern, seine Endposition erreicht hatte, gab Neptun einen zweiten Code auf der Tastatur ein, woraufhin sich auf der linken Seite eine weitere Metallklappe öffnete. Aus ihr fuhr schwebend ein kleiner, grell leuchtender Würfel empor. Neptun nahm ihn in die Hand und steckte ihn in die Auskerbung des Sockels. Seine Augen blitzten diabolisch, als der Würfel daraufhin mit der Auskerbung verschmolz. Das grelle Leuchten übertrug sich auf den kompletten Sockel, während er wieder hinabglitt. Schließlich schloss sich die Metallklappe wieder über ihm. Begeistert beobachtete Neptun, wie die Computer und Maschinen auf höchstem Niveau arbeiteten.

Tief im Meer von Quatar gab es unter Neptuns Pyramide ein natürlich entstandenes Höhlensystem. Inmitten dieser labyrinthartigen Gänge befand sich genau an der Stelle, an der sich die kosmischen Kräfte einer Pyramide am stärksten bündeln, eine künstlich geschaffene Kammer. Hier hatte Neptun die von den Quallas gestohlene grüne Kugel versteckt. Sie wurde von einem mächtigen Wasserdrachen bewacht, der

jeden außer Neptun töten würde, der versuchte an die geheimnisvolle Sphäre heranzukommen.
Neptun hatte mit dem Sockel und dem Würfel einen Mechanismus ausgelöst, der die Computer in der Pyramide ebenfalls aktivierte. Ein Schutzschild, dass sich eng um die Kugel herum befand, wurde langsam deaktiviert, sodass die fokussierenden Kräfte der Pyramide jeden Moment auf die Kugel wirken konnten. Sie würden der Kugel die Energie entziehen, die Neptun brauchte, um das riesige Wurmloch so lange aktiv zu halten, bis die Erde hindurchgeglitten war.
Der Drache in der Höhle döste müde vor sich hin. Als die Kugel plötzlich anfing zu leuchten und zu wachsen, blickte er neugierig auf. Sie leuchtete grünlich grell und wurde immer heißer. Das Wasser, das sie umschloss, begann zu kochen. Der Drache spürte die akute Gefahr. Er richtete sich auf und schlug wild mit seinen mächtigen Flossen, doch die Hitzeentwicklung war zu stark und zu schnell. Innerhalb weniger Sekunden verdampften Unmengen von Wasser. Der mächtige Wasserdrache hatte keine Chance, die Lebensenergie und sein Körper wurden von der Kugel ebenso absorbiert, wie der geschmolzene Felsen der Höhle. Gleichzeitig schoss aus der Spitze der Pyramide die gesammelte Energie als Strahl heraus. Er durchbrach die Wasseroberfläche und gleißte gerade durch den Himmel bis in den Orbit. Er traf dort genau auf den riesigen Energiekollektor des Raumschiffs und versorgte die Kontrollmaschine auf der Brücke mit Energie.
Genau so plötzlich, wie es begonnen hatte, hörte die Aktivität der Kugel wieder auf. Das Leuchten erlosch und sie lag wieder ruhig in der nun kugelförmig zu Glas geschmolzenen Steinhöhle. Die Kugel hatte so viel Wasser eingesaugt und in Energie verwandelt, dass der Wasserspiegel des gesamten Sees um über zehn Meter gesunken war.
Neptun hatte die Kettenreaktion am Computer überwacht.
„Ja, jetzt!", rief er, während er mit unbändiger Freude einen Monitor betrachtete, auf dem zu sehen war, wie sich eine leuchtende Scheibe im All bildete, die rasch wuchs. Innerhalb weniger Augenblicke hatte sie Erdengröße erreicht.

25

Michael Fong war ein freundlicher Astrowissenschaftler von fast fünfundvierzig Jahren, der seit seiner Scheidung alleine in einer Junggesellenwohnung im kalifornischen *Mountain View*, mitten im Herzen des *Silicon Valleys* lebte. Der sportliche Angestellte des *Ames Research Center* der NASA hatte sein Hobby zum Beruf gemacht. Er war ein begeisterter Science-Fiction Fan, was sich auch in seiner Wohnung widerspiegelte. Zahlreiche Modell-Raumschiffe und Sammlerfiguren aus bekannten Filmen schmückten seine Regale und Vitrinen. Außerdem ging er so oft er konnte nach Feierabend in das ortsansässige *Search for Extraterrestrial Intelligence Institut*, kurz S.E.T.I.-Institut, das 1984 unter anderem von Sponsorengeldern der NASA gegründet wurde. Mit dieser Stiftung wurden die verschiedenen, seit 1960 stattfindenden S.E.T.I.-Projekte unter einem Dach vereint. Das vornehmliche Ziel von S.E.T.I. ist die Erforschung des Ursprungs des Lebens im Universum und die Suche nach intelligentem, außerirdischem Leben mittels Radioteleskopen.

Als Angehöriger der mitfinanzierenden NASA hatte Fong die Möglichkeit sich an der Suche zu beteiligen und wie alle anderen Astrophysiker hoffte er jedes Mal, ein bedeutendes Signal zu empfangen. Fong wusste, dass ein solches Signal zuletzt im August des Jahres 1977 vom Radioteleskop der *Ohio State University* empfangen und anschließend als `Wow! -Signal´ bekannt wurde. An ein Aufgeben dachte er aber nie, dafür machte es ihm zu viel Spaß.

Auch diesmal betrat er wieder den großen Raum, in dem er sich so gerne aufhielt und des Öfteren die Zeit völlig vergaß. Es gab hier jede Menge Computer, Radargeräte, Bildschirme und andere instrumentale Maschinen. An diesem frühen Abend waren nur wenige Wissenschaftler und Studenten hier. Sie saßen alle mit Kopfhörern auf den Ohren konzentriert vor den Computern. Zwei Wissenschaftler, die sich angeregt unterhielten, nickten dem beliebten Fong freundlich zu, als er vor einem freien Computer-Terminal Platz nahm und sich ebenfalls die Kopfhörer aufsetzte. Wie ein programmierter Ablauf nahm er sein Notizbuch, eine Wissenschaftszeitschrift und eine kleine Alien-Figur aus seinem Aktenkoffer und platzierte sie vor sich auf dem Tisch. Er blätterte in dem edlen, mit Leder eingebundenen Notizbuch bis zur letzten beschriebenen Seite vor, wo die Frequenzen und Koordinaten, die er zuletzt abgehört hatte, standen. Dann stellte er am Computer neue Koordinaten ein und drückte ´Enter`. Der Computer begann sofort surrend zu arbeiten und in *Soccoro* in New Mexico richtete sich ein riesiges Radioteleskop der *Very Large Array* Anlage langsam, hydraulisch angetrieben, auf die eingegebenen Koordinaten.

Nach ein paar Minuten begann es im Kopfhörer zu rauschen. Fong konnte jedes Geräusch identifizieren. Das Rauschen des leeren Raumes, das Brummen von Neutronensternen oder das Klicken von Pulsaren. Der Computer war so programmiert, dass auf einer bestimmten Koordinate alle möglichen Frequenzen abgehört wurden. Anschließend richtete sich das Teleskop von selbst auf die nächste Koordinate. Auf dem Monitor wurden die empfangenen Signale gleichzeitig durch Oszillationslinien sichtbar gemacht.

Eine Stunde war ereignislos vergangen. Michael Fong las in seiner Zeitschrift und studierte gerade einen Bericht über das deutsche Forschungslabor *Science-Lab*, als sich die Akustik in seinem Kopfhörer schlagartig änderte. Aus dem monotonen Rauschen wurde ein unerträglich lautes, pulsierendes Dröhnen.

Aus dem Reflex heraus wischte Fong sich die Kopfhörer von Kopf. Dieses Geräusch hatte er noch niemals zuvor gehört. Er starrte auf das Headset, das vor ihm auf dem Tisch lag. Das unbekannte Geräusch war so laut, dass Fong es noch immer hören konnte. Er drehte am Lautstärkeregler und setzte den Kopfhörer vorsichtig wieder auf. Dann drückte er die Aufnahmetaste, um das Geräusch zu speichern. Dabei betrachtete er ungläubig den Computerbildschirm. Der Rechner erkannte das Geräusch als Anomalie und verharrte bei diesen Koordinaten. Die Ausschläge der Oszillationslinie waren extrem hoch. Michael Fong startete ein weiteres Programm, mit dem er überprüfen konnte, ob sich an dieser Stelle im All etwas befand, das dieses dröhnende Geräusch hervorrufen konnte. Er tippte die Daten der Koordinaten ein, doch laut Datenbank gab es dort nichts. Er kontrollierte die aktuellsten Sternenkarten, musste aber feststellen, dass an dieser Stelle nichts verzeichnet war. Er massierte nachdenklich seine Unterlippe, dann fiel ihm ein weiteres Programm ein, das es im Computernetzwerk von S.E.T.I. gab. Hier wurden alle unbekannten Geräusche gespeichert, die beim Abhören des Weltalls auftraten. Doch auch hier wurde er nicht fündig. Fong spürte ein aufgeregtes Kribbeln im Magen.

„Ein fremdes Signal? An dieser Stelle?", murmelte er ungläubig, während er überlegte, was er als nächstes tun sollte. Nach einer viertel Stunde, in der er einige Rechnungen aufstellte und Daten überprüfte, drückte er leicht zögernd den großen roten Knopf, den es an jedem Arbeitsplatz bei S.E.T.I. gab. Dadurch wurden die Programme auf allen anderen Computern unterbrochen und durch seine Daten ersetzt. Zusätzlich wurde sein Geräusch auf jedes Headset übertragen und über die Lautsprecher wiedergegeben, sodass jeder das Signal hören konnte. Mit einem Mal hatte Fong die Aufmerksamkeit sämtlicher, sich im Institut befindlichen Personen. Schnell sammelten sich alle um seinen Arbeitsplatz und sprachen aufgeregt wild durcheinander.

„Meine Damen und Herren, ich bitte sie um etwas mehr Professionalität", übertönte der Schichtleiter Dick Hayritt das chaotische Gemurmel. „Bitte begeben sie sich wieder an ihren Arbeitsplatz und führen ihre eigenen Forschungen durch."
Die Situation war für Hayritt ebenfalls neu. Bei zwei oder drei seiner Kollegen wurde der rote ´Alien-Knopf´, wie sie ihn scherzhaft nannten, versehentlich oder irrtümlich gedrückt, aber noch nie war das in seiner Schicht passiert. Nachdem die Belagerung von Fongs Arbeitsplatz beendet war, trat Hayritt

neben ihn und betrachtete den Monitor.
„Also Michael, was hast du da?"
„Ich weiß es nicht, Dick. Der Computer kann es keiner natürlichen Quelle zuordnen. Ich habe es mehrmals überprüft, an dieser Stelle dürfte sich laut Datenbank rein gar nichts befinden."
„Wo befinden wir uns denn? Andromeda?", fragte Hayritt ruhig.
Fong drehte sich langsam zu ihm um. Er hatte die Stirn sorgenvoll in Falten gelegt und starrte ihn an.
„Nein, laut den errechneten Daten hat das Signal seinen Ursprung vier Komma zwei, zwei, fünf astronomische Einheiten von hier entfernt. Genauer gesagt,..." Die nächste Zahl las Fong von seiner Zeitschrift ab, auf der er sie mit Kugelschreiber notiert hatte. „Sechshundertzweiunddreißig Millionen, einundfünfzigtausend und drei Komma sechs, sechs, neun Kilometer."
Dick Hayritt verzog erschrocken das Gesicht und schüttelte zweifelnd den Kopf.
„Das muss ein Irrtum sein. Das wäre ja in unserem Sonnensystem."
„Das ist richtig", antwortete Fong. „Aber das ist noch nicht alles." Er zögerte, bevor er den nächsten Satz aussprach. „Ich habe herausgefunden, dass sich der Abstand zur Erde in gleich bleibendem Maße verringert. Wenn sich nichts ändert, wird die Erde in genau zweihundertsieben Tagen, fünf Stunden, vierundzwanzig Minuten und ein paar Sekunden mit dem, was auch immer dieses pulsierende Dröhnen erzeugt, kollidieren."

26

Nachdem Peter zurück in seine Wasserzelle gebracht wurde, atmete er einmal tief durch. Ihm wurde bewusst, dass er es beinahe übertrieben hatte. Im Konflikt mit Neptun war er so ruhig geblieben, wie er konnte, doch er hatte dieses mächtige Wesen damit extrem verärgert.

„Dieser Typ ist völlig wahnsinnig", sagte er zu Gary, der ihn, nachdem die Zellentür wieder mit Wasser verflossen war, erwartungsvoll anstarrte. „Der ist komplett verrückt. Wenn wir nichts unternehmen, wird er die gesamte Menschheit auslöschen. Er hat vor, die Erde aus dem Sonnensystem hierher zu holen."

„Blödsinn, wie soll denn so etwas Absurdes funktionieren?", winkte Gary ab.

„Keine Ahnung, aber kennst du eine Technik, mit der man Wasser in Form halten und undurchdringbar machen kann? Oder denke mal daran, wie wir hierhergekommen sind. Ich weiß nur, dass dieser Psychopath es ernst meint. Wenn ihm das gelingt, ist es das Ende der Erde. Wir müssen irgendwie hier raus und etwas unternehmen, auch wenn ich im Moment noch nicht weiß, was."

Eine Zeit lang versuchten die beiden verzweifelt eine Möglichkeit zu finden, aus ihrem nassen Gefängnis auszubrechen. Alles was sie versuchten, erwies sich allerdings als Fehlschlag. Peter rief sogar nach den Neptuniern, um sie bei einem verzweifelten Versuch zu überwältigen, doch sie erschienen nicht. Schließlich legten sich Gary und Peter erschöpft auf den Boden und schliefen ein.

Nach einer Weile wälzte sich Peter auf dem nassen Boden. Im Traum fuhr er mit dem Auto erneut durch die leuchtende Scheibe, doch diesmal war der Übergang heiß und es brannte auf seiner Haut. Das Auto begann in der gleißenden Hitze ebenso zu schmelzen, wie seine Kleider. Er glaubte ewig durch einen tiefen Tunnel zu stürzen. Als der Schlund ihn endlich

wieder ausspuckte, landete er im Schlamm eines öden Planeten, auf dem es nur vermodertes Wasser, Morast und Matsch gab. Peters nackter Körper war komplett von stinkendem Schlamm bedeckt, in dem sich eklige Würmer wanden. Laut rief Peter nicht nur im Traum nach Seife, um sich zu waschen.
„Seife, Seife, ich brauche Seife! Hilfe!"
Gary Frisbee wachte durch das Gebrüll seines Zellennachbarn auf. Er kniete sich neben Peter und versuchte ihn zu wecken.
„Peter, wach auf! Du hast einen Alptraum."
Peter wurde nicht sofort wach, sondern rief weiter:
„Seife! Hast du Seife für mich?"
Gary traute sich, ihm eine leichte Ohrfeige zu verpassen, die ihren Zweck tatsächlich nicht verfehlte. Erschrocken starrte Peter Gary an.
„Was ist passiert?", fragte er irritiert. „Warum schlägst du mich?"
„Du hattest einen Albtraum, bei dem du laut um Hilfe gerufen und mich gefragt hast, ob ich Seife für dich hätte."
„Seife? Was soll ich denn mit Seife?"
In dem Moment kamen Peter die Erinnerungen an seinen irritierenden Traum wieder in den Sinn. Schmunzelnd erzählte er Gary davon.
„Jetzt weiß ich es wieder. Am Schluss wünschte ich mir nichts sehnlicher, als ein Stück Seife, um mir die Hände zu waschen, und..."
Plötzlich erfror sein Lächeln. Er hielt inne und blickte nachdenklich ins Leere.
„Ist mit dir alles in Ordnung", wunderte sich Gary.
„Seife!", wiederholte Peter flüsternd das Wort und massierte grübelnd seine Unterlippe. Nach ein paar Sekunden wandte er sich wieder an Gary.
„Kennst du Wasserläufer?"
„Hä, bitte was?"
„Na Wasserläufer. Das sind Insekten aus der Unterordnung der Wanzen. Sie leben in Teichen und Tümpeln. Feine Härchen auf ihren Füßen ermöglichen es ihnen, sich mit Hilfe

der Oberflächenspannung schnell auf dem Wasser zu bewegen, ohne dabei zu versinken."
„Ja, kenne ich, aber was…"
„Als Kind habe ich mal zwei gefangen, und in ein Glas mit Wasser gesetzt. Auch da gingen sie nicht unter."
„Ja und? Was hat das jetzt mit uns zu tun?"
„Rate mal, was passiert ist, als ich einen Tropfen Spülmittel in das Glas gegeben habe."
„Ich habe keine Ahnung", zuckte Gary mit den Schultern.
„Die Wasserläufer sind untergegangen, weil die Seife im Spülmittel in einem chemischen Prozess die Oberflächenspannung des Wassers senkt."
„Ich verstehe noch immer nicht, was du damit sagen willst", meinte Gary verzweifelt.
„Unsere Zelle hat auch eine Oberflächenspannung."
„Aha", hob Gary langsam die Augenbrauen. „Ich glaube jetzt weiß ich, worauf du hinaus willst, aber leider haben wir keine Seife."
Als ob Peter diesen Einwand erwartet hätte, holte er das verpackte Stück Seife aus seinem Brustbeutel und hielt es triumphierend hoch.
„Haben wir doch", jubelte er.
Euphorisch packte er die Seife aus, drückte sie auf den Boden und begann sie darauf langsam im Kreis zu bewegen. Wie nicht anders zu erwarten war, bildete sich schnell ein nach Kokos duftender Schaum. Peter drückte das Stück so fest er konnte auf den Wasserboden, hatte jedoch nicht das Gefühl, dass der Widerstand geringer wurde. Nach über hundert Kreisbewegungen gab er enttäuscht auf.
„Mist, es funktioniert nicht", resignierte er. Wütend feuerte er die Seife in die Ecke, sprang auf, packte seinen Rucksack und schmiss ihn hinterher. Dann ballte er die Fäuste und trommelte so fest er konnte gegen die weiche, undurchdringliche Wasserwand. Als er sich wieder beruhigt hatte, ließ er traurig die Schultern und den Kopf hängen. Er schaute zuerst zu Gary, der ihn mit zusammengepressten Lippen anschaute, danach zu seinem weggeworfenen

Rucksack. Er wollte ihn wieder aufheben und trottete langsam los. Dabei trat er auf die Stelle, die er zuvor mit der Seife bearbeitet hatte. Ohne den geringsten Widerstand, so als ob er mit dem Fuß voran in eine Badewanne gestiegen wäre, trat er in ein Loch im Boden und versank mit dem Bein bis zur Hüfte. Erschrocken kämpfte er sich schnell wieder heraus. Er kniete sich neben das Loch und tunkte jubelnd mehrmals seine Hand ins Wasser.

„Es hat ja doch geklappt!"

Gary hockte sich staunend daneben.

„Super, aber warum läuft denn kein Wasser herein?"

„Weil die Luft hier drin nicht raus kann, ach das ist Physik."

„Aha, und was machen wir jetzt?", wollte Gary wissen.

Entschlossen schaute Peter zur Wand, an der die Neptunier stets ihre Eistür bildeten, dann guckte er mit dem gleichen Blick in Garys Augen und antwortete:

„Jetzt brechen wir aus!"

27

Seit der Aufspürung der Anomalie im Sonnensystem waren fast drei irdische Monate vergangen. Michael Fong und Dick Hayritt hatten nach ihrer Entdeckung, der NASA und dem Präsidenten der Vereinigten Staaten von Amerika, ausführlich Berichtet erstattet. Mit Hilfe eines Weltraumteleskops entpuppte sich das fremde Geräusch, das Fong bei S.E.T.I. gehört hatte, als riesige, grell leuchtende Scheibe. Nach der Gefahrenbestätigung durch die NASA, hatte der Präsident das Projekt *Fongstar* gegründet und zur absoluten Geheimsache erklärt. Er wollte auf keinen Fall riskieren, dass in der Bevölkerung Panik ausbrach. Zur genaueren Erforschung dieses Phänomens wurden alle Abteilungen der NASA angewiesen ihre laufenden Projekte bis auf weiteres einzustellen, um sich gemeinsam diesem Problem anzunehmen. Michael Fong wurde, zu seiner eigenen Überraschung, zum Leiter von *Fongstar* ernannt, dessen Krisenzentrum bei der NASA eingerichtet wurde. Im Hauptkonferenzraum wurde eine große, digitale Uhr angebracht, auf der der Countdown bis zur wahrscheinlichen Kollision abzulesen war. Der Krisenstab hatte sich dazu entschieden, eine unbemannte Sonde zu konstruieren, die ferngesteuert zur Anomalie fliegen sollte, um sie vor Ort intensiv zu analysieren. Die Planung dafür, die Konstruktion und der Flug dauerten zusammen einundachtzig Tage.

Aktuell zeigten die roten Digitalzahlen einhundertsechsundzwanzig Tage, achtzehn Stunden und vierzehn Minuten bis zur Kollision an. Im Krisenzentrum herrschte eine angespannte und konzentrierte Stimmung. Nach langem Flug hatte die Sonde endlich ihre Reise beendet und das Ziel erreicht. Sie hielt eine relative Position, einhundert Kilometer vor dem unbekannten Objekt. Michael Fong, Dick Hayritt, renommierte Wissenschaftler und hochrangige Militärangehörige saßen an einem riesigen

Konferenztisch. Auf einem großen Bildschirm war der amerikanische Präsident zugeschaltet, während auf einem weiteren, für jeden gut sichtbaren Bildschirm das Videosignal der Sonde, und einige Telemetrie-Daten angezeigt wurden.

„Mr. Fong, ich warte", sagte der Präsident.

„Sir, es gibt keinen Zweifel mehr", antwortete Fong. „Die Lasermessung hat ergeben, dass das Objekt völlig rund ist, und einen Durchmesser von exakt neunzehntausend Kilometern hat. Sie ist damit um die Hälfte größer, als unser Planet."

Vor dem nächsten Satz zögerte Fong etwas. Er war sich nicht sicher, ob er das aussprechen sollte, was fast jeder Anwesende in diesem Raum dachte.

„Sir, wir glauben nicht, dass es sich hierbei um ein natürliches Phänomen handelt."

Fong beobachtete die Reaktion des Präsidenten. Durch die zweidimensionale Abbildung des Staatsoberhauptes auf dem Bildschirm, sah es für jeden im Raum so aus, als würde er eben ihn ganz ruhig anschauen.

„Haben sie Hinweise, oder Beweise, die diese These untermauern?", wollte er wissen.

„Sir, wenn ich die Aussagen des deutschen Polizisten, der den Zwischenfall bei *Science-Lab* überlebt hat, lese, fallen mir direkt Parallelen auf. Er berichtet auch von einer leuchtenden Scheibe, die aus dem Nichts aufgetaucht ist. Aus ihr seien fremde Wesen gekommen, haben seinen Kollegen getötet und sind wieder darin verschwunden, bevor der Gebäudekomplex komplett zu Eis wurde und schmolz. Dann das plötzliche Auftauchen dieser gigantischen Scheibe in unserem galaktischen Vorgarten, ihre exakte Größe von neunzehntausend Kilometern und die Tatsache, dass die Erde in etwa vier Monaten mit diesem Ding kollidiert, schließen einen Zufall nahezu aus. Des Weiteren glaube ich nicht, dass die Scheibe überhaupt massiv ist."

Diesmal erntete Michael keine zustimmenden, sondern überwiegend fragenden Blicke. Auch der Präsident runzelte die Stirn.

„Nicht massiv? Wie meinen sie das?"
„Ich meine, wir könnten hier den Ereignishorizont eines Wurmlochs sehen. Von einer fremden Macht dort positioniert, um unseren Planeten hineingleiten zu lassen mit einem uns unbekannten Ziel. Die Erde passt inklusive Atmosphäre genau hinein. Was uns auch immer auf der anderen Seite erwarten würde, es wäre höchst wahrscheinlich das Ende für unseren Planeten."
„Warum wäre es das Ende, Mr. Fong?", fragte der Präsident.
„Unser Leben auf diesem Planeten ist von vielen Faktoren abhängig. Der Wichtigste ist dabei unsere Sonne. Ohne sie ist kein Leben möglich, die Oberfläche würde erkalten. Auch das Fehlen des Mondes würde sich verheerend auswirken. Die Gravitation des Mondes und der Sonne verursachen den Zyklus von Ebbe und Flut auf den großen Gewässern der Erde."
„Was schlagen sie also vor?"
„Wir sollten meine Theorie überprüfen, in dem wir die Sonde so nah an die Leuchtscheibe heran steuern, dass wir sie mit den Roboterarmen berühren können. Dann sehen wir weiter."
Der Mann auf dem Bildschirm dachte kurz nach, dann sagte er entschlossen:
„In Ordnung, fahren sie nach eigenem Ermessen fort. Halten sie mich auf dem Laufenden."
Dann wurde der Bildschirm dunkel. Michael Fong blickte in die Runde.
„In Ordnung, Gentlemen. Sie haben den Präsidenten gehört. Bringen wir den Vogel mal näher heran."
Zusammen mit Dick Hayritt ging er aus dem Konferenzsaal hinaus. Sie marschierten einen kalten Flur entlang und öffneten am anderen Ende eine Tür mit der Aufschrift 'Kontrollraum` durch die Eingabe eines Codes. Hier gab es eine große Computerstation und drei große Monitore. Auf dem Mittleren sah man das Videobild, das die Sonde übertrug, rechts flimmerten die Telemetrie-Daten und der linke Monitor zeigte das rückwärtige Bild der Sonde. Ein kleiner dicklicher Mann mit weißem Kittel saß an der Kontrollstation und

drehte sich zu den beiden Männern um.
„McGigain, haben sie die Konferenz mitbekommen?", fragte Michael Fong den Wissenschaftler.
„Ja, Mr. Fong", antwortete Paul McGigain, der Hauptkonstrukteur und Steuermann der Raumsonde, mit näselnder Stimme. „Aber was sie da vorhaben ist nicht ungefährlich. Wenn die Entfernungssensoren nicht ganz genau eingestellt sind, könnten wir die Sonde verlieren."
„Ich bin mir der Gefahr bewusst, Paul." Fong zeigte auf den mittleren Bildschirm. „Trotzdem müssen wir herausfinden, ob dieses Objekt massiv ist, oder nicht. Bitte fliegen sie die Sonde bis auf zehn Kilometer heran, dann umrunden sie die Scheibe, damit wir sehen, was dahinter ist. Zum Schluss steuern sie sie bitte auf der Vorderseite bis auf Operationsabstand heran."
McGigain zuckte kurz mit den Schultern, dann drehte er sich mit dem Stuhl um und tippte einige Daten in die Tastatur. Anschließend griff er einen Joystick und drückte ihn sachte nach vorne. Daraufhin setzte sich die Sonde in Bewegung und flog mit etwa dreihundert km/h auf die Scheibe zu. Bei einer Entfernung von zehn Kilometern stoppte McGigain die Sonde und steuerte sie von hier an seitlich um die Scheibe herum. Die Kamera ließ er die ganze Zeit auf das leuchtende Objekt gerichtet. Der Winkel wurde immer spitzer, und die Scheibe immer dünner. Als die Sonde genau die Seite der Leuchtscheibe filmte, verschwand sie für einen kurzen Moment, um im nächsten Augenblick wieder sichtbar zu werden und die Kamera den größer werdenden Winkel der Rückseite zeigte.
„Was war das denn", rief Dick Hayritt. „Bitte noch mal zurück, genau auf die Seite der Scheibe."
McGigain stoppte die Sonde und drückte den Joystick in die andere Richtung. Er schaute ruhig auf die Daten der Telemetrie und stoppte die Sonde routiniert genau an der Seite der Scheibe. Alle Anwesenden schauten verblüfft auf den Bildschirm, auf dem nur schwarzer Weltraum zu sehen war.
„Was hat das zu bedeuten?", fragte Dick.
„Ich habe keine Ahnung", antwortete Michael langsam, mehr

zu sich selbst redend. „Wo ist die Scheibe hin?" Dann wandte er sich wieder an McGigain. „Paul, was sagen die Daten?" McGigain saß immer noch mit dem Rücken zu Fong und schüttelte verständnislos den Kopf. Er schaute sich die Telemetrie-Daten an, rechnete ein paar Zahlen nach und schüttelte erneut dem Kopf.

„Paul?", erinnerte ihn Michael an seine Frage.

„Das kann nicht stimmen", sagte McGigain, noch immer auf seinem Computer herumtippend. „Laut diesen Daten hier hat dieses riesige Ding keine Tiefe." Er drehte sich zu den beiden um und sah sie irritiert und durchdringend an. „Ich meine diese Scheibe, oder was das auch immer sein soll, hat nur zwei Dimensionen. Es hat Höhe und Breite, aber keine Tiefe, verstehen sie? Sie ist unendlich flach. Keine Kante, keine Seite, keine Ecke und keinen Knick. Das ist gegen alle physikalischen Gesetze, die es gibt. Das ist völlig unmöglich".

„Beruhigen sie sich, Paul. Sicherlich ist das sehr außergewöhnlich, aber offensichtlich nicht unmöglich", meinte Fong kleinlaut. "Schließlich haben wir es hier aller Voraussicht nach mit außerirdischer Technologie zu tun. Fong stand auf legte McGigain beruhigend die Hand auf die Schulter. „Bitte setzen sie den Flug nun wie besprochen fort." Die Sonde bewegte sich wieder. Die Rückseite unterschied sich durch nichts von der Front. Nachdem sie die Scheibe mit der Sonde komplett umrundet hatten, steuerte McGigain von der Ausgangsposition erneut direkt auf sie zu. Auf dem Bildschirm wurde die Scheibe immer größer, bis sie schließlich das gesamte Blickfeld einnahm. Ab diesem Zeitpunkt war das Annähern nur noch durch die kleiner werdenden Abstandsdaten in der Telemetrie erkennbar. Etwa eine halbe Stunde später hatte die Sonde ihre Position erreicht. Die Telemetrie zeigte zwei Meter und sechsundachtzig Zentimeter Abstand an.

„Operationsdistanz eingenommen, Sir. Soll ich den Roboterarm jetzt ausfahren?", fragte Paul McGigain.

„In Ordnung, aber ganz langsam", antwortete Fong fast flüsternd.

Alle Anwesenden im Kontrollraum starrten angespannt auf den Bildschirm. McGigain drückte einen Knopf neben seiner Tastatur, wodurch sich neben dem Steuerknüppel für die Fluglenkung eine kleine Klappe im Tisch öffnete, aus der ein weiterer Steuerknüppel herausglitt. Mit einer virtuellen Tastatur gab er das Passwort für die Roboterarmsteuerung ein, dann umschloss er mit der rechten Hand vorsichtig den neuen Joystick und drückte ihn sanft nach vorne.

Auf den Bildschirmen im Konferenzsaal und im Kontrollraum war zunächst noch nur das grelle Gelb der Scheibe zu sehen, doch dann erschien aus der unteren linken Ecke langsam der mechanische Arm der Sonde und wanderte in Richtung Bildmitte.

Die Entfernungsanzeige wurde immer geringer:
2,2546 Meter,
1,7591 Meter,
1,2026 Meter,
0,8335 Meter, gleich würde der Arm auf Widerstand treffen,
0,4473 Meter, gebannt starrten alle auf die Bildschirme,
0,2783 Meter.

Die Entfernungsanzeige blieb bei 0,1512 Metern stehen. Der Roboterarm tauchte sanft in das grell gelbe Unbekannte ein, als wäre es Wasser.

„Du hattest recht", sagte Dick zu Michael.

„Ich habe es geahnt", murmelte Fong.

Er wusste nicht, ob er sich freuen, oder beunruhigt sein sollte.

„Sie können den Arm wieder einfahren", sagte er zu McGigain. Der zog den Steuerknüppel langsam zu sich heran, doch anstatt den Roboterarm aus der Scheibe heraus zu ziehen, zog er die Sonde näher an sie heran.

„Oh, oh! Ich bekomme den Arm nicht mehr heraus", sagte McGigain und zog scharf die Luft durch die Zähne. „Wir stecken fest!"

„Dann halten sie an", schlug Hayritt vor.

McGigain fand den Vorschlag akzeptabel und ließ den Joystick los, doch zu aller Verwunderung wurde die Sonde weiter hineingezogen.

„Mit dem Antrieb volle Kraft zurück!", bellte Fong. Hastig zog McGigain den anderen Steuerknüppel zu sich. Ohne Erfolg. Der Antrieb arbeitete zwar, aber die Sonde wurde weiter hineingezogen. „Verdammt!", schlug McGigain mit der Faust auf den Tisch. Nur noch wenige Sekunden trennten die Kamera der Sonde von der Peripherie der Leuchtscheibe. Entsetzt starrten alle auf die Bildschirme. Dann kam der Augenblick, in dem die Bordkamera den Galaxie-Tunnel erreichte und von einer Sekunde zur nächsten zeigte der Bildschirm nicht mehr das grelle Leuchten, sondern es war ein schwaches, stark gestörtes Videosignal und schwarzer Weltraum zu sehen. Die Telemetrie-Daten waren erloschen. Unkontrollierbar driftete die Sonde schwerelos durch das All. Sie drehte sich dabei langsam um die eigene Achse. Auf dem flimmernden Bildschirm war wieder die Rückseite des Wurmloches zu sehen. Die Sonde drehte sich weiter und entfernte sich von der leuchtenden Scheibe. Das Bild wurde zunehmend schlechter. Schließlich verschwand die Scheibe aus dem Blickfeld der Kamera, die stattdessen etwas anderes erfasste. Es war etwas Neues, etwas Unglaubliches. Für fünf unendlich lange Sekunden war auf den Bildschirmen der Kontrollstation und im Konferenzraum ein silbernes Raumschiff zu sehen, das wie ein Bewacher in einiger Entfernung vor dem Wurmloch schwebte. Plötzlich blitzte etwas an diesem Raumschiff kurz auf und ein Energiestrahl schoss auf die Sonde zu. Im nächsten Augenblick war auf den Bildschirmen nichts mehr zu sehen.

28

„Ausbrechen?" Gary Frisbee war zwar euphorisch, aber längst nicht so zuversichtlich wie sein Zellenpartner. „Wie sollen wir denn hier ausbrechen? Das Loch im Boden bringt uns nichts, weil wir unter Wasser sind. Ich bin nämlich nicht gerade der beste Schwimmer. Durch die Wand können wir auch nicht mit dem Seifentrick, weil dort die bewaffneten Neptunier auf uns warten. Du könntest höchstens einem von ihnen deine Seife an den Kopf schmeißen."
„Sehr witzig", verzog Peter das Gesicht. „Zuerst werden wir mal feststellen, wie tief wir unter Wasser sind."
„Wie willst du das denn feststellen?", fragte Gary.
„Mit einem Luftballon", antwortete Peter grinsend. Damit war Garys Verwirrung perfekt. Er beobachtete, wie Peter in seinem Brustbeutel kramte und schließlich einen schlaffen, roten Luftballon herausholte. Er pustete ihn auf und knotete die Öffnung zu. Anschließend wühlte er erneut im Brustbeutel herum und holte den aufgewickelten Bindfaden heraus.
„Das sind etwa hundert Meter Faden. Wir machen jetzt alle fünf Meter einen Knoten hinein, dann machen wir ihn an dem Luftballon fest und lassen ihn nach oben steigen. Sobald kein Zug mehr auf der Schnur ist, hat der Ballon die Oberfläche erreicht."
„Und wenn die Schnur nicht reicht?", fragte Gary.
„Deine Fragerei nervt ganz schön. Wenn das Seil nicht reicht, sind wir auf jeden Fall viel zu tief zum Auftauchen."
Auf den ersten zwanzig Metern hinter dem Luftballon verzichteten sie auf Knoten. Für die restlichen sechzehn Knoten brauchten sie nur ein paar Minuten. Peter zog seine Schuhe aus und legte den Brustbeutel ab. Anschließend ließ er sich durch das Loch ins Wasser gleiten. Das klare blaue Wasser war nicht kalt, obwohl der Grund des Sees sich nur etwa zwei Meter weiter tiefer befand. Peter schaute unten am Boden vom Aquacella-Komplex entlang und drehte sich um

seine Achse, um den kürzesten Weg zu seinem Ende zu finden, wo er den Luftballon steigen lassen konnte. Dann blickte er nach oben und wollte zurück durch das Loch, noch einmal Luft holen, doch er erkannte sofort seinen Fehler. Er sah das Loch nicht mehr. Der Boden sah von unten überall gleich aus. Hastig strampelte Peter an der Unterseite entlang und tastete panisch den Boden ab. Der Atemreflex wurde immer größer. Peter warf seinen Kopf hin und her, aber er konnte das rettende Loch nicht finden. Seine Lunge lechzte zuckend nach Sauerstoff.

Gary stand in der Wasserzelle mit dem Luftballon in der Hand und beobachtete das Loch. Er schätzte, dass Peter schon fast zwei Minuten unter Wasser war. Ein wenig beunruhigt setzte er sich an den Rand des Lochs und ließ seine Beine ins Wasser. Er wollte Peter folgen, um nach ihm zu sehen.

Unter Wasser war Peter der Ohnmacht nahe. Seine Arme tasteten nicht mehr die Unterseite der Zellenanlage ab, sondern trieben schlaff im Wasser. Wie in Trance bemerkte er zwei dicke Äste, die direkt neben ihm aus dem Boden des Wassergefängnisses herauswuchsen. Mit letzter Kraft griff er danach und hielt sich daran fest.

Gary erschrak. Etwas hatte sich an seinen Beinen festgekrallt. Schnell zog er sie wieder heraus und blickte in das klare Wasser, wo er die regungslose Hand von Peter erkannte. Blitzartig packte er sie und zog seinen schlaffen Körper zurück in die Zelle. Er legte ihn auf den Rücken und tätschelte ihm das Gesicht.

„Peter, Peter! Oh mein Gott, Peter", brüllte er ihn an und schlug etwas fester zu. Die fünfte Ohrfeige zeigte Wirkung. Peters Körper zuckte kurz, dann riss er die Augen auf, atmete röchelnd tief ein, um im nächsten Moment Wasser auszuhusten und auszuspucken.

Nachdem er sich beruhigt hatte, saß er einige Sekunden lang still da. Kreidebleich und zitternd blickte er schließlich den ebenfalls kreidebleichen Gary an.

„Danke! Du hast mir echt das Leben gerettet. Ich war so bescheuert. So muss das sein, wenn man im Eis einbricht. Ich

habe einfach die Öffnung nicht mehr gefunden."
Etwa eine halbe Stunde ruhten sie sich nach dem Schreck aus, dann nahm Peter den Luftballon an sich und tauchte erneut ins Wasser. Gary ließ seine Beine diesmal von Anfang an im Wasser baumeln, um für Peter eine Orientierungshilfe zu sein. Peter schwamm etwa zehn Meter weit zum Ende des Bodens und ließ dort den Ballon los. Zielstrebig schoss dieser nach oben und zog den grauen Bindfaden hinter sich her. Peter schaute dem auftauchenden Ballon noch kurz hinterher, dann wollte er zurückschwimmen. Auf einmal erkannte er die schwachen Umrisse der Pyramide, die sich majestätisch am Ende des Wassergefängnisses von einer Felsformation erhob, auf der sie erbaut wurde. Der untere Teil war natürlicher Felsen, an den sich der Aquacella-Komplex anschloss. Ihre Spitze verlor sich im Dunkel des Sees. Jetzt erkannte Peter auch, dass zwei Meter unter ihm nicht der Grund des Sees war, sondern nur der Gipfel dieser Unterwassererhebung. Er konnte nicht mal ahnen, wie tief es noch hinuntergehen würde.
Peter merkte, dass die Luft wieder knapp wurde. Er drehte sich um, sah Garys baumelnde Beine und tauchte wieder zurück.
„Wir haben noch acht Knoten, also vierzig Meter Schur übrig", begrüßte ihn Gary.
„Aha, und zwei Knoten sind es noch bis zur Kante dieses Gefängnisses. Dann befinden wir uns also etwa fünfzig Meter tief. Das können wir schaffen."
„Aber was ist mit den anderen Gefangenen?", fragte Gary, während er die Schnur mit dem Luftballon wieder aufwickelte.
„Wir müssen versuchen, sie alle zu befreien. Je mehr Freunde wir haben, desto mehr Feinde hat Neptun. Sein Plan darf auf keinen Fall gelingen, das wäre das Ende für die Erde", meinte Peter, wobei er seine rechte Faust in die flache linke Hand legte.
„Aber deine Seife reicht gerade noch, um bei uns ein Loch in die Wand zu machen. Es gibt da draußen aber dutzende besetzte Zellen. Wie sollen wir die alle befreien?"

„Ich weiß es auch noch nicht." Peter massierte sein Kinn. „Aber ich weiß, dass diese Gefängniszellen aus Wasser bestehen. Die Maschine, die Wasser in dieser Form halten kann, muss sich in der Pyramide befinden. Wir werden dorthin gehen, und sie ausschalten."
Gary Frisbee schaute Peter ungläubig an.
„Wie bitte? Du willst freiwillig dorthin zurück? Zu ihm? Wie glaubst du denn, an den Wachen vorbei zu kommen? Die sind bewaffnet, und du,... du hast ein... äh... ein Taschenmesser und Luftballons."
Doch Peter war wild entschlossen. Er hockte sich vor die Wand, durch die sie von den Neptuniern geholt wurden, und begann sie mit der Seife einzuschmieren.
„Ich glaube nicht, dass es hier viele Wachen gibt", sagte er dabei. „Die beiden, die uns abgeholt haben, sind bestimmt die Einzigen hier. Neptun fühlt sich sicher. Er glaubt doch, dass hier niemand raus kann."
Ein paar Augenblicke später floss der eingeseifte Bereich ab und ein Durchgang war entstanden. Peter steckte vorsichtig den Kopf hindurch und schaute nach links und nach rechts.
„Niemand zu sehen", flüsterte er und kroch hindurch. Gary wollte auf keinen Fall alleine in der Zelle bleiben und folgte ihm widerwillig.
„Erinnerst du dich noch, wie wir zur Höhle kommen? Hier sieht alles irgendwie gleich aus", fragte Peter leise.
„Ja, das war da lang immer geradeaus." Gary deutete den langen Gang entlang. „Wir sind nirgendwo abgebogen."
Gemeinsam schlichen sie los. Gary hielt sich stets hinter Peter. Nach etwa zwanzig Metern zischte plötzlich eine Energieladung an Peters Kopf vorbei und traf den Wasserwürfel direkt neben ihm. Er hinterließ in der leeren Zelle eine Eisfläche. Gary und Peter wirbelten herum. Die beiden Neptunier hatten ihre Flucht bemerkt, und watschelten so schnell sie konnten hinter ihnen her. Schon schlug der nächste Energieblitz neben Peters Kopf in der gleichen Wand ein.
„Lauf!", rief er. Beide sprinteten los. Fünf Kreuzungen weiter

packte Peter Gary am Arm und riss ihn um die Ecke, wo er ihn festhielt.

„Warte, ich habe eine Idee."

„Verdammt, was hast du jetzt wieder vor? Die werden bald hier sein", protestierte Gary atemlos.

„Das hoffe ich", war Peters knappe Antwort, während er sich hinkniete und mit der restlichen Seife den Boden über die gesamte Breite einseifte. Sie wurde dabei völlig aufgebraucht. Dann huschten die beiden hinter die nächste Ecke und warteten. Völlig außer Puste und zitternd vor Angst hockte Gary sich hin und lehnte an einer Wasserwand. Peter war auch nervös, aber aufmerksamer.

Als die Neptunier, in ihrer Interpretation von Rennen, um die Ecke bogen, bemerkten sie nicht den Schaum auf dem Boden, sondern sahen sich suchend um. In dem Moment, als sie auf die schäumende Stelle traten, fielen sie platschend ins Wasser und tauchten für einen Moment unter. Unter Wasser sahen sich die Kreaturen verwirrt an, dann tauchten sie wieder auf und blickten in die zornigen Gesichter zweier Menschen. Fast synchron traten Gary und Peter den Neptuniern mit einem Schrei aus gleicher Kehle ins Gesicht, woraufhin beide Wesen bewusstlos hinabsanken.

„Ha, das habt ihr wohl nicht gedacht", jubelte Gary. Er wollte mit Peter abklatschen, doch der schaute auf den Boden neben sich.

„Was haben wir denn da?", fragte er schelmisch.

Einer der Neptunier hatte beim überraschten Sturz sein Perlmuttschwert fallen lassen. Peter hob es auf und wiegte es in der Hand. Neugierig zielte er auf eine Wand und drückte feste das Griffstück in seiner Hand. Sofort feuerte die Waffe einen Energiestrahl ab, der an der Wand eine Eisfläche hinterließ.

Grinsend bestaunte er seine Eroberung.

„Dieses Ding ist besser als Seife."

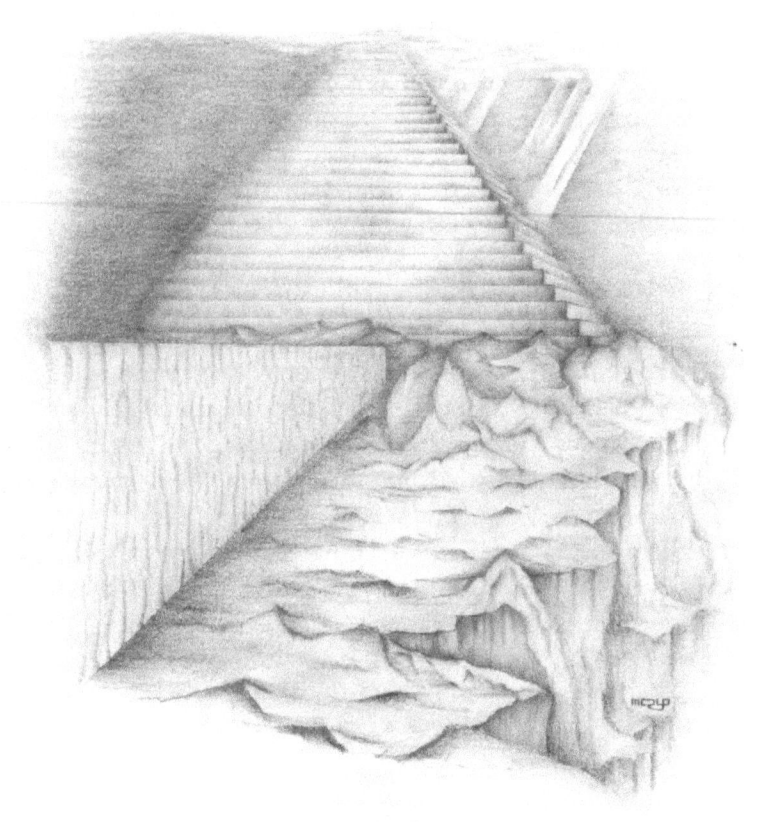

29

Neptun saß, zufrieden mit dem bisherigen Verlauf seiner Mission, im Kontrollraum seines Raumschiffes. Er überwachte die Monitore und die Daten der Energieübertragung, doch überwiegend betrachtete er das Bild, das die Kamera am Bug des Raumschiffs einfing: den Galaxie-Tunnel. Hier lief rechts unten ein eingeblendeter Countdown in einer fremdartigen Schrift mit.
Plötzlich gab es ein Alarmsignal aus einem Computer. Neptun kniff die Augen zu Schlitzen zusammen. Er konnte keine Störungen gebrauchen und wandte sich an den Computer, auf dessen Bildschirm wichtige Daten vor sich hin blinkten. Mit einem Knopfdruck war der Alarm abgeschaltet, dann prüfte er die Daten und stutzte.
„Das ist unmöglich! Das ist zu früh!", brüllte er den Computer an. Ruckartig rutschte er wieder zum Videoschirm, wo er am schiffsinternen Kommunikationsgerät eine Taste drückte und einen Befehl in ein Mikrophon bellte:
„Neptunier, sofort feuerbereit machen. Es kommt etwas hindurch. Vernichtung auf mein Kommando!"
„Ich verstehe", tönte es gehorsam zurück.
Einige Augenblicke später erkannte Neptun, wie der Ereignishorizont des Galaxie-Tunnels von einem kleinen dünnen Metallstab durchstoßen wurde. Die Raumschiffkamera zoomte näher an das Objekt heran. Schließlich war das Objekt komplett ausgetreten. Der Stab war an einem etwa drei Meter langen zylinderförmigen Flugkörper befestigt, an dem sich noch weitere Metallarme befanden. Neptun erkannte sofort, dass die primitive menschliche Maschine, die unkontrolliert vom Galaxie-Tunnel fortschwebte, keine Gefahr darstellte.
„FEUER!", giftete er böse grinsend in das Kommunikationsgerät. Drei Sekunden später hatte das Raumschiff die menschliche Sonde mit einem einzigen Energiestrahl vernichtet.

30

Peter und Gary hatten die Wasserwand erreicht, hinter der sie den höhlenartigen Durchgang zur Pyramide vermuteten, und waren bisher auf keinen weiteren Widerstand gestoßen. Nach Peters Einschätzung waren die besiegten Neptunier die beiden einzigen Wachen in der Anlage.
„Hier müsste es sein", flüsterte Gary.
Die Wand sah genauso aus, wie jede andere Stelle in dem Aquacella-Komplex. Peter hob das Schwert und steckte es etwa zwanzig Zentimeter tief in die Wand, dann drückte er das Griffstück in der bestimmten Art und Weise. Augenblicklich begann sich die Eistür zu bilden. Zufrieden zog er die Klinge wieder heraus und zwinkerte Gary zu.
„Jetzt wird's ernst", meinte er.
Aufmerksam betraten sie die feuchte Höhle und folgten dem Gang. Peter schlich voraus und hielt das Schwert schützend vor sich. Gary folgte zwei Schritte dahinter. Auch hier begegneten sie keiner Wache. Nach einigen Metern erreichten sie die Pyramide, in der sie achtsam ihren Blick umherschweifen ließen.
„Ich sehe ihn nicht", flüsterte Gary.
„Hier scheint überhaupt niemand mehr zu sein", antwortete Peter. „Lass uns mal zu den Computern gehen."
Vorsichtig gingen sie zu den Apparaturen. Die Maschinen surrten leise vor sich hin und unbekannte Zeichen und Symbole flackerten munter auf den zahlreichen Bildschirmen.
„Tja, wenn die Kontrolleinheit für den Wasserknast hier sein sollte, weiß ich beim besten Willen nicht wo", zweifelte Peter.
„Schau mal hier." Gary winkte Peter hektisch zu sich. „Ich glaube ich hab was gefunden."
Mit einem Satz stand Peter neben ihm. Gary deutete auf einen Bildschirm, auf dem ein dreidimensionales Gebäude mit grünen Linien auf schwarzem Hintergrund graphisch dargestellt wurde. Die Anzeige veränderte sich ständig im

gleichen Rhythmus. Zuerst war die komplette Anlage von außen erkennbar. Sie drehte sich um die eigene Achse, dann bildeten sich im Inneren weitere grüne Linien und es entstanden viele kleine Kästchen. Die Grafik zoomte näher heran, ins Innere des Gebäudes, wo man jetzt die einzelnen Zellen und die Gänge erkennen konnte. Als Nächstes erschienen in manchen Quadraten rote Punkte. Peter vermutete, dass hier die belegten Zellen angezeigt wurden, wobei die Punkte die Insassen symbolisierten. Die virtuelle Grafik ließ den Betrachter quer durch die Gefängniszellen fliegen und zoomte anschließend wieder heraus. Letztlich begann die Darstellung von vorn.
„Ja, das ist es", jubelte Peter. Nachdenklich schaute er auf die dazu gehörenden Kontrollelemente. Er hatte nicht die geringste Ahnung, wie er diesen fremdartigen Computer bedienen sollte. Anstatt einer Tastatur sah er nur fünf Tasten und eine tennisballgroße Kugel, die bis zur Hälfte in einer Ablage eingelassen war. Vorsichtig drückte er eine Taste. Die graphische Anzeige auf dem Monitor verschwand und es erschien ein roter Schriftzug in fremder Sprache.
„Verdammt, ich glaube das ist eine Codeaufforderung", fluchte Peter. Er probierte noch ein paar Tasten und rollte die Kugel, doch die Anzeige änderte sich nicht. Schließlich verlor Peter die Geduld und nahm das Schwert. Er entfernte sich einige Schritte von der Maschine und warnte Gary:
„In Deckung!"
Kurz darauf schoss ein Energiestrahl aus der Klinge und traf die Computereinheit, die sich sofort in Eis verwandelte und auseinanderbrach.
„Das war's", jubelte Peter.
Auch über Garys ängstliches Gesicht huschte ein zuversichtliches Lächeln.
„Jetzt aber nichts wie weg hier", meinte er.
„Noch nicht", stoppte Peter seinen ängstlichen Gefährten. „Das ging doch ziemlich einfach. Lass mich noch kurz..."
Peter hob ein weiteres Mal das Perlmuttschwert und richtete es auf den äußersten Computer, rechts von ihm. Erneut

blendete ein Energiestrahl auf, den er ohne Unterbrechung nach links schwang und somit fast sämtliche Computer und Maschinen zerstörte. Zu seinem Erstaunen blieb eine Maschine, die ihn an eine Telefonzelle erinnerte, unversehrt. Peter schoss erneut auf die Maschine und erkannte diesmal, dass um sie herum eine Energiebarriere aufgebaut war. Er trat näher heran und wollte einen ihrer Schalter manuell ausprobieren. Blitzartig schreckte er zurück, als er zwanzig Zentimeter vorher scheinbar in der Luft einen Stromschlag bekam.

„Au! Ein Schutzschild! So was kannte ich bis jetzt auch nur aus Filmen."

„Muss eine wichtige Funktion haben, wenn es als Einziges so geschützt ist", flüsterte Gary. „Los, lass uns endlich abhauen."

Peter war einverstanden, sie hatten hier mehr erreicht, als er erhofft hatte. Jetzt galt es zu überprüfen, ob das Wassergefängnis wirklich zerstört war.

Sie rannten in die Höhle zurück, aus der sie gekommen waren. Die erste Enttäuschung gab es schon an deren Ende: Die Wasserwand war noch immer dort. Peter hatte gehofft, am Ende dieses abschüssigen Tunnels Wasser vorzufinden, durch das sie dann hätten tauchen können. Stattdessen musste er wieder eine Eistür bilden, durch die sie erneut in den Aquacella-Komplex gelangten. Was sie hier sahen, überraschte sie jedoch völlig. In den Gängen liefen ein paar Menschen und einige unbewaffnete Neptunier ziellos umher. Einige Zellen hatten sich bereits aufgelöst, oder waren gerade dabei. Nach und nach löste sich die Kohäsion der Zellenwände auf und das Wasser tropfte platschend zu Boden. Dadurch stieg das Wasser in den Gängen bedrohlich. Auch die Außenwände, der Boden und die Decke verloren immer schneller ihre Form. In wenigen Sekunden würde das Wasser des Sees über ihnen zusammenfallen. Peter brüllte so laut er konnte:

„FÜNFZIG METER! TAUCHEN, IHR MÜSST ALLE..."

Dann gaben die Decke und die Wände dem Druck des Wassers nach. Mit brutaler Gewalt stürzte das Seewasser von allen Seiten auf sie ein. Peter konnte gerade noch tief Luft holen, bevor er unkontrolliert umhergewirbelt wurde. Er und alle anderen waren ein Spielball der Gewalten. Kurz hatte er die Orientierung verloren und nicht mehr gewusst, wo oben und unten war, dann beruhigte sich das Wasser und er begann mit kräftigen Zügen zur Wasseroberfläche zu tauchen. Dabei atmete er ständig aus, um eventuellen Lungenschäden vorzubeugen. Schließlich durchbrach er die Oberfläche und füllte seine Lungen gierig mit neuem Sauerstoff. Er blickte sich blinzelnd in dem grellen Licht der Sonne um. Immer mehr Menschen tauchten japsend auf, während von den Neptuniern keiner mehr zu sehen war. Lediglich in einer Richtung konnte Peter Landmasse erkennen. Er schätzte die Entfernung dorthin jedoch auf mindestens drei Kilometer, was für die meist älteren Menschen sicherlich zu weit war. Plötzlich bemerkte er, dass sie alle auf ihn zu schwammen. Verwirrt drehte er sich um, und sah die Spitze der Pyramide mindestens acht Meter aus dem Wasser ragen. Die Menschen schwammen hin und kletterten hinauf.

„Peter, hilf mir", hörte er Gary auf einmal rufen. Er erblickte ihn nicht weit entfernt, wie er verzweifelt vor sich hin paddelte. Peter schwamm zu ihm.

„Hör auf so zu strampeln, ich helfe dir. Wir schwimmen zur Pyramide."

Mit Peters Hilfe erreichten sie die Spitze, kletterten hinauf und setzten sich keuchend auf eine Stufe. Nach ein paar Sekunden kletterte Peter weiter hinauf zur Spitze, um sich einen besseren Überblick zu verschaffen. Es war nicht einfach, weil die schmalen Stufen der Pyramide von glitschigen Algen und Muscheln bewachsen waren. Peter folgerte, dass das Bauwerk bis vor kurzem komplett unter Wasser gewesen sein musste. Unterwegs sprachen ihn viele der Menschen in den unterschiedlichsten Sprachen an. Er ignorierte sie und erreichte eine kleine, flache Stelle ganz oben auf der Pyramidenspitze. Dort schaute er in alle Richtungen, doch seine erste Einschätzung änderte sich nicht. Es gab nur in einer Richtung Land. Enttäuscht setzte er sich hin und betrachtete nachdenklich den blauen Himmel mit all seinen

merkwürdigen Erscheinungen. Tief in seinen Gedanken versunken bemerkte er nicht, dass Gary ihm gefolgt war und sich neben ihn setzte.
„Hey, danke, dass du mir geholfen hast, auch wenn sich unsere Lage nicht viel verbessert hat", sagte er erschöpft. Als Peter darauf nicht reagierte, stieß er ihm sanft mit dem Ellenbogen in die Seite.
„Ja, was ist?", schreckte Peter aus seinen Gedanken hoch.
„Entschuldigung, was hast du gesagt?"
„Ich sagte nur, dass unsere Lage sich nicht viel verbessert hat. Ohne Schiff sitzen wir hier in der Hitze fest."
„Ja, das stimmt leider", seufzte Peter.
„Man müsste übers Wasser laufen können", scherzte Gary. Peter zuckte kurz und blickte Gary mit großen, glänzenden Augen an.
„Das ist *die* Idee! Du bist ein Genie!" Peter sprang auf und richtete sich an die etwa zwanzig Menschen unter ihm. Er rief so laut er konnte:
„Achtung, alle mal her hören. Wer von euch kann mich verstehen? Bitte kurz den Arm heben." Die Überraschung, dass ausnahmslos alle den Arm hoben, hätte Peter fast aus der Fassung gebracht, doch er zwang sich, erst gar nicht darüber nachzudenken. Stattdessen zuckte er kurz mit den Schultern und sprach weiter zu den Menschen, die ihn erwartungsvoll anstarrten.
„Mein Freund Gary und ich, wir waren, wie ihr, in dem Wassergefängnis gefangen, doch wir konnten ausbrechen. Wir waren in der Pyramide und haben dort die Maschinen zerstört, die diese Zellen kontrolliert haben." Anerkennendes Gemurmel machte sich unter den Flüchtlingen breit. „Jetzt habe ich eine Idee, wie wir hier weg und an Land kommen." Er deutete in die Richtung der Berge, die schemenhaft zu sehen waren.
„Aber es sind zu viele Geschichten bis dorthin. Ich bin nicht mehr in der Lage, so weit zu schwimmen", protestierte ein älterer Mann und bekam Zustimmung von einigen Anderen.
„Ich weiß nicht, wie viele Geschichten es bis dort sind, aber

ich schätze die Strecke auf zwei bis drei Kilometer. Wir werden jedoch nicht schwimmen, sondern gehen."
Peter erntete Gelächter von den Meisten. Das Lachen erlosch allerdings, als Peter das Perlmuttschwert, das er die ganze Zeit an seinem Rücken befestigt hatte, in den Himmel streckte. Die Sonne spiegelte sich blendend darin und die Menschen rissen ungläubig die Augen auf und starrten Peter fasziniert an.
„Ich werde versuchen, uns einen Pfad aus Eis zu machen."
Peter und Gary stiegen von der Spitze hinab an den Rand des Wassers. Unten angekommen richtete Peter das Schwert auf die Wasseroberfläche und aktivierte die Waffe. Knisternd entstand eine etwa ein Meter breite Eisfläche. Peter trat vorsichtig darauf. Das Eis hielt. Er nickte Gary zu, ihm zu folgen, doch das Eis hielt auch sie beide.
„So weit so gut. Mal sehen, was passiert, wenn ich die Waffe dauernd aktiviert habe."
Peter schritt langsam vorwärts. Das Schwert feuerte einen stetigen Energiestrahl ab und bildete so einen langen Weg aus Eis über das Wasser. Gary folgte als Erster, dahinter bildeten die anderen Flüchtlinge eine Menschenschlange. Einige Male rutschte jemand auf dem glatten Untergrund aus, aber niemand fiel ins Wasser.
Je näher sie dem Ufer kamen, desto deutlicher erkannte man die Landschaft. Riesige Berge bildeten die Silhouette des Horizonts. Nach etwa einer Stunde hatten sie heil und trocken das Ufer erreicht, wo eine unwirkliche Welt begann. Scharfkantige, kristallartige Felsen bestimmten das Bild. Die Vegetation war spärlich und fremdartiger als je zuvor. Peters Hand schmerzte vom ständigen Druck auf den Griff des Schwertes.
„Weiß jemand, wo wir sind?", fragte er in die Runde.
Der ältere Mann, der ihn auf der Pyramide schon angesprochen hatte, meldete sich erneut zu Wort:
„Junger Freund, weißt du denn wirklich nicht, wo wir uns hier befinden? Dies ist ein Teil von Teros, den nur wenige Menschen, die sich hierher gewagt haben, lebend wieder verlassen konnten. Und diese Wenigen erzählten von riesigen,

Feuer speienden Kreaturen, die hier leben. Sie berichteten uns ferner von unpassierbaren Ebenen, deren Kristallgebilde so scharfe Kanten haben, dass selbst Steine, die darauf fallen, zerschnitten werden. Man sagt, dass hier ein Tyrann lebt, der alles und jeden vernichtet, was ihn in seiner Ruhe stört. Wir befinden uns hier am Rande des *Kristall-Gebirges*."

31

Bret schreckte aus dem Schlaf hoch. Er saß senkrecht auf dem Tierfell vor dem Kamin, dessen Feuer mittlerweile erloschen war, und erinnerte sich an die Verabredung mit Alram, Sáphir und den Anderen. Hatte er verschlafen? Er wusste es nicht. Aus einem Reflex heraus schaute er auf seine nicht funktionierende Uhr und verzog sein Gesicht. Dann lauschte er angestrengt, konnte aber auch keinen Hahn schreien hören. Wo war Simonja? Er blickte auf den leeren Platz neben sich und erinnerte sich grinsend an die wundervolle Nacht. Er schaute sich in der kreisförmigen Höhle um und erkannte, dass er allein war.

„Nett von der Süßen", murmelte er vor sich hin und war froh, dass Simonja ihn hatte schlafen lassen. Er fühlte sich topfit und musste anerkennen, dass er hier so gut wie noch nie geschlafen hatte.

Trotzdem machte er sich große Sorgen um seinen Freund Peter. Er resümierte in Gedanken noch einmal den vergangenen Tag und schüttelte fassungslos den Kopf. Tief durchatmend stand er voller Tatendrang auf und zog seine Kleider an. Anschließend riss er sich ein Stück von dem Brot ab, das noch auf dem Tisch lag, und machte sich auf den Weg nach oben. Als er in die baufällige Hütte zurück geklettert war, wurde er durch einen Schlitz vom grellen Sonnenlicht geblendet. Jetzt wurde ihm klar, warum es unter Sáphirs Haus eine Höhle gab. Die Menschen schlafen lieber und besser in dunklen Räumen. Simonja hatte ihm erklärt, dass es eine solche Höhle unter fast jedem Haus in Galosch gab.

Laufend begab er sich zum Treffpunkt beim Teleporter. Als er um eine Ecke gebogen war, hatte er freien Blick auf den Platz, auf dem die Fernreise-Maschine stand. Dort war fast das gesamte Dorf versammelt. Alram, Sáphir, Simonja und ihre Schwester, Hrolph und zahlreiche Dorfbewohner waren anwesend, doch sie bemerkten Bret nicht. Stattdessen starrten alle aufgeregt in den blauen Himmel und diskutierten wild durcheinander. Manche zeigten auf etwas. Bret, der nun nicht mehr joggte, schaute beim Weitergehen mehrmals in die anvisierte Richtung, konnte aber nichts erkennen. Als er die Gruppe um Alram und Saphir erreichte, hatten sie ihn noch immer nicht bemerkt.

„Guten Morgen, Leute", rief er absichtlich etwas lauter, um alle Anwesenden auf einmal zu begrüßen. Augenblicklich hatte er die Aufmerksamkeit der Dorfbewohner vom Himmel weg, auf sich gezogen. „Ich hoffe nicht, dass ich zu spät bin", fügte er hinzu, und zwinkerte Simonja dabei zu. Sie lächelte ihn an und machte ihm die unbekannte Geste mit dem Auge nach. Bret richtete sich an Sáphir, der neben Alram stand, und hob die Hand zum Gruß.

„Sáphir, Alram, ich grüße euch. Ich glaube, ich habe verschlafen. Ist irgendetwas passiert? Warum starrt ihr alle in den Himmel?"

Sáphir erhob ebenfalls langsam die Hand und sagte ruhig: „Mein Freund, wie kann man sich denn verschlafen? Entweder schläft man, oder man ist wach. Es gibt kein zu spät. Ihr begebt euch auf den Weg, wenn es so weit ist. Zu deiner zweiten Frage muss ich dir antworten: Sieh selbst." Mit ausgestrecktem Arm deutete er in den wolkenlosen Himmel. Brets Blick folgte seinem Arm. Er kniff die Augen zusammen und konnte erst nichts erkennen, doch nach drei, vier Sekunden nahm sein Auge plötzlich etwas wahr.

Am blauen Himmel war etwas großes, rundes, dessen Farbe sich nur ganz leicht vom Azur des Himmels unterschied. Es war eine riesige Scheibe, die sich außerhalb der Atmosphäre von Teros im Orbit befand. Die Konturen des Objektes waren nur ganz schemenhaft zu erkennen. Minda mit seinem Planetenring und die beiden Monde waren im Vergleich dazu viel besser zu erkennen.

„Aha", meinte Bret lapidar und zuckte mit den Schultern. „Das ist mir gestern, äh ich meine vor dem letzten Schlaf, noch nicht aufgefallen. Was ist das?"

Alram trat an Bret heran und legte ihm freundschaftlich die

Hand auf die Schulter.
„Das wissen wir nicht. So etwas war bisher noch nie dort zu sehen. Wir haben lediglich eine Vermutung."
Die Dorfbewohner stimmten zu und begannen wieder hektisch in den verschiedensten Sprachen mit-, und durcheinander zu palavern. Sáphir hob seinen verwurzelten, alten Stock, der ihm überwiegend als Gehhilfe diente, in die Höhe. Dabei rief er so laut er konnte ein Wort in einer für Bret unverständlichen Sprache, woraufhin alle Anwesenden still auf ihr Dorfoberhaupt blickten. In Brets Sprache fuhr er fort:
„Meine Freunde, bitte geht wieder an eure Tagwerk. Wir haben im Moment nichts zu befürchten. Bitte lasst uns allein."
Ein paar Augenblicke später war es um die Fernreise-Maschine herum wieder leer. Auch Simonja verließ den Platz, allerdings nicht ohne ein Lächeln für Bret, von dem er weiche Knie bekam. Er sah ihr noch so lange hinterher, bis sie in einem Haus verschwunden war. Übrig blieben nur Sáphir, Alram, Hrolph, Bret und die zwei muskulösen, mit Hellebarde bewaffneten Wachen.
„Mein Freund von der Erde, wir sollten uns jetzt auf die vor uns liegende Aufgabe konzentrieren. Meine Tochter wird auch noch hier sein, wenn du wieder zurück bist von deiner Reise."
Bret erahnte bei diesen Worten ein leichtes Schmunzeln in Sáphirs Gesicht. „Meine Prätorianer Mordag und Gemmon werden dich, Alram und Hrolph zu deinem Auto begleiten. Wenn es dir gelingt, die Fernreise-Maschinen wieder zu aktivieren, werden wir alles tun, um deinen Freund Peter aus den Fängen der Neptunier und aus denen Neptuns zu befreien. Darauf hast du mein Wort."
Sáphir schaute Bret mit seinem sanften, aber entschlossenen Blick tief in die Augen. Die beiden Männer verstanden und vertrauten einander, sodass in diesem Moment keine weiteren Worte nötig waren.
„Folgt mir in die Brotstube", richtete sich Sáphir abschließend an alle. Bret folgte als Letzter. Sein Herz schlug ihm wieder bis zum Hals, als er erkannte, dass Sáphir das Haus betrat, in das

Simonja gegangen war. Als Bret in die Stube knarrte, vernahm er einen wohlriechenden Duft nach frisch gebackenem Brot. Tatsächlich erinnerte ihn die Stube an eine klassische Bäckerei. Es gab einen großen Holzofen und eine Theke mit Regaleinlagen, auf dem größere und kleinere Brote lagen. Dahinter stand Fatma und packte Brot und Kekse in vier Stofftaschen. In den Ritzen des alten Holzfußbodens hatte sich Mehlstaub gesammelt. Links und rechts neben dem Ofen waren Regale angebracht, auf denen allerlei Zutaten auf ihre Verwendung warteten. Es gab Eier, Milch in Kannen, Käse, Butter und vieles mehr. Vor den Regalen standen rustikale Tische. Hinter dem rechten Tisch stand Simonja und knetete den Teig für ein neues Brot. Ihre Schwester machte es ihr an dem anderen Tisch gleich. Wieder lächelte Simonja Bret an und er verstand nun, dass er sich unsterblich in sie verliebt hatte.

„Bret, mein Freund", riss Alram ihn aus seinen Gedanken. „Das ist für dich." Er hielt ihm einen der prall gefüllten Stoffbeutel hin. Bret sah, dass sich jeder von ihnen einen Beutel umgehängt hatte, außer Hrolph, der schon am Abend in Sáphirs Höhle nichts gegessen hatte.

„Isst du eigentlich nie etwas?", fragte er das schwebende Wesen, das nur grinsend den Kopf schüttelte.

„Hrolph braucht keine feste Nahrung. Sein Volk benötigt ausschließlich Wasser zum Leben. Und das trage ich für ihn", erklärte Alram die Lebensweise seines Freundes. Hrolph nickte zustimmend. Er hielt seinen dünnen, zartgrünen Arm nach vorne ausgestreckt und machte eine Faust. Plötzlich begann sie sich leuchtend zu verformen und einen Augenblick später hatte sie sich in ein zünftiges Brot verwandelt, in das er herzhaft hineinbiss. Anschließend kaute er es demonstrativ und schluckte es hinunter, ehe sich seine Hand, unter dem Gelächter der Anwesenden, unverletzt wieder zurück verwandelte. Nachdem das Gelächter verklungen war, erhob Sáphir erneut das Wort:

„Mein Freund Hrolph, du bist eine gute Seele. Bitte gib deinen Gefährten auf eurer gefahrvollen Reise einen Grund zur

Freude. Glück und Friede sei mit euch auf dem schwierigen Weg."
Dann gingen die Fünf los. Die Anderen hatten die Bäckerei schon verlassen, da drehte Bret sich noch einmal zu Simonja um und ging mit schnellen Schritten zu ihr. Wortlos zog er sie an sich und küsste sie zärtlich. Dann blickten sie sich in die Augen und er sagte:
„Ich liebe dich."
Simonja erwiderte die Geste mit den gleichen Worten. Daraufhin drehte Bret sich wieder um. Auf dem Weg zur Tür schaute er zu Sáphir, der die Szene stumm beobachtet hatte, und nickte ihm zu. Auch dieses Mal glaubte Bret, ein Hauch von einem Lächeln bei dem alten Mann zu erkennen.

32

Peter fand den Namen *Kristall-Gebirge* für diesen seltsamen Ort absolut treffend.
„Das hier müsste mein Geologie-Professor sehen", sagte er fasziniert zu dem älteren Mann, der sich als Erdalf vorgestellt hatte.
Das Ufer des Sees war bis zur zehn Meter hohen Peripherie des Gebirges etwa zehn Meter weit flach. Ab dort wuchsen Kristalle in allen Größen und Farben aus dem Boden. Die meisten waren milchig weiß, gelblich oder durchsichtig klar. Vereinzelt gab es aber auch grüne, blaue und rote Kristalle. Sie sahen wunderschön aus, bildeten jedoch eine scheinbar unpassierbare Wand. Peter hockte sich hin und malte gedankenvoll mit dem Finger eine kurze Linie in den glitzernden Krisallsand, der aus unzähligen kleinen, bis maximal fingernagelgroßen Kristallen bestand. Schließlich nahm er eine Handvoll, richtete sich auf und betrachtete die Steine.
„Diamanten", murmelte er ungläubig. „Das sind ja alles Diamanten und Edelsteine!"
Erdalf sah ihn verwirrt an.
„Mein Freund, ich verstehe dich nicht. Was sind Diamanten? Ich kenne dieses Wort nicht. Was du da in der Hand hältst, sind Kristalle. Das gesamte *Kristall-Gebirge* besteht aus diesen Steinen."
Peter musste kurz schlucken, dann öffnete er seinen Brustbeutel und holte eine kleine Pillendose heraus. Er öffnete den Deckel und ließ den Inhalt in die flache Hand gleiten. Es waren nur noch drei Kopfschmerztabletten übrig. Genug Platz also. Er ließ die Kristalle aus seiner Hand in die Dose rieseln, bis sie randvoll gefüllt war. Anschließend verschloss er die Dose wieder und verstaute sie in dem Brustbeutel.
„Das wird auf jeden Fall reichen", zwinkerte er dem mit den Schultern zuckenden Erdalf zu.

„Da hast du recht", stimmte Gary Frisbee grinsend zu. Seine schwarze Nachtwärterhose hatte auf Höhe der Oberschenkel geräumige Hosentaschen, die nun auf beiden Seiten stark ausgebeult waren. Peter grinste zurück und nickte verständnisvoll mit dem Kopf. Erdalf schaute abwechselnd zu Gary und Peter und verstand den Grund ihrer Freude nicht.
„Ihr Fremden seid wahrlich rätselhaft. Offensichtlich seid ihr nicht von Teros, nicht wahr?"
„Nein, das sind wir in der Tat nicht", bestätigte Peter und erzählte ihm in kurzen Worten die unterschiedlichen Umstände ihrer Ankunft auf Teros und von der jeweiligen Begegnung mit Neptun. Erdalf hörte ihnen gespannt zu und erklärte ihnen anschließend die Schicksale der Menschen von Teros und von Minda. Er berichtete von den Göttern, die sie von der Erde hierher mitgenommen hatten, und von ihrem finalen Krieg.
„Nur Neptun hatte diese Schlacht überlebt. Allerdings gab es für ihn keine Möglichkeit zur Erde zurückzukehren, nachdem Mars sich opferte, indem er die Kontrollmaschine für die Galaxie-Tunnel zerstörte."
„Wie es scheint, hat er doch eine Möglichkeit gefunden", protestierte Gary lautstark.
Erdalf sah Peter fragend an. Der legte Gary beruhigend seine Hand auf die Schuler und wandte sich an den alten Mann.
„Was Gary sagt stimmt offenbar. Neptun hat mir persönlich von seinem Plan erzählt. Er will den ganzen Planeten Erde durch so einen Galaxie-Tunnel hierher holen und möchte die komplette Menschheit versklaven. Wir reden hier von über sechs Milliarden Menschen."
Erdalf war sichtlich geschockt.
„Dann hat er es geschafft, eine neue Kontrollmaschine zu bauen", sagte er entsetzt.
„Und wir müssen sie wieder zerstören, so wie es Mars getan hat", raunzte Gary ungewohnt barsch.
„Genau", stimmte Peter ihm zu. „Deshalb sollten wir hier weg. Es bringt uns nichts, wenn wir hier am Strand bleiben. Das Beste wäre, wenn wir in das Dorf im Wald gehen, in das

wir wollten, bevor ich entführt wurde. Mein Kumpel Bret ist hoffentlich auch noch dort. Ich glaube es hieß Golasch, oder so ähnlich."
Erdalf riss überrascht die Augen auf.
„Meinst du *Galosch*?"
„Ja, genau so hatte Alram es genannt."
„Was für ein faszinierender Zufall", lachte Erdalf. „Mein Sohn und ich, sowie drei weitere aus unserer Gruppe, kommen ebenfalls aus Galosch. Die Neptunier hatten uns mitgenommen, weil wir uns wehrten, als sie unsere Fernreise-Maschine unbrauchbar machten."
„Fernreise-Maschine?", fragten Gary und Peter gleichzeitig.
Erdalf erklärte ihnen die Funktion dieser Maschinen. Schließlich fragte Peter:
„Wie weit ist es nach Galosch? Ich meine, wie viele Geschichten?"
„Das kann ich leider nicht genau sagen. Ich weiß nicht, wo im Kristall-Gebirge wir uns befinden. Von Galosch bis zum Rand des Gebirges, dort wo der Wald von Algrén endet, sind es über hundert Geschichten. Aber bis hier...."
Ein weiterer Mann gesellte sich zu den Dreien. Erdalf stellte ihn als seinen Sohn Grundalf vor. Es war ein athletischer junger Mann, den Peter in einem normalen Zeitkontinuum auf etwa fünfundzwanzig Jahre geschätzt hätte. Zusammen beschlossen die Männer, sich trotz der Entfernung auf den Weg nach Galosch zu machen. Eine andere Gruppe von fünf Männern begab sich auf eine Erkundungstour in die andere Richtung, während die Übrigen am Strand bleiben wollten. Erdalf versprach ihnen, so bald wie möglich mit Hilfe zurückzukommen.
Sie marschierten eine Weile am Strand entlang, um eine passende Stelle zu finden, an der sie durch die Peripherie der Kristalle gelangen konnten. Die zurückgelassene Gruppe war schon außer Sichtweite, als Grundalf etwas entdeckte.
„Hier ist ein Durchgang", sagte er ruhig. „Es sieht aus wie ein uralter Pfad. Ich schlage vor, dass wir ihm folgen."
Der Pfad schlängelte sich mühsam durch das Gebirge.

Kristalle in allen denkbaren Formen und Farben säumten ihren Weg. Mal wurde der Weg etwas breiter, dann wurde er so eng, dass sie nur hintereinander gehen konnten. Sie stiegen bergauf und bergab. Sporadisch wuchsen eigenartige, stachelige Pflanzen aus dem harten, stellenweise sehr scharfkantigen Boden. Besorgt musste Peter feststellen, dass aus den Sohlen seiner Turnschuhe schon mehrere kleine Stücke herausgeschnitten waren. Beim Blick auf die Füße von Erdalf und seinem Sohn registrierte er erstaunt, dass die beiden Männer nur einfache Sandalen aus Leder trugen. Mit Geschick und Instinkt gelang es ihnen, den spitzen und scharfkantigen Kristallen auszuweichen. Wehmütig dachte Peter daran, dass dieses einfache Volk noch vielmehr vom Überlebensinstinkt lebt, als die moderne Menschheit mit all ihren Erfindungen und Errungenschaften. Er empfand tiefe Zuneigung und Respekt für diese einfachen Menschen.
„Erdalf, soll ich euch vielleicht eine Geschichte erzählen?"
„Du kennst Geschichten, Peter?" Erdalf riss erfreut die Augen auf. „Das wäre schön."
„Nun ja, ich habe mich lange nicht mehr mit Märchen befasst. Ich kenne eigentlich mehr Witze, aber ich kann es ja mal versuchen. Vielleicht kann Gary mir ja helfen." Peter überlegte, was Bret für Alram und Hrolph erzählt hatte. „Ich hab's", jubelte er und begann so gut er konnte, die Geschichte von *Hänsel und Gretel* zu erzählen. Grundalf und sein Vater hörten gespannt zu, während Gary Frisbee sich kopfschüttelnd ein paar Schritte zurückfallen ließ.

Nach ein paar irdischen Stunden hatte Peter so gewissenhaft wie möglich vier weitere Märchen erzählt. Er wunderte sich selbst darüber, wie viel er von diesen Geschichten aus seiner Kindheit noch behalten hatte.
Er war gerade bei der Geschichte von *Max und Moritz*, als die vier Männer erneut eine sehr enge Passage erreichten. Peter stellte das Erzählen vorerst ein. Die scharfkantigen Wände waren so dicht, dass Gary sich die Ärmel seiner Uniform-Jacke zerschnitt und Erdalf und sein Sohn sich blutige Arme holten.

Nach etwa vierhundert Metern änderte sich der Pfad in eine niedrige Höhle. Peter, der vorausging, erkannte begeistert, dass sie sich im Inneren einer riesigen Geode mit Amethyst- und Coelestin-Kristallen befanden. Wieder dachte er an seinen Geologie-Professor. Die Wände glitzerten herrlich bunt und waren hier nicht so spitz und scharf, wie vorher. Der Wind, der durch den Gang wehte, erzeugte ein faszinierendes Musikspiel.

Nach circa fünfhundert Metern traten sie aus der Höhle heraus. Vor ihnen lag nun eine große, runde Lichtung von etwa zwanzig Metern Durchmesser, die rundherum mit steilen Kristall-Wänden begrenzt war. Es gab nur zwei Zugänge: der Ausgang der Geoden-Höhle und die Fortsetzung des Pfades auf der gegenüberliegenden Seite. Dorthin wollten die vier Freunde gehen.

„Also gut, wo war ich stehen geblieben?", fragte Peter, der sichtlich Freude am Märchenerzählen gefunden hatte.

„Beim dritten Streich", sagten Erdalf und sein Sohn fast gleichzeitig.

„Also gut", wollte Peter die Erzählung fortsetzen, doch leider kam er nicht weiter, denn als die Vier sich genau in der Mitte der Lichtung befanden, wuchsen vor ihnen tausende kleiner Kristallgebilde aus dem Boden und versperrten ihnen den Weg. Die Kristalle waren so groß wie Tennisbälle, aber so dicht beieinander, dass sie keine Lücke hinterließen. Die Fläche, der aus dem Boden wachsenden Kristalle, kam schnell auf sie zu. Peter und die anderen befürchteten, dass die Kristalle durch ihre Füße hindurch wachsen würden, doch sie wuchsen im letzten Moment im Kreis um sie herum, bis die gesamte Fläche der Lichtung von den spitzen Gebilden erfüllt war. Alles dauerte nur etwa zehn Sekunden, dann waren Peter, Gary, Erdalf und Grundalf mitten in der Lichtung, in einer etwa drei Meter großen, kreisförmigen Fläche, die nicht bewachsen war, gefangen.

Die Vier hielten noch immer vor Schreck den Atem an, ehe Peter sich als Erster aus der Verkrampfung löste.

„Was zum Teufel war das denn?"

Fragend sah er vor allem die beiden einheimischen Männer an, doch auch ihnen stand die pure Angst ins Gesicht geschrieben.

"Ich… ich habe so etwas noch nie zuvor gesehen, und gehört habe ich von einem solchen Phänomen ebenfalls noch nicht", flüsterte Erdalf. Grundalf schüttelte ebenfalls den Kopf.
"Das… das kann doch kein Zufall sein. Diese… diese Dinger bilden genau hier, wo wir stehen, einen Kreis? Hat zufällig jemand einen Apfel für mich?", stotterte Gary.
"Wieso willst du ausgerechnet jetzt einen Apfel, spinnst du? Nein, das ist bestimmt kein Zufall", fluchte Peter. Er ging an den Rand des Kreises und hockte sich hin. Dort betrachtete er die Gebilde genauer. Sie sahen aus wie kleine Bälle mit kristallartigen Dornen an der Seite. Auf der Oberseite befand sich ein rasiermesserscharfes X, dessen nach oben gerichtete Schneiden die runde Grundform geschmeidig fortführte. An der Schnittstelle der beiden X-Schneiden ragte ein fast fünf Zentimeter langer Dorn in die Höhe. Peter holte eine Fünfzig Cent Münze aus seinem Brustbeutel und hielt sie zielgenau mit zwei Fingern über einen Kristall. Dann ließ er sie los. Die Münze traf exakt auf eine der Schneiden und wurde problemlos in zwei Hälften zerteilt. Peter sammelte die Stücke ein und zeigte sie den Anderen.
"Hier kommen wir erst mal nicht weg!"

33

Zum wiederholten Male schaute Bret auf seine nicht funktionierende Uhr. Er schätzte, dass sie bereits seit einigen Stunden durch den Wald wanderten. Der Wasservorrat, in seiner mit Kuhleder verkleideten Schweineblase, neigte sich bereits dem Ende zu und seine Beine taten ihm, trotz seiner guten Fitness, weh. Neidisch blickte er zum schwebenden Hrolph. Alram hatte die Entfernung in ´wenigen Geschichten` angegeben, aber der Weg erschien ihm trotzdem weiter als der Hinweg mit Peter. Bret hatte so viele Geschichten und Märchen erzählt, wie ihm einfielen, Hrolph hatte mit spektakulären Verwandlungstricks für Ablenkung gesorgt und Alram erklärte Bret viele Dinge, die sie unterwegs sahen und die Bret nicht kannte. Einzig die beiden grimmigen Krieger Mordag und Gemmon schwiegen die ganze Zeit. Zunächst war die Gruppe den Weg vom Dorf weg bis zu der Wasserstelle gegangen, an der Peter und Bret auf Alram und Hrolph gestoßen sind. Dort beschrieb Bret die Lichtung, auf der sie mit dem Wagen gelandet sind und Alram meinte, dass er den Ort kennt. Auf dem Weg dorthin marschierten sie einige Zeit lang auf dem Pfad, den Bret wiedererkannte. Als sie jedoch die Lichtung erreichten, die Peter und Bret als Zweites fanden, wählte Alram eine für Bret unbekannte Strecke. Er machte Alram darauf aufmerksam, doch Alram folgte weiter dem fremden, schmalen Pfad. Ab hier kannte Bret sich überhaupt nicht mehr aus, aber er versuchte seinem hier heimischen, neuen Freund zu vertrauen. Das Gelände wurde stetig unwegsamer und die Luft war sehr schwül. Ständig drangen drohende Geräusche aus dem finsteren Geäst und Bret hatte stets das Gefühl, dass sie jeden Moment von wilden Kreaturen angegriffen würden. Deshalb war er froh, dass Sáphirs muskelbepackte Leibwächter dabei waren.
Nach einiger Zeit gabelte sich der alte Pfad. Ohne zu zögern, wählte Alram den rechten Weg, der allerdings noch tiefer in

die geheimnisvollen Weiten des Waldes führte. Der Pfad war kaum noch zu erkennen. Holprige Wurzeln, mit Moos bewachsene Steine und umgestürzte Bäume erschwerten ihr Vorrankommen erheblich. Bret, der seine Armbanduhr mittlerweile abgenommen hatte, schätzte, dass sie seit etwa sechs Stunden unterwegs waren, als der Wald allmählich wieder lichter wurde. Vor ihnen wurde es heller und schließlich traten sie aus dem Wald heraus auf eine Lichtung, die Bret direkt an seinem ´geparkten` Chevrolet erkannte, der links von ihnen am Rand der Lichtung und am Fuße des Berges stand.
„Da ist er ja", jubelte er. „Wenn dieser Weg wirklich kürzer war, hätte Peter besser eine Vier gewürfelt". Bret wollte losrennen, doch Alram hielt ihn entschlossen an der Schulter fest und zog ihn unsanft zurück.
„Was soll...?", setzte Bret an, verstummte jedoch, als er sah, dass Alram seinen Zeigefinger vor dem Mund hielt. Er hockte sich ins tiefe Gras und zog Bret energisch mit runter. Auch die beiden Prätorianer knieten sich hin, während Hrolph sich in einen kleinen Busch verwandelte. Alram deutete mit dem Kinn zur gegenüberliegenden Seite der Lichtung. Bret folgte dem Wink und erkannte, was die Anderen zur Vorsicht bewegt hatte. Es verschlug ihm förmlich die Sprache. Er hatte davon gehört. Er hatte davon gelesen. Er hatte sogar einen Zeichentrickfilm davon gesehen, aber er wusste, dass es das auf der Erde nicht gibt. Mit weit aufgerissenen, staunenden Augen und mit prickelnder Gänsehaut blickte er auf das schönste Geschöpf, das er jemals gesehen hatte: ein Einhorn. Es hatte tatsächlich den Körper und die Größe eines eleganten und ausgewachsenen Pferdes. Sein Fell schimmerte und glitzerte silber-weiß, seine Mähne und der Schweif waren tiefschwarz mit vereinzelten goldenen Strähnen, in denen sich das Sonnenlicht glitzernd reflektierte und auf seiner Stirn befand sich ein geschweiftes, golden anmutendes Horn. Friedlich graste es in der wilden Wiese und blickte ab und zu wachsam auf.
„Ich kann es nicht fassen", wisperte Bret. „Das ist ja wie ein

lebendig gewordener Mädchentraum. So ein Tier kenne ich nur aus irdischen Legenden. Zum Beispiel findet sich in dem *vierten Buch von Abraham von Worms* ein magisches Buchstabenquadrat, mit dem man ein Einhorn angeblich sichtbar machen könnte. Es stammt, glaube ich, aus dem 15. Jahrhundert."
Ohne den Blick von dem Tier zu nehmen, schüttelte Alram mit dem Kopf und sagte er so leise er nur konnte:
„Ich verstehe nicht, wovon du sprichst, aber wir müssen sehr leise sein. Unicornios, wie wir sie nennen, sind sehr selten und äußerst scheu. Meistens rennen sie bei Gefahr einfach nur weg, aber ich habe auch schon von zwei Augenzeugen gehört, dass sie sich unsichtbar machen können, um Angreifern zu entkommen. In seltenen Fällen greifen sie auch an, um sich zu verteidigen. Dann wird es gefährlich und wir müssen es vielleicht töten."
Die Vier versteckten sich hinter Hrolph, der als Busch noch etwas größer wurde, und verhielten sich ganz ruhig, während sie das schöne Tier beobachteten. Es trabte zufrieden über die Wiese. Schmetterlinge flatterten fröhlich um seinen Kopf und das Einhorn schien mit ihnen zu tanzen. Einmal kam es den fünf Beobachtern sehr nahe, doch es bemerkte sie nicht.
Als das Tier etwa in der Mitte der Lichtung war, stockte es plötzlich und hielt inne. Seine Ohren bewegten sich, als ob es eine Gefahr witterte. Unruhig stampfte es mit dem Hinterlauf auf. Wie zur Bestätigung der Vorahnung brach aus dem Schutz des Waldes plötzlich brüllend ein Raubtier hervor und rannte mit nach vorne gerichteten Ohren auf das Einhorn zu. Es sah aus wie ein Gepard, hatte jedoch anstelle der schwarzen Punkte, grüne Streifen. Das Einhorn wollte fliehen, kam aus dem Stand allerdings nicht schnell genug auf Geschwindigkeit, während sich der Gepard in vollem Lauf befand. Nur noch wenige Meter trennten die beiden Tiere voneinander. In dem Moment, als der Gepard zum Angriffssprung ansetze, passierte das Unglaubliche: Von einer Sekunde auf die andere war das Einhorn verschwunden und der Sprung des Geparden endete im Leeren.

Bret und die Anderen machten sich hinter Hrolph noch kleiner, während der Busch zusätzlich noch dichter wurde, doch der feine Geruchssinn dieses Raubtieres machte sie trotzdem auf es aufmerksam. Neugierig nach seiner Beute suchend schlich es langsam auf ihr Versteck zu. Alram erkannte die Gefahr, in der sie sich befanden. Er gab Mordag und Gemmon ein Zeichen, dann machte er Bret klar, ihm zu folgen. Auf allen Vieren krabbelten sie rückwärts zurück in Richtung Wald. Nachdem sie etwa fünf Meter Abstand zum ´Hrolphbusch` hatten, richteten sich die beiden Krieger auf und richteten ihre Hellebarde nach vorne. Der Gepard erblickte sie und fauchte. Dann rannte er wütend auf sie zu. In dem Moment, als er über den Busch springen wollte, um Mordag zu reißen, wuchs Hrolph als Busch blitzartig in die Höhe und bildete gleichzeitig hunderte, rasiermesserscharfe Dornen. Da der Gepard sich schon in der Luft befand, konnte er nicht mehr die Richtung ändern und landete mitten im Dornenbusch. Vor Schmerz schreiend kämpfte er sich hindurch. Als er blutend und erschöpft auf der anderen Seite ankam, war es leicht für Mordag. Er stieß ihm die Spitze seiner Waffe durch den Hals, sodass das Raubtier sofort tot war.

Nach dem Kampf verwandelte Hrolph sich wieder zurück und blickte bedauernd auf das leblose Tier, wohl wissend, dass es nur seinem Instinkt folgte. Gemmon beglückwünschte seinen Gefährten, und auch Alram und Bret, denen der Schreck noch in den Gliedern saß, bedankten sich bei Hrolph und den Kriegern.

„Es macht mich immer wieder traurig, wenn wir ein Lebewesen auf diese Weise töten müssen", bedauerte Alram die Tat. „Aber solch ein *Heckipus* ist durchaus in der Lage fünf Männer auf einmal töten. Wir haben wirklich Glück gehabt."

34

Achtundachtzig Tage, sechs Stunden und vierunddreißig Minuten. Das war der aktuelle Stand der Digitalanzeige im Hauptquartier von *Fongstar*. In den vergangenen Wochen hatten die erlesenen Wissenschaftler um Michael Fong, Dick Hayritt und Paul McGigain unter Hochdruck nach einer Problemlösung gesucht. Sie hatten gerechnet und eruiert, gestritten und diskutiert, aber sie kamen einem rettenden Szenario nicht näher. Alle Planspiele liefen auf das gleiche, negative Ergebnis hinaus: Die Erde würde in dem gierigen Wurmloch verschwinden. Es rannte ihnen die Zeit davon, deshalb beschloss Michael, mit der Zustimmung des Präsidenten, einen anderen Weg einzuschlagen. Dazu berief er eine Konferenz ein.

Der Präsident der Vereinigten Staaten von Amerika war einmal mehr im Krisenzentrum per Video zugeschaltet. Michael Fong begrüßte ihn und alle anwesenden Wissenschaftler. Anschließend begann er mit der Darstellung des Sachstandes.

„Mr. Präsident, verehrte Anwesende, ich habe heute zur Konferenz geladen, weil die Wissenschaft an einem toten Punkt angelangt ist." Fong deutete in die Runde. „In dem vergangenen Monat haben die besten Wissenschaftler unseres Planeten eine Lösung gesucht, um dem Unvermeidlichen zu entgehen. Leider ohne Erfolg. Die Erde wird in achtundachtzig Tagen durch dieses riesige Tor rasen. Das ist eine physikalische Tatsache."

„Rasen? Was meinen sie denn mit rasen, Mr. Fong?", unterbrach ihn der Präsident.

„Es wird sehr schnell gehen, Sir. Es wird nur einen Wimpernschlag dauern, dann sind wir hindurch. Wie sie wissen, nimmt dieses leuchtende Tor einen festen Platz auf der Umlaufbahn der Erde um die Sonne ein. Die Erde hingegen bewegt sich mit einer gleich bleibenden Geschwindigkeit von

einhunderttachttausend km/h um die Sonne herum. Deswegen wird es sehr, sehr schnell gehen. Stellen sie sich einen Hochgeschwindigkeitszug vor, der mit zweihundert km/h in einen Tunnel fährt. Nur fünfhundertvierzig mal schneller."
Nach einer kurzen Pause, in der der Präsident Fongs Worte Revue passieren ließ, fragte er fast resignierend:
„Und wir können rein gar nichts dagegen tun?",
„Nein Sir, wir haben errechnet, dass der erste Kontakt mit dem Tor im Atlantischen Ozean, etwa fünfhundert Kilometer vor der Ostküste Brasiliens sein wird."
„Was wird dann mit der Erde passieren? Werden die Menschen das Überleben?", fragte der Präsident.
„Das kann ihnen niemand beantworten, Sir. Die wissenschaftlichen Fakten sind folgende: Die Erde kann nur durch die Wärme der Sonne Leben beherbergen. Da die Erde sich um die Sonne bewegt, ist immer genug Wärme vorhanden. Wenn hinter dem Tor keine Ersatzsonne vorhanden ist, um die wir uns drehen, wird sich unsere Atmosphäre schnell auflösen, und unser Planet wird zu einem Eisklumpen, der ziellos durch das Weltall fliegt. Das überlebt letzten Endes noch nicht einmal ein Virus. Die wenigen Daten, die unsere Sonde vor ihrer Zerstörung auf der anderen Seite sammeln konnte, machen uns nicht optimistisch."
Betroffenheit machte sich in der Runde breit. Jeder verzog sein Gesicht auf seine Art zu einer enttäuschten, resignierenden Grimasse. Der Präsident blickte starr ins Leere und kaute auf seiner Unterlippe herum. Dann blickte er wieder in die Kamera und fragte:
„In Ordnung Mr. Fong, ich habe ihre Ausführungen verstanden. Haben sie sonst noch etwas?""
„In der Tat, Mr. Präsident. Ich hätte noch einen Vorschlag, aber das steht mir als wissenschaftlicher Berater und Leiter des Fongstar-Projektes nicht zu, glaube ich."
„Reden sie schon", ermunterte ihn das Staatsoberhaupt.
Michael Fong erhob sich entschlossen von seinem Stuhl, stützte sich mit den Händen auf die Tischplatte und sprach gezielt mit dem Präsidenten auf dem Monitor.

„Sir, erstens sollten wir so schnell wie möglich einen Angriff auf das Raumschiff starten, das sich hinter dem Tor befindet. Wir wissen durch die Sonde, dass es dort wartet. Vielleicht befindet es sich dort nur zum Schutz des Tores, aber vielleicht stammt auch die Energie für das Tor von diesem Schiff. Wenn es uns gelingt, es zu zerstören,... Es wäre unsere letzte Chance."
„Interessant, aber wie stellen sie sich einen solchen Angriff vor?"
„Ich bin kein Militärstratege, Sir, aber wenn in den vielen Verschwörungs-Theorien ein Hauch von Wahrheit liegt, dann gehe ich mal davon aus, dass wir bereits geheime Raumschiffe besitzen, die für den Tiefenraum geeignet sind. Mit einem Spaceshuttle ist der Plan auf keinen Fall realisierbar. Das Raumschiff sollte mit so vielen Nuklearwaffen ausstattet werden, wie es tragen kann, dann sollte es durch die Peripherie des Tores fliegen und schließlich das fremde Schiff durch einen Überraschungsangriff zerstören."
Alle Anwesenden im Konferenzraum blickten zunächst ungläubig auf Michael Fong, danach zum Präsidenten auf den Bildschirm. Zum Erstaunen aller dementierte er die Existenz eines solchen Raumschiffs nicht, sondern er fragte nur:
„Warum können wir nicht wieder eine ferngesteuerte oder programmierte Sonde nehmen?"
„Eine solche Programmierung ist zu komplex und würde zu lange dauern, Sir. Die letzte Sonde war nicht mehr kontrollierbar, nachdem sie hindurch geflogen war, deshalb sollte es eine bemannte Mission sein."
„Was würde mit einer hypothetischen Besatzung passieren, nachdem das Tor auf deren Seite deaktiviert würde?"
„Nun, Sir, ich denke sie wären dort als Helden der Menschheit für immer gestrandet", war Michaels ehrliche Meinung.
Der Präsident gönnte sich eine kurze Pause zum Nachdenken und bat Fong um eine viertelstündige Unterbrechung der Sitzung. Fong wusste, dass der Präsident nicht wirklich seine Erlaubnis brauchte und akzeptierte. Nachdem das Gesicht des Mannes vom Bildschirm verschwunden war, sagte Michael

schelmisch zu Dick:
„Das war definitiv keine Dementierung. Anscheinend muss er sich jetzt mit seinen Beratern beraten."
Nach achtzehn Minuten erschien erneut das präsidiale Antlitz auf dem Monitor.
„Sie haben Recht, Mr. Fong, wir haben ein solches Raumschiff. Mein Stab und ich haben die Möglichkeit eines Angriffs schon vor einigen Tagen kurz debattiert, aber wir wollten erst die Ergebnisse von *Fongstar* abwarten. Nun ist diese Möglichkeit aktuell und der Missions-Commander wird sich mit ihnen wegen der Koordination des Angriffs in Verbindung setzten. Was liegt ihnen noch auf dem Herzen? Sie sagten vorhin ´erstens`."
„Ja, Sir, da wäre noch etwas", zögerte Fong. „Ich fände es fair, wenn die Welt über die drohende Gefahr Bescheid wüsste."

35

Noch geschockt vom Angriff des Heckipus, ging Bret zu seinem Auto. Er meinte, dass sie schon genug Zeit verloren hatten und wollte keine weitere Ablenkung von Raubtieren, oder irgendwelchen Fabelwesen, sondern nur noch so schnell wie möglich nach Galosch zurück. Sein Plan, die Fernreise-Maschinen mit Hilfe seiner Autobatterie wieder zum Laufen zu bringen, musste einfach funktionieren, damit er Peter befreien konnte.
Beim Auto angekommen waren es diesmal Alram und die Anderen, die vor Staunen den Mund nicht zu machen konnten und mit neugierigen Blicken das Fahrzeug betrachteten. Hrolph flog aufgeregt drum herum, oben drüber und flach unten durch. Zum ersten Mal seit sie losgegangen waren, sagten die beiden Krieger etwas.
„Eine seltsame Maschine", befand Gemmon.
„Muss das so aussehen?" fragte Mordag.
„Nein, natürlich nicht, das sind alles Schäden von unserer unsanften Ankunft. Von dort oben sind wir gekommen." Bret deutete den Berg hinauf und die Vier blickten gleichzeitig die Schneise entlang, die der Wagen bei seiner Ankunft gezogen hatte.
„Ihr habt augenscheinlich Glück noch am Leben zu sein", meinte Alram.
„Allerdings", stimmte Bret zu. Er öffnete die verbeulte Fahrertür und betrachtete das chaotische Innere seines Chevrolets. Kopfschüttelnd setzte er sich auf den Sitz und stellte erleichtert fest, dass der Schlüssel noch steckte.
„Wer sollte den auch schon geklaut haben?", murmelte er während er den Wahlhebel auf ´P` stellte. Dann trat er auf das Bremspedal und merkte direkt, dass es sich viel zu weit durchdrücken ließ. Die Bremsleitung muss irgendwo ein Loch haben, war seine Spontandiagnose. Trotzdem fuhr er mit den Startvorbereitungen fort und drehte den Zündschlüssel. Der

Motor startete sofort und brummte im Stand leise vor sich hin.

„Das Wichtigste wäre geschafft", sagte er erleichtert zu Alram, der ihn durch das zerstörte Beifahrerfenster interessiert beobachtet hatte. „Jetzt müssen wir zurück nach Galosch nicht mehr laufen."

„Das ist eine bemerkenswerte Technologie", befand Alram. „Wie es aussieht haben es die Menschen weit gebracht, seitdem wir die Erde verlassen haben. Dieses Gefährt ist auf seine Art einerseits fremdartig modern, auf der anderen Seite jedoch auch primitiv. Wenn ich dich richtig verstanden habe, brauchen wir kein Tier, dass uns zieht, aber wir können damit nicht über den Wald hinweg fliegen."

„Nein, es kann nicht fliegen. Es fährt von alleine und rollt mit seinen vier Reifen über den Boden."

„Vier Reifen? Meist du diese runden, schwarzen Räder?"

„Ja genau, wir nennen sie auch Reifen. Sie sind aus Gummi und mit Luft gefüllt. Das macht das Rollen weicher als auf Holzrädern. Jedes Auto hat normaler Weise vier Stück davon."

„Interessant, bei deinem Auto zähle ich jedoch nur drei, mein Freund."

„Wie bitte?" Bret befürchtete das Schlimmste. Er stieg aus dem Auto aus und hetzte auf die rechte Fahrzeugseite zu Alram, wo seine Befürchtungen bestätigt wurden: Das rechte Vorderrad fehlte.

„Verdammt!", fuhr es resignierend aus ihm heraus. Der Reifen war komplett mit der Felge und der Bremsanlage von der Achse abgerissen. Nur der scharfkantige Stumpf der Achse schaute noch heraus und die Bremsleitung endete offen im Nichts. Bret war klar, dass ihnen jetzt nichts anderes übrig blieb, als die schwere Batterie auszubauen und zu Fuß nach Galosch zu schleppen. Deprimiert setzte er sich ins Gras.

„Das scheint nicht der Normalzustand zu sein, wenn ich deine Reaktion richtig interpretiere. Ist unsere Mission damit gescheitert?", fragte Alram, nachdem er sich neben Bret gesetzt hatte.

„Nein, die Mission ist nicht gescheitert, sondern ihre Erfüllung

hat sich erschwert."
Auf einmal wurde Bret von Mordag auf Hrolph aufmerksam gemacht, der winkend in der Schneise schwebte. Bret stand auf und rannte die zehn Meter zu ihm den Berg hinauf. Gespannt schaute Bret auf die Stelle, auf die Hrolph wies, doch seine Neugier wandelte sich in Enttäuschung, als er dort im Unterholz lediglich das abgerissene Rad liegen sah. Die Felge war völlig zerstört. Bret presste enttäuscht die Lippen aufeinander, dann sagte er traurig zu Hrolph:
„Danke Hrolph, aber das kann man nicht mehr reparieren. Das ist leider..." Bret hielt inne. Er hatte plötzlich eine Idee und fragte Hrolph hoffnungsvoll: „Sag mal, kannst du dich in so einen Reifen mit Felge verwandeln?"
Hrolph grinste, was als Antwort ausreichte.
Bret erklärte Hrolph worauf es ankam und er versuchte es. Er machte sich kleiner und setzte sich unter den Kotflügel des Chevrolets. Dann hielt er sich mit beiden Händen an dem Antriebsstumpf fest. Anschließend verwandelten sich seine Hände in Metall und verschmolzen mit dem Stumpf, so dass man keine Bruchstelle mehr erkennen konnte. Sein Körper leuchtete auf und Hrolph begann rund zu werden. Er verwandelte sich langsam in eine originalgetreue Felge, auf der ein platter, grüner Gummireifen saß.
„Jetzt noch Luft rein, bis er schön rund ist. Die Farbe ist mir egal", jubelte Bret.
Langsam begann sich der Hrolph-Reifen mit Luft zu füllen, bis der Wagen vorne angehoben wurde und schließlich wieder auf allen vier Rädern stand. Bret wackelte begeistert an dem Hrolphreifen und konnte keinen Unterschied zu einem echten Pneu ausmachen, von der Farbe einmal abgesehen.
„Das sieht perfekt aus, Hrolph. Ich werde versuchen vorsichtig zu fahren."
„Denke daran, mein Freund, Hrolph ist nun was er ist. Du brauchst keine Rücksicht zu nehmen", beruhigte Alram.
Schließlich wandte Bret sich an die Anderen:
„In Ordnung, alles einsteigen. Wir fahren jetzt zurück nach Galosch."

36

Peter kochte innerlich vor Wut. Er saß mit den drei Anderen nun schon eine gefühlte Ewigkeit in der Kristallfalle fest. Mehrmals hatte er versucht das Schwert gegen die Kristalle einzusetzen, jedoch ohne den geringsten Erfolg. Nach einem erneut unnötigen Blick auf seine nicht funktionierende Uhr, hatte er sie vor lauter Wut im hohen Bogen in das Kristallfeld geworfen. Ungeduldig bewegte er sich hin und her, während Gary auf dem Boden kauerte und ängstlich ins Leere starrte. Erdalf und sein Sohn saßen scheinbar unberührt daneben und meditierten.
„Verdammt noch mal. Ich hasse es, wenn ich nichts tun kann. Wie kommen wir hier bloß raus?", motzte Peter.
„Fluchen bringt uns hier nicht weiter. Spare deine Energie und ruhe dich lieber aus. Wer weiß, wofür du deine Kraft noch benötigst. Es ist heiß. Setze dich hin und meditiere mit uns", schlug Erdalf vor.
„Ich kann es ja mal versuchen", willigte Peter zähneknirschend ein. „Ich hoffe, es hilft den Durst zu vergessen."
„Was ist mit dir, mein Freund? Möchtest du dich uns nicht ebenfalls anschließen?", fragte Erdalf Gary, doch der schüttelte nur wortlos den Kopf.
„Also, was soll ich tun?", fragte Peter, nachdem er sich zu Erdalf und seinem Sohn gesetzt hatte.
„Schließe deine Augen, atme tief und gleichmäßig und konzentriere dich darauf, dass du jeden Muskel in deinem Körper entspannst. Fange in deinem Gesicht an und gehe dann tiefer in deinen Körper."
Peter versuchte es. Er schloss seine Augen und konzentrierte sich auf seine Gesichtsmuskeln rund um den Mund. Dabei spitzte er mal die Lippen, grinste, oder zog die Mundwinkel weit nach unten. Er versuchte es schon zwei Minuten. Zwischendurch blinzelte er öfters um zu schauen, ob jemand ihn beim Grimassenschneiden beobachtete.

Drei Minuten.

„Klappt nicht", dachte er und hörte mit dem Mund auf. Er probierte es stattdessen mit den Augen und bewegte dabei die Augenbrauen auf und ab. Er machte große Augen, und kniff sie fest zusammen.

Wieder zwei Minuten.

Wie von allein begannen sich auch seine Ohren zu bewegen. Er stellte sich vor, dass er völlig lächerlich mit diesen Fratzen aussah. Nach einer weiteren halben Minute stöhnte Peter genervt laut auf. Ehrgeizig sammelte er sich noch mal und konzentrierte sich diesmal auf die Muskulatur in seinem Bauch, was er vierzehn Sekunden durchhielt, dann sprang er entnervt auf, flippte durch den Kreis und brüllte:

„Ich kann das nicht! Wie lang sollen wir denn noch hier bleiben? Was wollt ihr denn von uns?"

Während die Gefährten Peter noch erschrocken anstarrten und sein Echo gerade verhallt war, erklang auf einmal eine unheimliche, tiefe Stimme, deren akustischer Ursprung nicht zu lokalisieren war.

„Ich denke, das Warten hat nun ein Ende", sagte die Stimme, woraufhin Gary, Erdalf und Grundalf ebenfalls aufstanden.

„W…Wer war das?", fragte Gary stotternd und schaute in Richtung Höhle.

„Und von *wo* kam die Stimme?", fragte der junge Grundalf und blickte neugierig in Richtung des weiterführenden Pfades.

„Ich denke von dort", sagte Peter leise und zeigte auf eine der zehn Meter entfernten Wände der Schlucht. Die Anderen folgten seinem Fingerzeig und sahen in der Wand eine metallische Tür.

„Die war eben noch nicht da", flüsterte Gary.

Einige Sekunden lang tat sich nichts, dann fuhr die Tür mit einem leisen Zischen zur Seite und ein dunkler Gang war zu erkennen. Die Freunde zuckten zusammen, als die dunkle Stimme einmal mehr ertönte:

„Tretet ein, Fremde!"

Noch bevor einer der Vier antworten und auf ihre missliche Lage aufmerksam machen konnte, bildeten sich die kleinen

scharfen Kristalle wundersam in einem schmalen Pfad zurück, der genau in die Richtung des Eingangs führte. Peter zögerte und sah Erdalf fragend an.
„Ich weiß auch nicht, was uns dort erwartet", flüsterte Erdalf. Doch ihnen blieb keine Wahl. Die kreisrunde Fläche, auf denen sie eben noch saßen, wurde kleiner. Die scharfen Kristallgebilde wuchsen von hinten auf sie zu, so dass sie genötigt waren den Pfad zu betreten. Peter ging voraus, dahinter schlich Gary und Grundalf und sein Vater folgten am Schluss. Schnell war die sichere, runde Fläche verschwunden. Die Kristalle trieben die vier Männer weiter vor sich her, indem sich auch der Pfad von hinten langsam schloss.

Als sie das Tor erreicht hatten, das sich bei näherer Betrachtung als Schott entpuppte, bemerkte Peter einen merkwürdigen Geruch. Widerwillig betrat er das dunkle Unbekannte und die Anderen folgten ihm notgedrungen.

Hier im Inneren war es angenehm kühl und nach einigen Schritten hatten sich ihre Augen an die vorherrschende Dunkelheit gewöhnt. Peter erkannte, dass der Gang nicht natürlich, sondern aus einem merkwürdig leuchtenden Metall gebaut war, in dem stellenweise fremde Schriftzeichen eingraviert waren. Der Gang führte die Gruppe nach einer Biegung direkt zu einem weiteren Schott, das von alleine beiseite glitt, als Peter sich einen Meter davor befand. Dahinter lag ein etwas hellerer, vollkommen leerer Raum, den die Vier misstrauisch betraten.

„Wo sind wir bloß? Nimmt dieser Horror denn überhaupt kein Ende mehr?", flüsterte Gary.

„Das ist unmöglich", wisperte Erdalf.

„Was ist unmöglich?", wollte Peter wissen.

„Mein Vater glaubt wir befinden uns auf einem Flugschiff der Götter", antwortete Grundalf für seinen Vater. „Eines mit dem sie durch die Galaxie-Tunnel gereist sind und die Menschen nach Teros holten. Aber das ist unmöglich, weil sie alle von Neptun zerstört wurden."

Erdalf ging wie in Trance zu einer Stelle an der Wand. Dort legte er seine rechte Handfläche auf ein Panel, das daraufhin langsam zur Seite glitt. Dahinter war ein Fach, in dem sich ein Krug mit Wasser befand.

„Woher wusstest du das?", fragte Gary und nahm durstig den Krug aus dem Fach.

„Davon kannst du ruhig trinken, es ist sicher nicht vergiftet. Ich denke in der Tat, dass wir uns in einem Flugschiff der Götter befinden", meinte Erdalf nachdenklich. „In einem solchen Raum warteten wir, als wir nach Teros gebracht wurden. Aber das kann ich einfach nicht glauben. Wie ist das möglich?"

In diesem Moment öffnete sich auf der gegenüber liegenden Seite eine weitere Schotttür.

„Glaube es ruhig, Mensch!"

Alle Vier wirbelten herum.

„Oh nein, nicht schon wieder", stöhnte Gary.

Erdalf und sein Sohn sanken ehrfurchtsvoll auf die Knie und blickten auf den Boden. Peter schaute jedoch genauer hin und erkannte eine unheimliche, etwa zwei Meter zwanzig große Gestalt, die langsam hinkend näher kam. Sie hatte einen dunklen Mantel mit einer Kapuze an, die komplett über den Kopf gezogen war. Auf der Brust war eine gelbe Orchidee in einer weißen Raute abgebildet. Trotz Kapuze konnte Peter das außerirdische Gesicht des Fremden sehen und erkannte sofort die Ähnlichkeit zu Neptun. Die gleichen schwarzen Augen mit grüner Iris zum Beispiel. Seine langen schwarzen Haare hingen als Zöpfe seitlich aus der Kapuze heraus. Der Unterschied zu Neptun waren jedoch die markanten Stirnknochen, die hier eine auf die Spitze gestellte Raute bildeten. Diese Raute war von einem knöchrigen Kreuz durchzogen, das nach oben, nach links und nach rechts über die Ecken der Raute bis unter die Haare verlief. Nach unten wurde der Stirnknochen zum Nasenbein. Aber er bemerkte einen noch größeren Unterschied zu Neptun. Dieser *'Gott'* humpelte und sah wesentlich älter aus. Er machte einen kranken Eindruck.

„Ich grüße sie", sagte Peter mutig. „Mein Name ist Peter Tenner. Das hier sind Erdalf, sein Sohn Grundalf und Gary Frisbee. Wir danken ihnen sehr für die Einladung und für das

Wasser."
Der Fremde war mittlerweile stehen geblieben. Ruhig betrachtete er Peter und die anderen.
„Du bist also der furchtlose und ungeduldige Anführer eurer kleinen Menschengruppe. Es kommt nur sehr selten vor, dass jemand von euch Menschen das *Kristall-Gebirge* betritt, deshalb habe ich euch festgehalten und beobachtet. Diese zwei kenne ich." Er deutete auf die beiden Einheimischen. „Sie leben hier auf Teros. Aber du und dein ängstlicher Gefährte, ihr seid nicht von hier. Darum sage mir, wie kommst du auf diese Welt?"
Peter erkannte keinen Zorn, sondern echte Neugierde in der Stimme des Fremden.
„Das kann ich ihnen gerne erzählen, aber wie soll ich sie überhaupt anreden?", erkundigte sich Peter.
„Du weißt wirklich nicht, wer ich bin?", fragte der Fremde ungläubig. „Dann frage deine beiden Freunde hier. Sie scheinen es zu wissen."
Peter verzog das Gesicht und drehte sich zu Erdalf um.
„Und? Wisst ihr, wer das ist?"
Erdalf schaute vorsichtig zu Peter hoch, vermied jedoch den Fremden anzuschauen.
„Ja Peter. Vor dir steht der Gott *Mars*."
„Mars? *Der* Mars? Das ist doch gar nicht möglich. Du hattest mir doch gesagt, dass er sich geopfert hätte, als er die Kontrollmaschine der Galaxie-Tunnel zerstört hatte."
„Aber es stimmt", wurde Peter von Mars unterbrochen. „Ich habe einige Namen auf verschiedenen Welten, aber bei den Menschen bin ich bekannt als *Ares* oder *Mars*. Sie verehren mich irrtümlich als Gott des Krieges und als Agrargottheit. Der Grund dafür ist die Tatsache, dass ich mich wissenschaftlich mit der Flora der Erde beschäftigt habe. Ich half den Menschen außerdem bei der zielgerichteten Herstellung pflanzlicher Erzeugnisse auf einer zu diesem Zweck bewirtschafteten Fläche. Den Titel ´*Kriegsgott*` erhielte ich durch meine Kampfkünste und der Wissenschaft von Waffen. Aber was wisst ihr Menschen über die Zerstörung der

Kontrollmaschine? Steht auf und berichtet."
Erdalf und sein Sohn erzählten Mars alles, was sie über den Kampf der Götter zu wissen glaubten. Mars hörte sich alles ruhig an. Als die beiden ihren Report beendet hatten, lachte er laut los.
„Hahaha, das ist ja sehr interessant, hahaha, und da ist erstaunlich viel Wahrheit dabei. Ja es stimmt, wir waren auf der Erde, aber nicht als Götter, sondern als Forscher. Wie gesagt halfen wir den Menschen bei ihrer Entwicklung und studierten sie. Es stimmt auch, dass das Phänomen der vergänglichen Zeit auf der Erde eine Gefahr für uns ist, wie man an mir sieht. Ich war dem Alterungsprozess zu lange ausgesetzt. Schließlich beschlossen wir die Menschen sich selbst zu überlassen und die Erde für immer zu verlassen. Doch einer aus unserem Zwölferrat war nicht einverstanden: Neptun!" Mars' Gesichtsausdruck verfinsterte sich bei der Nennung dieses Namens. „Er hatte sich zu sehr daran gewöhnt, dass die primitiven Menschen uns wegen unserer Technologie als Götter ansahen. Er genoss es und wollte diese Macht nicht wieder verlieren, deshalb schlug er vor, den gesamten Planeten Erde hierher zu holen. Hier gibt es keinen störenden Zeitfluss. Dadurch hätte er seine Macht ewig ausüben können, was wir natürlich verhindern mussten. Außerdem war die Wahrscheinlichkeit, dass die Erdatmosphäre sich dabei aufgelöst hätte sehr groß, was den Tod von allen pflanzlichen, tierischen und menschlichen Bewohnern zur Folge gehabt hätte. Wir beschlossen folgerichtig Neptun aus dem Rat zu verbannen, um ihm die Möglichkeit zu nehmen, seinen Plan umzusetzen. Doch die Situation geriet außer Kontrolle. Er konnte entkommen und tötete auf der Flucht viele von uns. Bei dem Versuch ihn zu stoppen, fand eine gewaltige Schlacht im Orbit über eurem Planeten statt. Trotz numerischer Überlegenheit gelang es ihm, fast alle Raumschiffe und unsere orbitale Raumstation *Olymp* zu vernichten. Darunter auch das Schiff, das von meiner Mutter *Juno* befehligt wurde. Er hatte durch einen Computervirus die Schutzschilde aller Schiffe deaktiviert. Ich

trieb in meinem Schiff schwer beschädigt inmitten von Trümmern und sah, wie er feige durch einen Tunnel hierher floh. Mit letzter Antriebsenergie folgte ich ihm unbemerkt. Fest entschlossen die Erde zu schützen, stürzte ich mein Schiff auf die Kontrollmaschine. Bei der folgenden Explosion bildete sich ein zufälliger Tunnel, der hierher in das Kristall-Gebirge führte. Mein Schiff materialisierte in diesem Berg und verschmolz mit ihm, wobei meine letzten Besatzungsmitglieder starben. Mir war bewusst, dass ich mit der Zerstörung der Maschine die wenigen, noch auf der Erde befindlichen Mitglieder meiner Rasse, zum langsamen Alterstod verurteilte. Ich musste auch meine beiden Söhne *Romulus* und *Remus* auf der Erde zurück lassen. Sie sind folglich nach eurer Zeitrechnung schon vor vielen tausend Jahren gestorben." Mars machte eine kurze, nachdenkliche Pause, dann richtete er sich an Peter und Gary: „Und was ist mit euch beiden? Wie kommt ihr nach Teros?"
„Nun, das wird ihnen nicht gefallen", antwortete Peter. „Wir sind Neptun begegnet und sein fieser Plan ist so aktuell wie nie zuvor."
Mars riss die Augen auf. Sein Gesicht wurde rot und die Stirnknochen bildeten sich weis ab.
„Wie bitte?", bellte er.
Dann begannen Peter und Gary zu erzählen, wie sie jeweils her kamen. Sie berichteten von der Neptunier-Armee und davon, wie Neptun selbstsicher seinen Plan an Peter verriet und wie sie anschließend fliehen konnten.
„Neptun ist es also gelungen, die magische Kugel von Quataria zu stehlen", sagte Mars anerkennend. „Dann ist er so mächtig wie niemals zuvor."
„Was ist das denn, mit dieser Kugel", fragte Gary.
„Um es in eurer linearen Zeitsprache zu sagen: Lange Zeit, bevor wir zur Erde reisten, lebten wir nur in unserer zeitlosen Galaxie und erforschten die hiesigen Welten. Eines Tages wurden wir auf eine Energiesignatur mit bis dato unbekannten Ausmaßen aufmerksam, die mit enormer Geschwindigkeit durch die Galaxie flog. Es war eine kleine Kugel. Wir

verfolgten sie und stellten schnell fest, dass ein Planet in ihrer Flugbahn lag. Mit einer unvorstellbaren Wucht schlug sie auf dem ausschließlich von Wasser bedeckten Planeten auf. Dadurch bildete sich der einzige Kontinent, auf dem wir uns gerade befinden. Die grüne Energiekugel lag unbeschädigt in dem Einschlagskrater. Von ihr geht eine unbekannte Strahlung aus und sie ist durch ihre unglaublich hohe Dichte unbegreiflich schwer, obwohl sie nur so groß ist, dass sie in eine Hand passt. Wir errichteten in dem Krater eine Pyramide als Forschungszentrum, doch schon bald begann sich der Krater mit Wasser zu füllen, so dass wir die Pyramide schließlich aufgeben mussten. Mikroben, die sich im Wasser befanden, wurden von der Strahlung der Kugel angeregt und entwickelten sich in rasanter Geschwindigkeit in eine komplexe Rasse. Eure Wortwahl dafür wäre wohl zehntausend Jahre. Ihr kennt sie als Quallas oder als Neptunier. Sie bauten um die Kugel herum einen Tempel, der im Zentrum ihrer Stadt liegt, und es entwickelte sich zu ihren Ehren eine komplexe Religion. Den Quallas gelang es, die Energie der Kugel zu nutzen. Sie wollten abgeschottet leben und schützten sich mit ihrer Hilfe gegen Fremde, indem sie eine undurchdringliche Wand aus Wasser um ihre Stadt herum errichteten. Neptun ist es irgendwie gelungen in Quataria einzudringen und die Kugel zu stehlen. Er nutzt scheinbar für sein Wassergefängnis, von dem ihr mir erzählt habt, die gleiche Technologie. Ich befürchte, damit ist er fast unbesiegbar geworden. Es gibt für die Erde kaum noch Hoffnung."

37

Die Rückfahrt nach Galosch verlief schwierig. Der zerbeulte Chevrolet kämpfte sich mit Hrolph als Rad zwar tapfer durch den dichten Wald, aber mehrmals musste Bret anhalten, damit Mordag und Gemmon quer liegende Bäume, oder tief hängende Äste aus dem Weg räumen konnten. Trotzdem dauerte die Fahrt nur etwa ein Drittel der Zeit, die sie für den Hinweg per pedes benötigt hatten. Alram hatte sich unterwegs sehr für Brets Musik aus dem wieder funktionierenden CD-Spieler begeistert. Er fand sie sehr faszinierend. Diese gesungenen Geschichten erinnerten ihn an seine Zeit auf der Erde. Er erklärte Bret, dass auf der frühen Erde wichtige Ereignisse oftmals besungen wurden.
Als sie die Siedlung erreicht hatten, hielt Bret auf dem Dorfplatz direkt neben der Fernreise-Maschine. Schnell hatten sich alle Dorfbewohner um den Wagen herum versammelt und bestaunten die merkwürdige, pferdelose Kutsche. Bret, Alram und die beiden Wächter stiegen unter dem Applaus der Menge aus. Hrolph hatte sich wieder zurück verwandelt und schwebte fröhlich neben Alram. Erleichtert stellte Bret fest, dass es Hrolph gut ging. Er hatte sich wegen dem unebenen Waldweg sorgen um ihn gemacht und nickte ihm dankbar zu. Plötzlich legte sich vorsichtig eine Hand von hinten auf seine Schulter. Bret drehte sich um und blickte in die schönsten Augen, die er kannte.
„Simonja!", jubelte er. Freudig nahmen sie sich in die Arme.
„Schön, dass du zurück bist. Du hast mir gefehlt", flüsterte sie ihm ins Ohr und küsste ihn anschließend.
Auf einmal wurde es leiser in der Menge. Einige Einwohner traten zur Seite, so dass eine Lücke entstand in die Sáphir trat und die fünf Abenteurer mit ausgebreiteten Armen begrüßte.
„Meine Freunde, ich nehme mit Frohsinn und Erleichterung zur Kenntnis, dass ihr erfolgreich zurückgekehrt seid."
Er stellte sich dicht vor Bret, legte ihm väterlich die Hand auf

die Schulter und blickte zum Chevrolet.
„Das ist also das, wie nanntest du es, Automobil, mit dem du und dein Freund auf unserer Welt gestrandet seid? Es schaut bemerkenswert aus. Ich hoffe, der Rest deines Vorhabens wird ebenfalls funktionieren. Doch vorher werden wir zusammen essen. Fatma hat ein herrliches Mahl vorbereitet."
Sáphir ging langsam voraus in sein Haupthaus, das am Rand des Dorfplatzes, unweit der Backstube lag. Die beiden Prätorianer, die zum ersten Mal zu einem Essen bei dem Dorfältesten eingeladen waren, trotteten unbeeindruckt hinterher. Bret zögerte. Er wollte eigentlich so schnell wie möglich damit beginnen, die Autobatterie an die Fernreise-Maschine anzuschließen. Alram bemerkte sein Zögern.
„Mein Freund, mit einem gut genährten Magen lässt es sich viel leichter Arbeiten."
Bret kratzte sich am Hinterkopf.
„Vielleicht hast du recht", nickte er. „Ich könnte in der Tat etwas zu essen gebrauchen." Insgeheim hoffte er außerdem, dass nach dem Essen weniger Leute auf dem Dorfplatz waren, die ihn bei der Bastelei an der Maschine beobachten würden. Zusammen mit Simonja und Hrolph folgten sie Sáphir und den beiden Wächtern.
Sáphirs Haupthaus war das größte Gebäude in Galosch. Es bestand aus vier Räumen. Hinter dem Eingang befand sich direkt die Stube, in der ein großer, rustikaler Tisch stand. Durch einen Tür losen Durchgang gelangte man in die spartanische Küche, in der es auch einen Holzofen gab. Auf der anderen Seite der Stube befanden sich zwei Holztüren, die jeweils in eine Schlafstube führten. Eine Stube für Sáphir und seine Frau, sowie eine für die beiden Töchter. So erschrocken Bret am Anfang über den Zustand der Bretterhütte war, so begeistert war er von Sáphirs Haupthaus. Die Einrichtung war ähnlich wie die in der Höhle unter der Holzhütte, in der Bret geschlafen hatte. Schöne Bilder hingen an den Wänden und alte Reliquien ruhten in den edlen, eigenhändig gebauten Schränken. Schöne, antike Teppiche bedeckten teilweise den Holzfußboden. Bret fragte Sáphir, warum es unter diesem

Haus keinen Höhlenkeller gab.
„Wir schlafen hier in den Stuben. Wir können sie mit Holzverschlägen abdunkeln", antwortete Sáphir.
„Und wo wascht ihr euch, oder macht euer, äh, Geschäft?"
Diesmal antwortete Simonja schmunzelnd:
„Hinter dem Haus befindet sich eine Holzhütte mit einem Erdloch darin."
Bret nickte verständnisvoll und wollte darauf antworten, aber Fatma unterbrach die Hausbesichtigung und bat zu Tisch.

Nach dem Essen hielt Bret sich seinen Bauch. Er war völlig satt und fand, dass es das beste Mahl war, das er je in seinem Leben genossen hatte. Er war begeistert, dass diese einfachen Menschen aus ihren wenigen Möglichkeiten so viel machen konnten. Fatma hatte zuerst eine wohlschmeckende Lauchsuppe serviert, danach präsentierte sie einen wunderbaren Hasenbraten mit Kartoffeln. Abschließend gab es noch ein Dessert aus karamellisierten, einheimischen Beeren. Zu jedem Gang stand frisches Brot aus der eigenen Backstube und klares, kaltes Wasser aus dem Brunnen zur Verfügung. Während des Essens wurde in der Gruppe viel erzählt und gelacht, und die Sorgen waren für den Moment weit weg. Schließlich rappelte sich Bret auf.
„Frau Fatma, Sáphir, ich möchte mich in aller Form für diese wundervolle Mahlzeit und ihre Gastfreundschaft bedanken. Nun muss ich mich allerdings verabschieden. Ich sollte versuchen, diese Fernreise-Maschine in Gang zu bekommen. Wenn es mir nicht gelingt, weiß ich nicht wie ich meinen Freund Peter retten soll."
Auch Sáphir erhob sich von seinem Stuhl.
„Mein Freund, ich hoffe, dass es dir gelingt. Dein Plan klingt sehr viel versprechend. Bitte sage mir, wenn du etwas von mir benötigst."
„Hrolph und ich werden dich begleiten, wenn es dir recht ist", sagte Alram.
„Natürlich, ich bin mir sicher, dass ich deinen Rat und Hrolphs spezielle Fähigkeiten gut gebrauchen kann",

antwortete Bret. Er verabschiedete sich noch mit einem Kuss von Simonja, dann verließen die drei das Haus und gingen auf den Dorfplatz die wenigen Meter zu Brets Chevrolet.
Der Platz war mittlerweile fast menschenleer. Nur drei Kinder spielten neugierig im Auto. Alram hatte sie schnell verscheucht. Bret ließ sich als erstes von Alram die Öffnung für den Energiewürfel zeigen. Er räumte auf der Rückseite der Maschine zwei Strohballen aus dem Weg. Dahinter befanden sich etwa auf Kniehöhe ein halb geöffneter Deckel und ein kleines Fach, das normalerweise den Energiewürfel beherbergte. Zu Brets erster Freude war es groß genug für seine Autobatterie. Das Fach war voller Staub und Stroh. Bret pustete mit zugekniffenen Augen zweimal kräftig hinein, um den größten Schmutz herauszubekommen. Dann schaute er genau hinein und erkannte, dass der Energiewürfel so ähnlich funktionieren musste, wie eine Batterie. Er entdeckte an der Decke des Fachs zwei runde Kontaktstellen. Jetzt musste er nur noch eine Möglichkeit finden, die Pole der Autobatterie mit den Kontaktstellen zu verbinden. Bret ging zu seinem Auto und öffnete knarrend die Motorhaube. Dann holte er sein Werkzeug aus dem Kofferraum und baute die Batterie mit wenigen Handgriffen aus. Alram und Hrolph beobachteten ihn interessiert, während er die Batterie um die Maschine herum schleppte und in das Fach hievte. Er stellte fest, dass die Kontakte für die Pole zu hoch und zu weit auseinander waren, also nahm er die Batterie wieder heraus. Mit kleinen Metallstückchen, die Alram ihm besorgte, konnte er die Pole auf die erforderliche Breite verlängern. Die Höhe glich er aus, in dem er Holzbretter unter die Batterie legte. Er ließ jedoch noch etwa einen Zentimeter Luft. Unter dem Holz hatte er noch kleine Holzkeile eingeklemmt. Wenn er sie hinein drücken würde, könnte sich die Konstruktion anheben und die Pole hätten Kontakt.
„So, ich wäre dann soweit", sagte Bret. „Ich hoffe nur, dass die Spannung der Batterie reicht und dass ich die Pole richtig herum angeschlossen habe. Die Chancen stehen fifty-fifty. Wenn nicht, weiß ich nicht was passiert. Ihr geht mal besser in

Deckung."
Alram wich einige Schritte zurück, während Hrolph bei Bret blieb. Er legte ihm die Hand auf die Schulter, um sie beide jederzeit in explosionssichere Steinstatuen zu verwandeln. Langsam drückte Bret die beiden Keile gleichzeitig zusammen. Die Konstruktion hob sich und die erweiterten Pole berührten die Kontakte. Bret erkannte kurz zwei kleine blaue Blitze. Schnell schloss er den Deckel und wich mit Hrolph rückwärts zu Alram zurück. Alle starrten stumm auf die Maschine. Einige Sekunden lang tat sich nichts.
„Das war wohl nichts", resignierte Bret bereits.
In dem Moment gab die Maschine ein seltsames Geräusch von sich. Es klang fast wie das einmalige, tiefe Bellen eines großen Hundes. Bret zuckte erschrocken zusammen. Nachdem sie ein paar Minuten gewartet hatten, in denen nichts weiter geschah, näherte er sich vorsichtig dem Fach und griff nach dem Deckel. Erschrocken zog er seine Hand blitzartig zurück. Der Deckel war heiß. Mit Hilfe eines Stück Stoffs gelang es ihm doch, das Fach zu öffnen. Er schaute hinein und musste zu seiner Verwunderung feststellen, dass die verlängerten Pole der Batterie mit den Kontaktstellen verschmolzen waren. Bret schloss die Klappe wieder und die drei gingen zur Vorderseite. Alram stellte sich in die Maschine und betrachtete staunend die nun beleuchtete Schalttafel.
„Es hat funktioniert", sagte er vorsichtig. Dann jubelte er lauter. „Du hast es geschafft, die Fernreise-Maschine funktioniert wieder."
Von Alrams Jubelschrei angelockt, versammelten sich erneut die Dorfbewohner um die Maschine. Auch Sáphir und Simonja kamen zu ihnen.
„Meinen Glückwunsch!", gratulierte der Dorfälteste. „Nun werden wir deinen Freund Peter befreien."

38

Peter starrte Mars mit hochrotem Kopf an.
„Das kann ich nicht glauben", fauchte er. „Es muss doch etwas geben, womit wir Neptun aufhalten können. Ich werde ihn notfalls mit meinem Schwert einfrieren."
„Haben sie denn keine Waffen für uns, mit denen wir uns ausstatten können?", fragte Gary.
„Nein, leider nicht. Der Waffenraum ist mit dem Felsen verschmolzen. Der begehbare Bereich meines Schiffes ist so gut wie ohne Energie, es reicht gerade noch zum Überleben. Selbst wenn mein Teleporter noch funktionieren würde und du dich auf sein Schiff begibst, hättest du keine Chance gegen ihn und seiner Crew."
„Aber woher kommt die Energie für die Kristallfalle da draußen?", wollte Gary wissen.
„Es handelt sich hierbei nicht um Technologie", belehrte ihn Mars. „Es sind kristalline Lebewesen, mit denen ich auf eine mentale Ebene verbunden bin. Sie können uns gegen Neptun nicht helfen. Sie existieren nur an diesem Ort."
Peter wurde langsam wieder etwas ruhiger und sachlicher.
„Sie sagten vorhin, Neptun wäre nun *fast* unbesiegbar. Nur fast? Was steckt dahinter? Gibt es vielleicht doch eine Möglichkeit? Wenn ja, müssen wir es versuchen, auch wenn die Chance auf Erfolg noch so klein ist."
„Der Meinung bin ich auch", stimmte Gary zu und Erdalf und Grundalf nickten beistimmend.
Mars betrachtete die vier Menschen. Peter glaubte ein Zögern in seinem fremdartigen Antlitz erkennen zu können.
„Für einen Menschen bist du sehr mutig und stur, aber ich fürchte das wird dir hierbei nicht helfen. Ich sage dir, es gäbe eine sehr vage Chance, wenn uns Energie zur Verfügung stünde. Dann könnte ich jemanden auf Neptuns Schiff teleportieren, der ihn dort im Zweikampf besiegen müsste. Außerdem muss der bereits aktivierte Galaxie-Tunnel, durch

den die Erde geholt werden soll, abgeschaltet werden, was nur durch die Computer an Bord seines Raumschiffs möglich ist. Allerdings muss vorher jemand die unendlich schwere Kugel von Quataria in den Tempel der Neptunier auf dem Grund des Sees zurück bringen. Dadurch würde Neptuns Bann über sie höchst wahrscheinlich gebrochen und die Neptunier wären wieder friedliche Quallas. Ihr seht also, dass der Erfolg einer solchen Mission bei unter..."

Ein merkwürdiges Geräusch unterbrach Mars. Es war ein nicht zu ortendes Vibrieren. Einen kurzen Moment später ertönte an einer anderen Stelle zusätzlich ein Klacken. Alle Anwesenden schauten sich suchend in dem Raum um. Plötzlich war da ein lautes Zischen hinter einer Wand, dann wieder ein Klacken. Gleichzeitig fing der Boden leicht an zu zittern. Nur kurz, dann noch mal, jedoch stärker. Schließlich war wieder Ruhe, bis als nächstes ein aufsteigendes Brummen zu hören war. Der Ton wurde immer höher, bis er schließlich wieder verstummte.

„Was war das?", fragte Gary unsicher.

„Das weiß ich nicht", antwortete Mars misstrauisch.

Im nächsten Moment wurde es in dem Raum heller. Über ihren Köpfen waren in die Decke integrierte Lichter angegangen.

„Das ist unmöglich!" Mars starrte mit zusammen gekniffenen Augen in das Licht. Dann humpelte er aus dem Raum heraus. Peter und die anderen blickten sich fragend an.

„Los, hinterher", meinte Peter.

Das Schott öffnete und schloss sich jetzt schneller als vorhin. Die vier betraten den ebenfalls erhellten Gang und folgten dem hinkenden Mars durch die Gänge des Schiffs. An manchen Stellen zeigten blinkende Lämpchen arbeitende Computer an. Sie kamen an einigen Orten vorbei, an denen man die Verschmelzung des Schiffs mit dem Kristallfelsen sah. Wo die Metallwände endeten begann der Felsen und umgekehrt. Ohne erkennbare Struktur. Chaotisch. Ein Gang war durch die Kristalle so verengt, dass sie nur auf allen Vieren hindurch kamen. Gary erschauderte als er sich

vorstellte, dass die Leichen der Schiffscrew noch immer mitten im Felsen steckten. Er hoffte, dass nicht irgendwo noch ein Arm oder ein Fuß aus dem Kristallgestein herausragte.
Mars gelangte an ein weiteres Schott. Es glitt beiseite und er betrat den dahinter liegenden Raum. Bevor das Schott sich wieder schloss überschlugen sich die Ereignisse. Mars blieb erschrocken stehen und schaute in eine für Peter und die anderen nicht einsehbare Richtung des Raumes. Sie hörten ihn wütend rufen:
„Wer seid ihr? Was habt ihr getan?"
Im nächsten Moment traf ihn ein etwa faustgroßer Stein am Kopf, während sich gleichzeitig das Schott schloss.
Peter wollte Mars helfen. Trotz seines Zustands war er ihre erste und einzige Hoffnung gegen Neptun. Mit einem großen Satz war er am Schott angelangt. Es öffnete sich und er sah, dass Mars noch stand. Seine harte Stirn hatte dem Stein getrotzt. Der fremde Alte stand in Abwehrposition, bereit einem weiteren Steinwurf zu begegnen, der dann auch kam. Dann noch einer. Und noch einer. Fast im Sekundentakt wurde Mars von Steinen getroffen. Peter konnte den Angreifer noch immer nicht sehen. Sein Blick fiel auf die Steine, mit denen Mars attackiert wurde. Sie lagen auf dem Boden hinter ihm, doch etwas stimmte damit nicht. Langsam verfärbten sich die Steine zartgrün, dann begannen sie sich zu verflüssigen, bis sie nur noch eine grüne, zähflüssige Masse waren. Anschließend begann die Masse sich fließend in die Richtung zu bewegen, aus der sie als Stein geschleudert wurden. Mars merkte davon nichts. Er war zu sehr damit beschäftigt den Steinen auszuweichen, oder sie abzuwehren und nicht umzufallen. Peters Blick folgte der abfließenden Masse. Sie kroch an Mars vorbei und drohte aus Peters Blickfeld zu verschwinden, also trat er in den Raum und war nun ebenfalls in Gefahr von den Steinen getroffen zu werden.
„Bleib draußen!", keuchte Mars, doch Peter hörte nicht auf ihn. Er hatte ein seltsames Gefühl im Magen. Eine irrationale Hoffnung. Er machte einen weiteren Schritt nach vorne, so dass er den Angreifer sehen konnte. Ungläubig riss er die

Augen auf.
„Hrolph!?"

Verblüfft stellte Hrolph das Werfen der Steine ein, die er aus seinem Körper heraus katapultiert hatte.
„Du kennst dieses Wesen?", stöhnte Mars.
Noch ehe Peter antworten konnte, traten hinter einer großen Maschine, die sich hinter Hrolph befand, zwei bekannte Personen hervor.
„Peter!", rief Bret und rannte auf seinen Freund zu. Die beiden umarmten sich.
„Mensch, ich habe mir echt Sorgen gemacht, als diese neptunischen Typen dich mitgenommen haben. Alram, Hrolph und ich wollten dich so schnell wie möglich befreien."
Dann deutete Bret mit dem Kinn auf Mars. „Und wer ist das?", flüsterte er.
„Das ist Mars. Vor ihm braucht ihr keine Angst zu haben. Aber wie zum Teufel kommst du hierher? Woher weißt du, dass ich hier bin?"
„Das wussten wir nicht", meinte Alram, der Peter freundschaftlich die Hand auf die Schulter legte. „Wir wollten in das Kristall-Gebirge, um so nah wie möglich an das Meer von Quatar zu kommen. Wir vermuteten deine Gefangenschaft in der Pyramide."
„Wir sind mit einer Fernreise-Maschine hierher gebeamt, kannst du dir das vorstellen?", lachte Bret.
Mittlerweile hatten auch Gary Frisbee, Erdalf und Grundalf den Raum betreten. Peter stellte sie Bret und den anderen vor.
„Wir kennen uns bereits", sagte Alram über Erdalf und seinen Sohn, denen er ebenfalls zur Begrüßung die Hand auf die Schultern legte.
„Was hast du gerade gesagt, wie seid ihr hier her gekommen?", hakte Peter bei Bret nach.
„Mit einer Fernreise-Maschine. Das ist so eine Art Teleporter. Wie im Fernsehen auf diesem Raumschiff. Siehst du diese Maschine hier?" Bret deutete auf die Apparatur, hinter der sie sich versteckt hatten, während Hrolph den vermeintlichen

Gegner Mars bekämpfte. „So eine steht auch in Galosch, in dem Dorf, in das wir wollten. Auch in anderen Dörfern und Orten auf diesem Kontinent gibt es solche Teleporter. Sie waren aber alle ohne Strom. Also haben wir den Chevy aus dem Wald geholt und ich habe sie mit der Autobatterie verbunden. Und siehe da, sie funktioniert. Wenn ich es richtig verstehe, braucht man nur einen anderen Teleporter anzuwählen, um auch ihn wieder mit Strom zu versorgen. Eigentlich wollten wir zu einer Maschine im Kristall-Gebirge, aber direkt bei dir zu landen ist natürlich besser."

„Ihr befindet euch im Kristall-Gebirge", meldete sich Mars zu Wort, der bis jetzt nur neugierig bei dem großen Wiedersehen zugeschaut hatte. „Die Fernreise-Maschine, die du angewählt hast, stand hier in der Nähe. Ich habe sie demontiert, weil ich einige Teile davon brauchte. Der Quantenstrom muss euch zu meiner eigenen Maschine hierher umgeleitet haben." Mars' Augen blitzten anerkennend auf. „Die Tatsache, dass ein Mensch eine Fernreise-Maschine reparieren kann ist bemerkenswert. Wie es scheint haben die Menschen der Erde einen enormen evolutionären und intellektuellen Schritt getan, seit wir sie verließen." Erfreut lud er alle in seine Zentrale ein, die ihm als Wohnraum diente, und fügte sichtbar optimistisch hinzu: „Nun lasst uns einen Plan entwickeln, wie wir Neptun besiegen und euren Planeten retten können."

39

In allen Ländern der Welt saßen die Menschen, zu Hause, auf der Arbeit oder unterwegs, gespannt vor Fernsehgeräten, Internet-Livestream oder Radios. Sie warteten auf die weltweit angekündigte Unterbrechung der laufenden Programme, bei der der Präsident der Vereinigten Staaten von Amerika ´*den Menschen der Erde eine existenziell wichtige Mitteilung machen müsse*`. Die meisten Sender hatten ihr normales Programm zu diesem Zweck durch Sendungen ersetzt, in denen über mögliche Themen spekuliert und diskutiert wurde. Am *Piccadilly Circus* in London, am *Place de la Concorde* in Paris, am *Brandenburger Tor* in Berlin und in vielen weiteren Millionenstätten rund um den Globus waren riesige Leinwände aufgebaut worden. Selbst am New Yorker *Times Sqare* stoppte der Verkehr und die Menschen blickten auf den großen Bildschirm über dem Verlagsgebäude der New York Times, als um Punkt fünfzehn Uhr mitteleuropäischer Zeit der amerikanische Präsident hinter seinem Schreibtisch im Oval Office des *Weißen Hauses* erschien, rechts neben ihm die amerikanische Flagge, links die der Vereinten Nationen.

Der Präsident wusste, dass er auf Sendung war. Unzählige Millionen warteten in diesem Moment auf das, was er der Welt zu sagen hatte. Dolmetscher erwarteten seine ersten Worte, um sie synchron in die verschiedensten Sprachen dieser Welt zu übersetzen. Was er zu sagen hatte ging jedem etwas an. Jeder war betroffen. Er würde den Menschen nichts Gutes sagen können. Er könnte ihnen noch nicht einmal viel Hoffnung machen. Darum war er aufgeregt und sein Herz schlug ihm bis zum Hals. Er blieb jedoch ruhig und versuchte vertrauensvoll auszusehen, während er einen kleinen Augenblick wartete, um die volle Aufmerksamkeit der Menschen zu haben. Schließlich begann er vom Teleprompter abzulesen:

„Guten Morgen, Guten Tag und Guten Abend an alle Menschen dieser, unserer Welt. Mit dem Einverständnis der jeweiligen Regierungen, die bereits über alles, was ich ihnen heute zu sagen habe, informiert sind, möchte ich sie auf diesem Wege über eine Gefahr aufklären, die jeden Menschen und alles Leben unseres Planeten bedroht. Vor etwa fünf Monaten entdeckte Michael Fong, ein Mitarbeiter der NASA und Leiter dieses Projektes, eine Unregelmäßigkeit in der Flugbahn der Erde, auf ihrer Umlaufbahn um die Sonne. Genauere Untersuchungen ergaben, dass es sich dabei um den Ereignishorizont eines galaktischen Wurmlochs mit gigantischen Ausmaßen handelt. Es ist so groß, dass die Erde genau hinein passt. In fünfundfünfzig Tagen wird unser Planet auf das Phänomen treffen und hinein fliegen. Es gibt leider keine wissenschaftlichen Erkenntnisse, was danach mit dem Planeten und mit uns passieren wird. Wir werden jedoch nicht untätig zusehen! Unter strenger Geheimhaltung ist es den Vereinigten Staaten von Amerika mit seinen Partnern in den letzten Jahren gelungen, ein tiefenraumfähiges Raumschiff zu konstruieren. Wir nannten es ′*Glimmer Of Hope*`. In Zusammenarbeit mit ihren Regierungen haben wir die *Glimmer Of Hope* in Rekordzeit mit einer internationalen, fünfköpfigen und sehr erfahrenen Crew bemannt und auf eine äußerst gefährliche Mission geschickt. Sie sind bereits seit zehn Tagen auf dem Weg zum Wurmloch und werden es in sechzig Stunden erreichen. Ihre Mission liegt darin es entweder von unserer Seite aus zu zerstören, oder hindurch zu fliegen und es von der anderen Seite aus zu schließen. Das Raumschiff ist mit fünfzehn atomaren Sprengköpfen ausgestattet, die neben den amerikanischen aus Russland, Frankreich, dem vereinigten Königreich, China, Israel, Indien und Pakistan stammen. Die tapfere Crew der *Glimmer Of Hope* wird angeführt von Commander Sebastian Echolon. Der gebürtige Kanadier lebt in Houston in Texas und ist Mitarbeiter der NASA. Er ist zweiundvierzig Jahre alt, verheiratet und hat zwei Söhne." Das Fernsehbild mit dem Präsidenten in seinem Büro verschwand und ein Foto des Commander in seiner Uniform wurde gezeigt. Nach ein paar Sekunden erschien das Foto einer weiteren Person.

„Der Steuermann ist der Niederländer Remi Dyk aus Amsterdam. Er ist einunddreißig Jahre alt und kinderlos verheiratet. Der Waffenspezialist an Bord kommt aus Le Havre in Frankreich und ist vierundvierzig Jahre alt. Sein Name ist Bertrand Carpentier. Des Weiteren sind die beiden Wissenschaftler und Computerexperten Mario Trebes und Ruji Kaluç mit dabei. Trebes kommt aus Aachen in Deutschland. Er ist achtundzwanzig Jahre und ebenso wie Kaluç nicht verheiratet. Die in Albanien geborene Frau Kaluç ist zweiundvierzig und lebt in Boston in Massachusetts. Sie ist verheiratet und hat einen Sohn."

Nachdem alle Crewmitglieder des Raumschiffs vorgestellt waren, wechselte das Fernsehbild wieder auf den Präsidenten.

„Ich glaube ich spreche für über sieben Milliarden Menschen, wenn ich der Crew der *Glimmer Of Hope* viel Erfolg wünsche. Kommt gesund wieder! Ich finde dass sie, verehrte Mitmenschen, ein Recht haben, von der drohenden Gefahr zu wissen. Ich hoffe, und ich appelliere an jeden Einzelnen von ihnen, dass sie nicht in Panik verfallen. Ich bitte sie, ihr Leben so normal wie möglich weiter zu führen. Es sollen keine Hamsterkäufe geben. Die Regierungen sind sich einig, dass alle Preise für Lebensmittel und Treibstoff bis auf weiteres eingefroren werden. Was ein Brot heute kostet, kostet es auch morgen. Und es werden nur handelsübliche Mengen an einzelne Haushalte gegeben. Bitte bewahren sie alle Ruhe und beten sie, sofern sie gläubig sind, zu ihrem jeweiligen Gott."

40

Die geräumige Zentrale von Mars' Raumschiff, ein kreisrunder Raum, war unbeschädigt und nicht mit dem Felsen verschmolzen. Gegenüber dem einzigen Zugang befand sich ein Bildschirm, der ein Viertel des Wandkreises ausmachte. Es gab sieben graue Sitze, die jeweils auf einem einzelnen Metallfuß standen und wie Blumenkelche aussahen. Sie passten sich selbstständig der jeweiligen Körperform ergonomisch an und waren um dreihundertsechzig Grad drehbar. Einer war in der Mitte des Raums positioniert, auf dem Mars Platz nahm. Jeweils drei waren rechts und links vom Eingangsschott bis zum Bildschirm aufgeteilt und dienten unter anderem als Sitz für die fremdartigen Computer, Maschinen und Bedienelemente, die sich ebenfalls hier befanden.

Mars bat seine Gäste sich zu setzen. Da Hrolph keinen Stuhl benötigte, war für jeden ein Sitz vorhanden. Gary war ein wenig irritiert, als sich die Sitzfläche und die Lehne seinem Körper anpassten, doch als die Änderungen nach wenigen Sekunden abgeschlossen waren, genoss er die Bequemlichkeit nach den alptraumartigen Erlebnissen, die ihn seit dem Stromausfall bei Science-Lab verfolgten.

„Ich muss euch Menschen danken", begann Mars. „Dank eurem Ideenreichtum habe ich wieder Energie in meiner Zentrale. Mein Schiff ist zwar nie wieder flugfähig, aber mit Energie kann ich überleben und euch helfen." Er stand auf und ging zu einer computergesteuerten Maschine neben Peters Sitz. Sie hatte eine dreißig auf dreißig Zentimeter große Öffnung. „Dies ist meine Manna-Maschine. Sie war bisher ebenfalls ohne Energie. Ich hoffe, dass sie nun wieder funktioniert. Wartet, ich werde kurz…"

Mars berührte einige Symbole auf einer Tastatur, woraufhin es in dem quadratischen Loch gespenstisch aufleuchtete und sich darin etwas zu materialisieren begann. Atome wirbelten umher

und Stück für Stück setzte sich ein Gebilde zusammen. Es dauerte nur etwa vier Sekunden, dann stand darin ein Krug mit Wein. Mars nahm ihn heraus und gab ihn dem verdutzten Peter in die Hand. Danach drückte er erneut einige Tasten und zauberte diesmal einen großen Laib Brot aus dem Nichts. „Sie funktioniert wieder", sagte Mars zufrieden und generierte für jeden etwas. „Bitte esst und trinkt. Ich weiß doch genau wie gerne ihr Menschen Wein trinkt."
Alram, Grundalf und Erdalf kannten diese Maschine der Götter bereits, doch Peter, Bret und Gary starrten ungläubig auf die Weinkrüge und das Brot in ihren Händen. Peter schaute zu Mars, der ihn mit einer Geste zum Trinken aufforderte. Vorsichtig nahm er einen Schluck. „Schmeckt super", sagte er nach ein paar Sekunden lächelnd und genehmigte sich noch einen Schluck.
Während sie aßen und tranken erzählten sie sich gegenseitig, was ihnen bisher passiert war, um auf einen gemeinsamen Wissensstand zu kommen. Schließlich übernahm Mars wieder das Wort. „Es gibt nur eine kleine Chance, wie ihr Neptun besiegen und eure Welt retten könnt. Neptun hat seinen Plan beinahe vollendet, deshalb müsst ihr verschiedene Dinge gleichzeitig machen. Ich kann euch leider nicht aktiv helfen. Ihr müsst mir bei diesem schwierigen Plan vertrauen." Mars stand auf und humpelte in der Zentrale umher, während er seinen Plan erklärte. „Drei von euch werden mit Hilfe der Fernreise-Maschine zurück in euer Dorf reisen. Von dort aus begebt ihr euch in so viele Menschendörfer auf Teros und Minda wie möglich. Ihr bekommt von mir für alle Adressen die Symbolkombinationen. Ihr müsst den Menschen dort sagen, was wir vorhaben. Sie sollen sich gegen die Neptunier verbünden, dadurch wird Neptun vielleicht etwas abgelenkt."
„Das machen wir", meldete sich Alram und nickte Erdalf und Grundalf zu.
„In Ordnung", meinte Mars. „Wie ich dem Menschen Peter bereits gesagt habe, muss die Kugel von Quataria wieder zurück in den Tempel der Quallas gebracht werden. Gleichzeitig schicke ich zwei von euch auf Neptuns

Raumschiff, das übrigens baugleich mit meinem ist. An dieser Stelle befindet sich der Computer, der den Galaxie-Tunnel über subinvasive Generatoren an der Außenhülle des Schiffs steuert." Mars deutete auf eine Stelle zwischen Erdalf und seinem Sohn. „Dieser Computer muss unbedingt zerstört werden."
„Wie sollen wir ihn zerstören?", fragte Gary Frisbee.
„Ich zerhacke den Computer mit meinem Schwert", schlug Peter selbstbewusst vor.
„Das wäre in der Tat eine effektive Methode", stimmte Mars zu. „Doch du wirst zuerst Neptun besiegen müssen, wozu du Hilfe benötigen wirst."
„Ich komme natürlich mit dir", sprudelte es aus Bret heraus.
„Ich werde dich nicht wieder allein lassen."
„So sei es", meinte Mars knapp. Dann blickte er dem scheuen Gary in die Augen. „Damit zu deiner Aufgabe. Du musst in das Wasser des Kratersees tauchen und die Kugel tief unter der Pyramide suchen. Wenn du sie gefunden hast, wirst du sie nach Quataria in den Tempel zurück bringen. So werden die Neptunier auf Neptuns Schiff aus ihrem Bann befreit und es geht keine Gefahr mehr von ihnen aus."
Gary bekam einen Schweißausbruch und fühlte wie sich sein Magen und seine Kehle verkrampften. Er glaubte keine Luft mehr zu bekommen und fürchtete jeden Moment ohnmächtig zu werden. Mit offenem Mund starrte er Mars an. Das konnte er doch nicht von ihm verlangen. Erst jetzt erkannte er, dass Mars immer mehr wie der Polizist aussah, der ihn damals auf dem Marktplatz mit dem Apfel erwischte. Unsicher wendete er den Blick ab und schaute auf den Boden.
„Ich kann das nicht", stammelte er. „Ich wollte den Apfel nicht stehlen."
„Wovon redest du, Mensch? Schau mich an!", schreckte ihn Mars lautstark aus seiner Furcht, so dass er wieder aufschaute. Die Ähnlichkeit mit dem Polizisten war wieder weg. Wortlos schauten sich beide einige Sekunden lang in die Augen. Dann schob Gary sein Kinn nach vorne und versuchte Selbstbewusstsein zu zeigen.

„Ich kann das nicht", wiederholte er. „Ich kann nicht gut schwimmen, vom Tauchen ganz zu schweigen. Peter weiß das. Wenn schon, dann würde ich lieber mit ihm auf das Schiff gehen, vielleicht kann ich dort helfen."
„Das geht nicht. Bret wird mich begleiten", sagte Peter schnell und dachte dabei an seine bisherigen Erfahrungen mit dem ängstlichen Gary.
„Aber Peter", mischte sich Bret ein. „Wenn er noch nicht mal schwimmen kann. Er kann ruhig mit dir gehen. Wir haben doch noch unsere Taucherausrüstung im Kofferraum, die holen wir. Dann werde ich diese Kugel finden und sie in den Tempel bringen."
Peter verzog das Gesicht.
„Nein, wenn schon einer von uns tauchen soll, dann ich", meinte er.
„Erstens bin ich der bessere Taucher und zweitens war ich schon dort unten in dieser Pyramide."
„Du und der bessere Taucher? Das ich nicht lache. Was war denn vor zwei Jahren im Comer See? Warst du da auch besser?"
„Das habe ich vergessen." Peter verdrehte grinsend die Augen.
„Na gut, dann lass uns losen", fügte er hinzu, wohl wissend, dass er seit einiger Zeit kein Losen mehr verloren hatte. Er holte seinen Würfel aus dem Brustbeutel und hielt ihn Bret vor die Nase. „Bei gerader Zahl gehe ich tauchen, bei ungerader darfst du."
Bret war einverstanden. Peter wog den Würfel locker in der Hand, dann ließ er ihn auf den Boden fallen. Er rollte bis vor die Füße des verwundert dreinschauenden Mars.
„Fünf schwarze Punkte?", fragte er neugierig.
„Ha", triumphierte Bret und Peter verdrehte erneut die Augen, diesmal ohne zu grinsen.
„Nun sind die Aufgaben offenbar vergeben", beendete Mars die Planspielchen. „Lasst uns nun beginnen."

Alram, Erdalf und Grundalf reisten zurück nach Galosch. Auch Bret kehrte für kurze Zeit in das Dorf zurück, um die

Taucherausrüstung aus seinem Chevrolet zu holen. Währenddessen wandte sich Peter an Mars. Er gab ihm das handyartige Gerät, das Bret und ihn hierher brachte, zur Analyse. Es war in seinem Brustbeutel nass geworden und funktionierte nicht mehr. Mars versprach es zu untersuchen, während sie auf ihrer Mission waren.

Als Bret mit der Ausrüstung zurückgekehrte, brachte er die beiden Prätorianer Mordag und Gemmon mit.
„Sáphir dachte, dass zwei Kampfspezialisten im Kampf gegen Neptun und seinen Lakaien hilfreich sein könnten." Trotzdem schaute Bret angespannt aus.
„Was ist los?", fragte Peter.
„Was soll schon los sein? Die Sauerstoffflaschen sind so gut wie leer. Beide sind nur noch etwas weniger als halb voll."
„Verdammt, damit kommen wir nicht weit", fluchte Peter.
Bret hatte eine Idee und wandte sich an Hrolph, dem er die Druckluftflaschen zeigte.
„Hrolph mein Freund, kannst du dich in so eine Flasche mit zweihundert bar Atemluft verwandelt?"
Hrolph schüttelte entschuldigend den Kopf.
„Diese Wesen können ihre Gestalt nicht unter Wasser ändern", erklärte Mars.
„Ist schon gut, Hrolph", tröstete ihn Peter. „Du kannst mit uns auf das Raumschiff kommen. Wir können deine unglaublichen Fähigkeiten mit Sicherheit gut gebrauchen."
Hrolph nickte entschlossen und ein Lächeln huschte über sein fremdartiges Antlitz.
„Das mit der Luft ist ein großes Problem", meinte Bret zu Mars. „Wie sollen wir ohne Sauerstoff stundenlang unter Wasser nach einer faustgroßen Kugel suchen und sie anschließend wer weiß wie weit in einen Tempel schleppen?"
„Du musst Vertrauen haben, Mensch", sagte Mars beruhigend. „Die fehlende Luft und das Gewicht der Kugel werden nicht so problematisch sein, wie du im Moment noch befürchtest."
Bret kratzte sich am Hinterkopf, dann sagte er bedacht:

„In Ordnung, ich vertraue dir. Es bleibt uns ja auch nichts anderes übrig. Ich habe hier schon so viele Wunder gesehen, dass es auf ein weiteres nicht ankommt."
Mars schloss die Augen und nickte Bret langsam zu. Dann sagte er zu ihm, dass er in der Zentrale auf ihn warten solle. Peter und Bret umarmten sich zum Abschied und wünschten sich Glück. Auch Gary, Hrolph und die beiden Kämpfer verabschiedeten sich freundschaftlich von Bret, dann folgten sie Mars in den Raum mit dem Transporter.
„Neptuns Fernreise-Maschine wird unbewacht sein. Er weiß ja nicht, dass wir wieder Energie haben. Sobald ihr weg seid, begebe ich mich mit Bret zum Meer von Quatar."
„Danke für deine Hilfe." Peter streckte Mars die Hand entgegen. Mars war etwas irritiert, weil er diese Geste nicht kannte. Er ahnte den Sinn jedoch und nahm Peters Hand, der sie kurz schüttelte. Dann stieg Peter mit Mordag und Hrolph in die Maschine, wobei das schwebende Wesen sich in einen schlanken Besenstiel verwandelte. Nachdem sie verschwunden waren und der Teleport erfolgreich abgeschlossen war, stiegen nun Gemmon und der vor Angst zitternde Gary in die Maschine. Mars gab den Adresscode ein und die beiden entmaterialisierten ebenfalls.
Nachdem sie nun alleine waren, forderte Mars Bret auf ihm zu folgen. Sie gingen durch das Raumschiff in einen anderen Raum. Hier standen merkwürdige Apparaturen und Gefäße mit den verschiedensten Substanzen. An einer Wand waren Käfige und Terrarien aufgebaut, in denen abnorme Kreaturen lebten. Ein Viertel des Raumes war vom Kristall-Gebirge verschlungen.
„Dies ist mein Laboratorium. Hinter diesen Felsen befindet sich mein Arboretum, meine Sammlung von Pflanzen aus der ganzen Galaxie. Sie sind für immer in diesem Felsen verloren."
„Das tut mir leid, aber was wollen wir hier?", fragte Bret.
Mars ging wortlos zu einer Wand und öffnete eine Klappe. Darin befand sich eine kleine, silberne und eiförmige Dose. Durch einen bestimmten Griff öffnete sie sich und gab eine einzelne, graue Tablette frei. Mars nahm sie mit einer Pinzette

heraus und hielt sie Bret hin.
„Was ist das?", fragte Bret.
„Das ist deine Chance auf die Erfüllung deiner Aufgabe."
„Ich verstehe nicht", runzelte Bret die Stirn.
„Fehlender Sauerstoff, oder eine zu schwere Kugel werden nicht länger ein Problem sein, wenn du diese Tablette einnimmst."
Die Falten auf Brets Stirn wurden noch tiefer.
„Wie das?"
„Es handelt sich hierbei um inaktive Nano-Sonden, so genannte Naniten, die aktiviert werden, sobald sie sich in deinem Körper befinden."
„Kleine Miniroboter in meinem Körper? Wie sollen die mir denn helfen können?"
„Die Naniten sind entwickelt worden, damit ein Lebewesen in Situationen existieren und überleben kann, in denen es normalerweise nicht dazu imstande wäre. Wir haben Welten besucht, deren Atmosphäre eigentlich giftig für uns ist. Die Naniten registrieren die Gehirnströme und messen und überwachen ständig den Körper. Sie reagieren auf die äußeren Umstände und verändern die DNS eines Körpers, um in jeder Situation ein chemisches Gleichgewicht zu erhalten und ein Überleben des Wirtes zu gewährleisten. Sie passen den Körper an. So können wir auch eine giftige Atmosphäre atmen. Verlassen wir diese tödliche Umgebung wieder, machen die Naniten ihre Änderungen rückgängig. Man spürt dabei nichts und es ist völlig ungefährlich."
Bret wusste nicht, was er sagen sollte. Er hatte seit er auf dieser Welt war schon viele merkwürdige Dinge gesehen, aber das hier setzte allem die Krone auf. Bei allen Zweifeln drängte sich in ihm noch eine Frage auf.
„Wenn das stimmt, warum haben dann nicht Peter, Gary und die anderen auch so eine Pille bekommen?"
„Weil es die letzte ist, die existiert. Es können auch keine neuen mehr repliziert werden. Die Ausgangsbasis für neue Naniten wurde bei der Schlacht mit Neptun vollständig vernichtet."

Bret blickte in die ruhigen Augen des alten Fremden und erkannte keinerlei Täuschung. Er öffnete seinen Mund und Mars legte die Tablette hinein.

41

Die *Glimmer Of Hope* war ein silbernes, elegantes Raumschiff, an deren Aussehen allein knapp einhundert Designer gearbeitet hatten. Ihre flache, keilförmige Grundform war am Bug dreißig Meter und am Heck, wo sich die beiden Antriebe befanden, siebzig Meter breit. Die Länge betrug fast einhundert und die Höhe etwa achtzehn Meter. In der Mitte des Schiffs befand sich eine drehbare Achse, an der mit fünf Verbindungsgängen ein neunzig Meter im Durchmesser großer Ring befestigt war, der sich ständig langsam um das Schiff drehte. Somit wurde in dem Ring, wo sich hauptsächlich die Schlafquartiere der Besatzung befanden, eine künstliche Schwerkraft erzeugt. Der einzige andere Ort mit künstlicher Gravitation war die Brücke, die sich ganz vorne an der Spitze befand. Hier waren Magnetfelder der Grund dafür, dass nichts durch die Luft schwebte.

Der experimentelle Ionenantrieb hatte das Schiff nach fast dreizehn Tagen Flug bis an den Ereignishorizont des riesigen Wurmlochs gebracht. Bereits zwölf Stunden vor der Ankunft hatte Remi Dyk den Bremsvorgang einleiten müssen, um das Raumschiff von der enormen Geschwindigkeit von sechsundneunzigtausend km/h abzubremsen. Nun flog das Schiff mit den Manövriertriebwerken langsam bis auf einen Kilometer an die gelbe Scheibe heran. Auf dem Bildschirm, der nur die gelbe Fläche des riesigen Galaxie-Tunnels zeigte, war die Entfernung nicht abzuschätzen, so dass der Bordcomputer mit Hilfe der Sensoren den Abstand berechnen musste.

„Ein Kilometer Abstand, Commander", sagte der holländische Pilot mit unverwechselbarem Dialekt.

„In Ordnung, Remi. Wenn sie das sagen, glaube ich ihnen das."

Commander Echolon schaute nachdenklich auf den Bildschirm und rieb sich sein unrasiertes Kinn, was ein kratzendes Geräusch erzeugte. Schließlich gab er seine Befehle an die Crew.

„Bertrand, bitte machen sie die Waffen bereit. Ruji und Mario, ich wünsche eine volle Rasterabtastung mit den Sensoren. Scannen sie die gesamte Peripherie und suchen sie nach möglichen Angriffspunkten. Wenn es irgendwie möglich ist, möchte ich dieses Ding von unserer Seite aus zerstören."

Die angesprochenen Crewmitglieder nickten kurz und begannen mit ihrer Arbeit.

Sechs Stunden lang wurde das gelbe Feld intensiv untersucht. Auf Wunsch von Ruji Kaluç reduzierte Remi Dyk die Distanz zum Wurmloch einige Male, um eine bessere Sensorabtastung zu ermöglichen. In der Folge waren sie schließlich nur noch fünfzig Meter davon entfernt.

„Das ist jetzt nah genug. Ich möchte nicht wie die Sonde von Fongstar enden und unkontrolliert hineingezogen werden. Zeigen ihre Scans irgendeine Masse an?"

Mario Trebes schüttelte den Kopf.

„Tut mir leid, Commander. Die Sensoren zeigen nichts an. Hier gibt es keine Materie, die wir zerstören können. Wenn wir es nicht sehen würden, würde ich glauben, dass dort draußen rein gar nichts ist."

Carpentier stimmte mit seinem charmanten französischen Dialekt zu.

„Oui, ich kann mit den Waffen ebenfalls nichts erfassen. Sie würden einfach in diesem gelben Ding verschwinden und niemand weiß wo unkontrolliert herauskommen."

Alle vier blickten Commander Echolon an. Sie warteten auf seinen nächsten Befehl, den sie alle insgeheim schon kannten. Sie wussten von dem Risiko, das dieser Mission anhing. Dafür hatten sie freiwillig zugestimmt, als der Präsident sie persönlich für diese Mission rekrutierte.

„Remi, bitte bereiten sie die Hope auf den Flug durch das Wurmloch vor. Bertrand, bitte halten sie die Waffen ständig bereit. Wenn das fremde Schiff auf der anderen Seite noch wartet, möchte ich sie überraschen. Sobald sie das Schiff erfasst haben, schießen sie nach eigenem Ermessen. Mario, sie

werden unsere Energieschilde überwachen. Und von ihnen, Ruji, wünsche ich ständige Scans der Umgebung. Ich werde Fongstar Bericht erstatten."
Wie aus einer Kehle erklang ein ´Ja, Sir` von der Crew, dann begannen sie mit den Vorbereitungen.

Nachdem Echolon mit Michael Fong und dem Präsidenten gesprochen und die bisherigen ernüchternden Resultate bekannt gegeben hatte, gab der Präsident grünes Licht für die Weiterführung der Mission.
Der Commander gab die Entscheidung seiner Crew bekannt und ließ jeden eine kurze Videobotschaft für die Familie aufnehmen, die sie per Funk zur Erde sendeten. Schließlich waren sie startklar.
„Nun, Mr. Dyk, bringen sie uns durch. Schön langsam, mit zehn km/h."
Der Steuermann drückte ein paar Tasten auf seiner Konsole, dann setzte sich das irdische Raumschiff langsam in Bewegung. Auf dem Bildschirm änderte sich nichts. Nur anhand einer kleinen digitalen Anzeige, die Mario Trebes auf den Bildschirm gelegt hatte, konnte man erkennen, dass der Abstand geringer wurde.
Dreißig Meter.
Zwanzig.
Alle starrten angespannt auf den Bildschirm.
Zehn Meter.
„Halten sie sich bereit, Mr. Carpentier."
Fünf Meter.
Die winzige *Glimmer Of Hope* tauchte in das gigantische gelbe Meer.
Auf dem Bildschirm verschwand die gelbe Wand von einer auf die andere Sekunde und zeigte den schwarzen Weltraum. Sofort breitete sich eine kontrollierte Hektik aus.
„Sind wir durch?"
„Ja, definitiv", rief Ruji Kaluç. „Ich habe auf meinen Sensoren einen Planeten, ganz nah an Steuerbord."
„Ich korrigiere", fiel ihr Mario Trebes ins Wort. „Da sind zwei

Planeten."

„Gibt es eine Spur von dem fremden Raumschiff, Bertrand?"
„In der Tat, etwa zwei Kilometer an Backbord."
Remi Dyk drehte das Schiff in die Richtung, so dass Neptuns Raumschiff auf dem Bildschirm zu sehen war, dann riss er staunend die Augen auf.
„Das soll zwei Kilometer weit weg sein? Das ist ja riesig."
Commander Echolon richtete sich entschlossen in seinem Sitz auf.
„Feuer frei, sobald bereit!"
Der Franzose Carpentier richtete die Zielscanner auf das fremde Schiff aus. Anschließend aktivierte er drei mit Atomsprengköpfen bestückte Raumtorpedos und feuerte sie ab. Mit erwartungsvoll angespannten Gesichtern verfolgte die Crew ihre Flugbahn auf dem Bildschirm. Zielstrebig rasten die Geschosse auf Neptuns Raumschiff zu. Das nächste was sie sahen, waren drei gewaltige simultane Explosionen. Ein gigantischer Feuerball war an der Stelle zu sehen, wo eben noch Neptuns Raumschiff schwebte. Alle stießen einen Jubelschrei aus.
Der Feuerball war durch das Vakuum im Weltraum schnell erloschen. Der Jubel wich dem Entsetzen: Keine Trümmer, sondern Neptuns scheinbar unversehrtes Raumschiff war wieder zu sehen.
„Sacrément", fluchte Carpentier, der sofort drei weitere Torpedos aktivierte und abfeuerte. Doch diesmal erreichten sie ihr Ziel nicht. Von dem feindlichen Raumschiff wurden drei grüne Strahlen ausgesandt, die die Raumtorpedos auf halber Strecke zielgenau trafen und unspektakulär zerstörten. Einen Augenblick später löste sich ein weiterer Strahl von Neptuns Schiff, der genau auf die *Glimmer Of Hope* zuschoss.
„Ausweichen!", brüllte der Commander.
Doch ehe Remi reagieren konnte, traf der Strahl das Erdenschiff. Der Schutzschild leuchtete hell auf, als er einen Teil der Energie absorbierte. Die restliche Energie durchschlug den Schild und traf das Schiff schwer. Echolon wurde durch den Einschlag aus seinem Sitz geschleudert.

Einige Konsolen explodierten, so dass alle schützend ihre Arme vors Gesicht hielten, um nicht von herum fliegenden Trümmern getroffen zu werden. Das Raumschiff vibrierte heftig. Echolon kletterte mühsam in seinen Sitz zurück und krallte sich in den Lehnen fest.

„Bericht!", brüllte er gegen den Lärm an, den das rebellierende Raumschiff produzierte.

„Der Waffencomputer ist zerstört!" Der Franzose schlug wütend mit der Faust auf den Kontrollcomputer und fluchte in seiner Landessprache. „Merde!"

„Wir haben ein viel größeres Problem", rief Remi. „Die Steuerkontrollen sind ausgefallen. Ich habe keine Kontrolle mehr über das Schiff. Nichts reagiert mehr."

Die *Glimmer Of Hope* trudelte und drehte sich unkontrolliert. Auf dem flackernden Bildschirm war jetzt Teros zu sehen. Der Planet wurde immer größer.

„Wij struikelen over de planeet", brüllte Remi in seiner Muttersprache, was aber jeder verstand.

42

Bret und Mars hatten das Ufer des Kratersees erreicht. Mars kannte einige höhlenartige Abkürzungen, so dass sie die Strecke schneller bewältigt hatten, als Peter und seine Begleiter zuvor. Die schwere Taucherausrüstung hatten sie auf eine schwebende Plattform gelegt und durch die Schluchten des Kristall-Gebirges geschoben. Bret bewunderte diese Technologie. Es war eine fünf Zentimeter dicke Platte mit Haltestange und mit einem summenden Generator an der Unterseite. Sie schwebte völlig geräuschlos einen Meter über dem Boden und schien unendlich belastbar zu sein, außerdem war sie federleicht zu bewegen.

Am Ufer trafen die Beiden auf die Gruppe der Menschen, die von Peter und Gary aus dem Aquacella gerettet wurden. Als sie Mars sahen, waren sie zunächst ehrfurchtsvoll auf die Knie gefallen, doch nachdem Bret ihnen alles über ihre Mission erzählt hatte, versuchten sie ihn nicht mehr als Gott zu sehen. Mars lud sie ein, ihm zurück zu seinem Schiff zu folgen, sobald Bret hinabgetaucht war. Von dort könnten sie in ihr jeweiliges Dorf teleportieren.

Bret, der bereits den Neoprenanzug angelegt hatte, folgte Mars bis zu den Knien ins Wasser. Mars deutete mit dem Arm aufs Wasser hinaus und wollte Bret gerade die aus dem Wasser ragende Spitze der Pyramide zeigen, als hinter ihnen der Felsen, der eine natürliche Wand zum dahinter liegenden Gebirge war, unter ohrenbetäubendem Getöse in sich zusammen stürzte und sich dort eine Lücke bildete. Gefolgt wurde dieser Lärm durch das schrille Schreien eines haushohen, echsenartigen Ungetüms, das den Kristallfelsen zertrümmert hatte und hungrig auf die Menschengruppe schielte. Die Menschen schrien panisch auf und flüchteten in Richtung Wasser. Bret war starr vor Schreck. Wohin sollte er fliehen? Er konnte nur weiter ins Wasser. Ein weiterer schriller Schrei des silbern geschuppten Drachen ließ Bret seine Ohren

zupressen. Ungläubig beobachtete er, wie sich Mars als Einziger langsam in die Richtung des Monstrums bewegte. Dabei legte er die flache Hand auf seine Stirnknochen. Wieder ein Schrei, doch Mars schritt hoch konzentriert weiter voran.
Dann hatte der Drache ihn fixiert. Er fauchte und richtete seine Ohren angriffslustig nach vorne, als etwas Merkwürdiges geschah:
Die Schneise in der Felswand begann sich von unten nach oben mit kleinen Kristallen zu schließen. Der Drache brüllte und stemmte seine Klaue gegen die wachsenden Kristalle. Sofort zuckte er sein Bein schmerzhaft zurück und brüllte erneut, dieses Mal wütend. Die Schneise war bereits zur Hälfte wieder geschlossen, als die Riesenechse einen weiteren Versuch startete und die Mauer mit dem Kopf rammte. Doch die lebendigen Kristalle waren zu stark und zu scharf, so dass diesmal ein Schmerzschrei ertönte. Der Drache holte sich eine stark blutende Wunde. Er drehte sich um und humpelte zurück in die unerforschten Weiten des Kristall-Gebirges.
Langsam löste sich die Anspannung bei Bret und den anderen Menschen. Viele jubelten und andere weinten vor Glück, dem Tod entgangen zu sein. Bret ahnte, dass er soeben die kristallinen Lebewesen gesehen hatte, von denen Peter ihm erzählt hatte und die mit Mars eine mentale Verbindung besaßen. Er atmete tief durch.
„Das war knapp. Unglaublich, was für Kreaturen auf dieser Welt leben."
„Alle faunischen Lebewesen werden einzig und allein von ihren Trieben gelenkt. Ich bin froh, dass dieser Eisdrache nicht getötet wurde. Du musst nun mit deiner Mission beginnen. Schwimme zur Spitze der Pyramide und tauche dann hinab in die Tiefen. Vergiss nicht, habe Vertrauen in deinen Körper. Die Naniten werden dir helfen. Viel Erfolg."
Mars ließ Bret stehen und machte sich auf den Weg zurück zu seinem Raumschiff. Die noch sichtlich geschockte Menschengruppe folgte ihm geschlossen. Bret winkte ihnen zu, dann zog er die Rückenplatte mit den Druckluftflaschen

an. Er hatte beide halbvollen Flaschen auf einer Rückenplatte befestigt und mit dem Lungenautomat verbunden, um sie unter Wasser nicht wechseln zu müssen. Er setzte die Taucherbrille auf und nahm den Schnorchel in den Mund. Zum Schluss zog er die Flossen an und schwamm in Richtung Pyramidenspitze.

Gary und Gemmon materialisierten in der Fernreise-Maschine. Im ersten Moment fehlte Gary die Orientierung. Er dachte, dass der Teleport nicht erfolgreich gewesen ist, weil sich augenscheinlich nichts verändert hatte. Der Raum sah noch immer genau so aus, doch dann bemerkte er einen kleinen Unterschied: Es gab weniger Licht als in Mars' Schiff. Außerdem vernahm er ein leises, nicht zu ortendes und monotones Summen. Er nahm an, dass es von den Maschinen des Raumschiffs stammte.

„Raumschiff!"

Der Gedanke daran, dass er sich an Bord eines Raumschiffs im Minus zweihundertsiebzig Grad kalten Weltraum befand, ließ seinen Puls rasen. Er taumelte aus der Maschine heraus und stieß mit Gemmon zusammen. Der packte ihn fest an der Schulter und sah ihn grimmig an. Dann hielt den Zeigefinger vor den Mund und deutete in die andere Ecke des Raumes, wo Peter und Mordag hockten. Hrolph schwebte hinter ihnen. Sie hielten ebenfalls mahnend ihren Zeigefinger vor den Mund. Gary und Gemmon hockten sich zu ihnen.

„W… Wie geht es denn jetzt weiter?", stotterte Gary flüsternd.

„Wir müssen zur Brücke. Diesen Computer zerstören."

„Aber… aber das schaffen wir doch niemals. Da draußen wimmelt es doch sicherlich nur so von diesen gefährlichen Kreaturen. Ich bin froh ihnen entkommen zu sein. Und jetzt sollen wir gegen sie kämpfen?"

„Du kannst ja gerne hier bleiben." Peter wirkte genervt und strafte Gary mit einem finsteren Blick. Dann wandte er sich an Hrolph.

„Kannst du nachsehen, ob jemand im Gang ist?"

Hrolph nickte und flog zum Eingang. Das Schott reichte nicht ganz bis zum Boden. Hrolph machte sich so flach wie ein Teppich und schwebte langsam in den Schlitz zwischen Tür und Boden. So konnte er den Gang einsehen, wo jedoch niemand war. Er verwandelte sich zurück und signalisierte, dass der Gang leer war.
„In Ordnung. Bist du nun dabei, oder nicht?", fragte Peter Gary.
Der Nachtwächter nickte zögerlich. Er hatte zwar Angst, wollte aber auch nicht alleine zurück bleiben.
„Gut, ich gehe mit Mordag voraus. Ihr drei folgt uns in etwa zehn Metern Entfernung."
Peter öffnete das Schott, das hier noch viel besser funktionierte, als auf Mars´ Raumschiff, und schaute in alle Richtungen. Hrolph hatte recht damit, dass die Luft rein war. Peter spürte wie sein Herz pochte. Auf der Erde hätte er jedes Abenteuer zu Lande, zu Wasser und in der Luft gewagt, aber an Bord eines Raumschiffes hätte er sich niemals vorstellen können. Schließlich nahm er entschlossen sein Schwert in die Hand und schlich mit Mordag den Gang entlang. In einer dunklen Nische machten sie Halt. Peter wunderte sich ein wenig, dass hier so wenig Neptunier waren. Bis jetzt war ihnen kein Einziger begegnet. Scheinbar fühlte sich Neptun zu sicher. Er konnte ja nicht wissen, dass sie hier waren. Sie huschten von einer Nische zur Nächsten und gelangten so schließlich unbemerkt bis zum Zugang zur Brücke. Peter winkte die Anderen herbei.
„Soweit, so gut", flüsterte er. „Aber wie geht es jetzt weiter?"
„Überraschung ist auf unserer Seite", brummte der wortkarge Mordag. „Maximal sieben Gegner. Du zerstörst die Maschine. Ich und Gemmon werden kämpfen. Ihr beide wartet hier."
Damit meinte er Gary und Hrolph.
„Versteckt euch irgendwo!", fügte Peter hinzu.
Das ließ Gary sich nicht zweimal sagen. Er nahm Hrolph an die Hand und zog ihn, wie ein Kind einen Luftballon hinter sich herzog, einige Meter zurück in eine andere dunkle Wandvertiefung. Von dort aus beobachteten sie das Vorgehen

der Prätorianer und Peter.

Mordag und Gemmon stellten sich links und rechts vom Schott auf. Peter stand an der gegenüberliegenden Wand frontal zur Tür. Er hielt sein erobertes Schwert vor sich und atmete noch einmal tief ein. Er wusste, dass er heute sterben könnte. Zwar waren seine muskulösen Mitstreiter zweifelsohne gute Kämpfer, aber er kannte auch die Neptunier, von denen jeder über zwei Meter groß, übermenschlich stark und bewaffnet war. Er schloss noch mal die Augen und konzentrierte sich.

„Der Computer ist links an der Wand", murmelte er. Als er die Augen wieder öffnete blickte er in die erwartungsvollen, furchtlosen Augen der beiden Kämpfer.

Er nickte ihnen zu.

Gemmon drückte auf den Sensor. Das Schott glitt auf und Peter hatte freien Blick auf die Brücke. Die beiden Prätorianer stürmten brüllend in die Kommandozentrale. Peter erkannte, dass sechs Neptunier anwesend waren, Neptun jedoch nicht!

Noch ehe einer der Neptunier reagieren konnte, hatte Gemmon einem der Wesen seine Hellebarde in den Hals gerammt. Auch Mordag hatte seinen ersten Gegner tödlich überrascht. Mit eleganter Sicherheit wirbelten Mordag und Gemmon ihre Waffen in den Händen. Schon hatten sie den jeweils nächsten Gegner erreicht, doch die waren nun bereit und hatten ihre Schwerter gezogen. Heftig trafen Schwert und Hellebarde gegeneinander. Einer der letzten beiden Neptunier löste einen schiffsweiten Alarm aus, dann zogen beide ebenfalls ihr Perlmuttschwert und griffen in den Kampf ein. Mordag und Gemmon kämpften heldenhaft und dominierten trotz Unterzahl den Kampf. Die vier Neptunier wichen langsam Richtung Bildschirm zurück.

Nun war Peters Zeit gekommen. Er stürmte ebenfalls in den Raum und auf die linke Seite. In einem Augenblick hatte er den Kontrollcomputer ausgemacht. Er hob sein Schwert und schlug so fest zu wie er konnte. Seinen ganzen Hass gegen Neptun setzte er mit in diesen Schlag, doch das Schwert prallte von einem unsichtbaren Energieschild ab, das dieses

Terminal schützte. Peter war entsetzt. Er versuchte es ein zweites und ein drittes Mal, mit dem jeweils gleichen Resultat. Fluchend wich er einen Schritt zurück und deutete mit dem Schwert auf den Computer. Ein kurzer Druck auf den Griff genügte und ein Energiestrahl löste sich aus der Klinge. Er traf genau auf den Schild um den Computer, der die Energie jedoch komplett absorbierte und den Computer weiter schützte. Peter war verzweifelt und wusste nicht weiter. Er drehte sich um und schaute hilflos auf die Kämpfenden. Ein weiterer Neptunier lag scheinbar tot auf dem Boden, aber Gemmon blutete stark aus seinem rechten Arm. Er hatte zwar nur noch einen Gegner, konnte aber nur noch mühsam die Schwertattacken abwehren. Peter zielte mit seiner Klinge auf die Neptunier, doch er vermochte nicht zu feuern, ohne seine Freunde zu gefährden. Gemmon erhielt einen weiteren Schlag mit der flachen Seite eines Schwertes auf seinen verletzten Arm. Er taumelte und stürzte über einen am Boden liegenden Neptunier. Wie eine unbeholfene Schildkröte landete Gemmon auf dem Rücken. Sein Gegner zögerte keine Sekunde und richtete seine Klinge auf ihn. Der Energiestrahl traf Gemmon und verwandelte ihn in einen Eisblock. Im gleichen Moment stürmten fünf weitere Neptunier in die Zentrale.
„Menschen, Aufgeben!", rief einer von ihnen. Sie richteten ihre Waffen auf Peter und Mordag, die ihre aussichtslose Lage erkannten und ihre Waffen fallen ließen.

Gary und Hrolph hatten aus der Nische heraus beobachtet, wie Peter, Mordag und Gemmon die Brücke gestürmt hatten. Kurz darauf ertönte ein sich wiederholendes Alarmsignal, das im ganzen Schiff zu hören war. Hrolph handelte blitzschnell und berührte Gary am Arm, dann verwandelte er Gary und sich in ein Stück der Wandverkleidung. Von der echten Wand waren sie nicht zu unterscheiden. Kurz darauf stürmten die fünf weiteren Neptunier an ihnen vorbei in die Zentrale.

Mit erhobenen Armen stand Peter an der Wand. Sein Blick

schweifte auf der Brücke umher. Die Neptunier blickten ihn grimmig an. Schließlich fiel sein Blick auf den Bildschirm, der den großen, gelben Galaxie-Tunnel zeigte. Er blinzelte und sah genauer hin. Da kam etwas Kleines hindurch das wie ein anderes Raumschiff aussah. Keiner der Neptunier schien es zu bemerken. Peter sah, wie sich drei Flugobjekte aus dem Raumschiff lösten und auf Neptuns Schiff zuflogen. In Peters Magen verkrampfte sich etwas und er biss seine Zähne fest zusammen. Dann trafen die Geschosse auf das Schiff. Die Explosion war furchtbar. Das gesamte Schiff wurde so stark erschüttert, dass alle zu Boden stürzten, doch so schnell wie es passiert war, war es auch wieder vorbei. Das Raumschiff stabilisierte sich und die Neptunier stürmten an die Kontrollstationen. Nur einer hielt weiterhin die Menschen in Schach. Aus einem Lautsprecher ertönte Neptuns wütende Stimme in fremder Sprache.

„Das muss eins von der Erde sein", dachte Peter. Schon lösten sich drei weitere Geschosse von dem irdischen Raumschiff. Peter bereitete sich auf einen weiteren Einschlag vor, doch dazu kam es nicht. Der Neptunier an der Waffenkonsole feuerte ebenfalls eine Waffe ab und machte so die Torpedos problemlos unschädlich. Anschließend feuerte er auf das Raumschiff der Menschen. Peter zog scharf die Luft zwischen den Zähnen ein, während er sah, dass der Energiestrahl sein Ziel traf. Ein Schutzschild leuchtete kurz auf, doch es reichte nicht. Das Schiff wurde schwer getroffen. Peter musste hilflos zusehen, wie es trudelnd auf Teros zustürzte. Nachdem die Gefahr gebannt war, richtete sich einer der Neptunier an Peter und Mordag.

„Nun wir bringen euch zu Neptun."

43

Bret hockte auf der Spitze der aus dem Wasser herausragenden Pyramide und schaute nachdenklich auf die kräuselnden Wellen. Er war schon in vielen Gewässern tauchen gewesen, jedoch niemals alleine, was an sich schon eine Grundregel unter Tauchern war. Meistens war Peter mit ihm unter Wasser, sodass sie sich bei Problemen gegenseitig unterstützen konnten.
Doch diesmal nicht.
Der Gedanke an den Solotauchgang in ein völlig unbekanntes Gewässer und die hohe Wahrscheinlichkeit, dass der Sauerstoff in den Flaschen nicht reichen würde, entwickelte ein beklemmendes Gefühl in Brets Magen. Er hatte nun zwar diese Naniten in sich, aber er wusste überhaupt nicht was er davon halten sollte. Wie sollte er sich verhalten, wenn ihm der Sauerstoff ausgeht? Wie würde er die Naniten aktivieren können? Er wünschte sich, dass er Mars detaillierter dazu befragt hätte. Wenn die Miniroboter in seinem Blut in den Tiefen des Sees nicht halten würden was sie versprachen, würde er ertrinken.
Bei allen negativen Begleiterscheinungen wusste Bret allerdings auch, dass die Erde keine Chance haben würde, wenn sie nichts unternehmen würden. Überdies zählten Peter und die Anderen auf ihn. Er musste unbedingt diese geheimnisvolle Kugel finden.
Bret atmete vier Mal tief durch, ballte beide Hände zu Fäusten und feuerte sich schließlich lautstark selbst an:
„Du schaffst das! Du kannst das! Komm schon!"
Nachdem er beide Flaschen aufgedreht und den Lungenautomaten überprüft hatte, kletterte er die Stufen runter bis an den Rand des Wassers, wo er erneut die Brille aufsetzte und das Mundstück zwischen die Zähne nahm. Die Luft aus den Flaschen, die noch von der Erde stammte, schmeckte im Vergleich zur Atmosphäre von Teros

verbraucht und schmutzig. Bret schloss noch einmal konzentriert die Augen, dann ließ er sich rückwärts ins Wasser fallen. Der See war so klar, dass Bret die Umrisse des Bauwerks gut erkennen konnte. Seine ausgeatmete Luft stieg als kleine Bläschen in Richtung Oberfläche, während er immer tiefer in den See hinab glitt. Sein Puls schlug etwas schneller als bei üblichen Tauchgängen. Er tauchte immer an der Wand der Pyramide entlang und erkannte nun auch den Boden des Vorsprungs, auf dem die Pyramide errichtet wurde. Jenseits dieses Vorsprungs, wo tief unten irgendwo die Stadt der Quallas liegen musste, war der See tiefschwarz. Mars hatte Bret zwar so gut wie möglich erklärt, in welcher Richtung die Stadt von der Pyramide aus liegt, aber er ahnte, dass sie trotzdem nicht leicht zu finden sein würde. Er schob den Gedanken beiseite und konzentrierte sich auf den Eingang der Pyramide, von dem Peter erzählt hatte. ´*Vom Ufer aus gesehen auf der linken Seite*`, erinnerte sich Bret an die Worte seines Freundes. Schließlich bemerkte er eine Unterbrechung in der glatten Wand. Er schwamm zu ihr hin, tauchte in den Eingang und fand sich in einem leicht aufsteigenden Gang wieder. Bret erinnerte sich, das Peter einen solchen Gang beschrieben hatte und sich war sicher, dass er auf dem richtigen Weg war. Nach einigen Metern endete das Wasser. Er setzte die Brille ab, nahm den Lungenautomat aus dem Mund und schraubte die Flaschen zu, um Luft zu sparen. Dann ging er langsam ein Stück weiter und betrat staunend den Innenraum des beeindruckenden Bauwerks. Sein Blick nach oben verlor sich in der Dunkelheit des spärlichen Lichts. An einer Wand erkannte Bret die Reste der Maschinen und Computer, die Peter zerstört hatte, an den anderen Wänden waren weitere höhlenartige Eingänge. Aber das was Bret am meisten interessierte befand sich genau in der Mitte der Halle auf dem Boden: Ein zehn Quadratmeter großes Loch, das bis zum Rand mit Wasser gefüllt war. Bret blickte hinein, erkannte jedoch nichts im dunklen Wasser. Mars hatte ihm geraten, seine Suche in diesem Loch zu beginnen und meinte, dass die

Öffnung in ein labyrinthartiges Höhlensystem unter der Pyramide bis zu einer Kammer führte, in der sich die fokussierenden Kräfte der Pyramide bündeln. Dort vermutete Mars die Kugel von Quataria.
Bret drehte die Sauerstoffflasche wieder auf und schaute auf das Finimeter. Enttäuscht verzog er das Gesicht, als er sah, dass die Flaschen nun nur noch ein viertel voll waren.
„Wie soll ich denn damit durch ein Unterwasser-Labyrinth tauchen?" Während sein lautes Schimpfen noch von den Wänden zurück hallte und leise verebbte, sprang er tauchbereit, mit einem Stein als Gewicht in den Händen, in das schwarze Loch.
Bret konnte rein gar nichts sehen, war sehr beklemmend war. Er hörte nur seinen Herzschlag und die Luftblasen, die an seinem Ohr vorbeirauschten. Es kam ihm vor, als schwämme er durch schwarze Farbe. Er nahm eines von den drei Knicklichtern, die er mitgenommen hatte, und aktivierte es, wodurch er wenigstens etwa drei Meter weit sehen konnte.
Der Tunnel führte gerade nach unten. Immer tiefer und tiefer. Die raue Felswand verengte sich allmählich bis auf zwei Meter Durchmesser. Bret konnte nicht feststellen, wie tief er sich mittlerweile befand, weil sein Tiefenmesser nicht mehr funktionierte. Trotzdem war er sich sicher, dass sein Vorrat an Sauerstoff bereits jetzt nicht mehr für eine Rückkehr zur Oberfläche reichte. Zurück in die Pyramide? Vielleicht, aber keinesfalls zur Oberfläche!
Bret zwang sich langsam zu atmen, während er weiter in die Schlucht sank. Dann endlich hatte er den Boden erreicht. Genau in der Mitte unter dem senkrecht in die Pyramide führenden Tunnel, den er soeben hinabgetaucht war, befand sich ein etwa daumengroßes Loch im Fels, aus dem ein schwaches Licht schimmerte. Bret hockte sich hin und linste hinein. Erkennen konnte er jedoch nichts. Wieder aufgerichtet hielt er das Knicklicht vor sich und drehte sich einmal im Kreis. Von hier aus ging ein waagerechter Gang in zwei Richtungen. Bret entschied sich spontan für einen Weg und schwamm durch die Enge.

Nach ein paar Metern trat das Unvermeidliche ein: Die Sauerstoffflaschen waren leer. Bret merkte es sofort. Ein mühsamer Atemzug ging noch. Panik machte sich in ihm breit. Noch ein kleiner Atemzug, dann nichts mehr. Hecktisch zog er die Rückenplatte mit den Flaschen aus, schüttelte sie und drehte an den Ventilen. Der Atemreflex ließ ihn an dem Lungenautomat ziehen, doch es gab keine Luft mehr. Bret ballte die Fäuste und versuchte sich zu konzentrieren. Würde er jetzt sterben? Er hielt die Luft an, so lange er konnte. Laut Mars sollte doch nun etwas mit seinem Körper passieren. Er spürte nichts. Funktionierten die Nano-Sonden nicht? Das Knicklicht, das er fallen gelassen hatte, erlosch. Bret spürte den Tod. Krampfhaft kämpfte er gegen den übermächtigen Atemreflex an. Er würde ertrinken! Sein Brustkorb zuckte, seine Lungen lechzten nach Luft. Bret spürte, dass er der Ohnmacht nahe war. In seinem Geist erschien das Gesicht von Simonja. Er dachte an seine Familie und an seinen Freund Peter. Dadurch ließ sein Kampf für einen Moment nach und sein Körper atmete instinktiv ein. Bret riss die Augen auf und warf seinen Körper nach hinten, als das kalte Wasser in seine Luftröhre und Lungen strömte. Reflexartig pressten seine Lungen das Wasser wieder aus. Gierig nach Luft atmete Bret erneut ein und dann wieder aus. Jedes Mal füllte sich sein Brustkorb mit Wasser. Es war ein sehr unangenehmes Gefühl, doch nach fünf unkontrollierten Atemzügen mit anschließendem Würgen spürte er, dass er es kontrollieren konnte. Er konnte es nicht fassen, aber er lebte noch. Er atmete Wasser, wie ein Fisch. Langsam richtete Bret sich wieder auf und konzentrierte sich auf die Atmung. Er spürte das Wasser in seinen Lungen und musste grinsen. Die Naniten funktionierten. Sie hatten seine Lunge so umgewandelt, dass sie den im Wasser gelösten Sauerstoff herausfiltern und aufnehmen konnten. Bret war froh und erleichtert. Er hatte neuen Mut gefunden und schaute sich neu motiviert suchend um. Da realisierte er, dass er sehen konnte, obwohl sein Knicklicht erloschen war. Woher kam das Licht? Er griff mit der Hand zur Brille, doch er hatte sie im

Todeskampf bereits vom Kopf gerissen. Dennoch war er in der Lage scharf und silbrig hell zu sehen. Auch eine Veränderung durch die Naniten? Es konnte nicht anders sein. Entschlossen setzte er seinen Weg fort und ließ die Tauchausrüstung zurück. Es gab hier viele Abzweigungen nach links und rechts. Manche führten auch nach unten. Bret entschied sich für eine Taktik, die ihm sein Großvater einmal als Kind in einem Irrgarten auf einer Kirmes empfohlen hatte. Er schwamm immer an der rechten Wand entlang. So konnte er sich nicht verirren und die Gänge systematisch absuchen.

Als er nach einiger Zeit ohne fündig geworden zu sein zu der Stelle zurückkam, wo er gestartet war, entschied er sich in einen Tunnel zu tauchen, der ihn weiter hinab brachte. Hier wendete er die gleiche Taktik an. Nachdem er drei Mal tiefer getaucht war, hatte er endlich Glück. Er schwamm einen Gang entlang, in dem aus einem am Boden befindlichen Loch grünliches Licht schimmerte. Es war zu klein um hindurch zu tauchen. Bret lugte hinein und staunte über eine riesige, kugelförmige Höhle, die sich hier auftat. Die Wände waren vollkommen glatt und zu einer Art Glas geschmolzen. An manchen Stellen waren angrenzende Gänge zu erkennen. Am Boden entdeckte er schließlich die unscheinbar wirkende Kugel, wegen der er hier war. Euphorisch wegen seiner Entdeckung, schwamm Bret zurück zu einer weiteren Verbindung, die ihn erneut tiefer führte. So gelang er schließlich in die sphärenartige Höhle.

Die Kugel, die etwas größer als ein Tennisball war, lag ruhig in der tiefsten Stelle des geschmolzenen Felsens. Bret stupste vorsichtig mit dem Fuß dagegen, doch sie bewegte sich keinen Millimeter. Bret zog eine Augenbraue nach oben und stieß erneut etwas fester dagegen. Wieder keine Bewegung. Dann setzte er seinen rechten Fuß auf die Kugel und verlagerte sein Gewicht darauf. Keine Regung, sodass Bret glaubte, dass die Kugel fest am Boden verankert war. Schließlich hockte er sich hin und zerrte mit beiden Händen an dem runden Ding. Es gelang ihm unter größter Anstrengung die Kugel etwa einen Millimeter zu heben, bevor er sie mit schmerzenden Armen wieder los ließ. Das Fallenlassen aus dieser geringen Höhe hatte die Wucht, als hätte er einen Amboss vom Dach eines Hauses geworfen. Bret schüttelte niedergeschlagen den Kopf. Die Freude über den Fund der Kugel war verflogen und Verzweiflung über ihr unvorstellbares Gewicht kam in ihm auf. Wie sollte er sie nur bewegen, geschweige denn zum Tempel von Quataria bringen? Er versuchte es erneut. Mit beiden Händen umfasste er das Objekt und zog daran. Er presste vor Anstrengung seine Kiefer gegeneinander. Die Adern an seinem Hals traten hervor. Diesmal schaffte er ganze zehn Zentimeter, bevor die Kugel ihm aus den Fingern glitt und so heftig auf dem Boden aufschlug, dass die gläserne Steinschicht zerstört wurde. Risse bildeten sich bis an die Decke. Bret hatte trotzdem das Gefühl, dass es diesmal minimal leichter war, die Kugel zu heben. Er erinnerte sich an die Worte von Mars.

Die fehlende Luft und das Gewicht der Kugel werden nicht so problematisch sein, wie du denkst. `

„Die Naniten!", sagte Bret blubbernd. Er schloss die Augen und konzentrierte sich ein paar Sekunden lang auf seine Muskulatur. Anschließend versuchte er sich ein weiteres Mal an der Kugel. Tatsächlich konnte er diesmal seine Finger unter der Kugel ineinander verschränken und sie so einen Moment lang in gebückter Haltung festhalten. Jedoch wäre es ihm noch nicht möglich gewesen, sich aufzurichten oder auch nur einen Schritt zu machen, also setzte er sie wieder ab.

Aber er versuchte es weiter, wieder und wieder, und er spürte, wie er von Mal zu Mal stärker wurde. Offenbar waren die Nano-Sonden rege bei der Arbeit. Beim fünfzehnten Versuch konnte Bret sich zum ersten Mal aufrichten. Die Kugel lag schwer in seinen Händen und zerrte an seinen Sehnen und Muskeln, aber er schaffte einen Schritt. Doch die ansteigende, kugelartige Form der Höhle machte es schwer in den angrenzenden Gang zu gelangen, der sich etwa zwei Meter über ihm befand.

Es bedurfte weitere zehn Versuche, bis die Naniten Brets Körper auf das Gewicht der Kugel eingestellt hatten. Zwar

war es für ihn noch immer sehr schwer die Kugel zu tragen, aber es gelang ihm unter größter Anstrengung, sie über seinen Kopf zu heben und in den Höhlengang zu wuchten. Nach einer kurzen Verschnaufpause kletterte er hinterher und war froh wieder waagerechten Boden unter den Füssen zu haben. Er nahm die Kugel auf und schleppte sie Schritt für Schritt durch das Wasser.

Bei jeder Verbindung, die tiefer hinab führte, ließ er die Kugel mit lautem Getöse hinein fallen. Er hoffte, dass es ganz unten mindestens einen Ausgang aus dem Labyrinth gab, der zum Grund des Sees führte.

Mittlerweile hatte Bret jedes Zeitgefühl verloren. Er wusste ferner nicht, wie tief er sich unter Wasser befand, oder wie weit er mit der Last schon vorangekommen war. Immer wieder musste er stehen bleiben um zu verschnaufen, dabei zog er das Wasser in seine transformierten Lungen, als ob es Luft wäre. Sein Körper war fiebrig heiß und sein Puls raste. Die Last wurde nicht mehr leichter. Anscheinend konnten die Naniten nicht mehr Kraft aus seinem Körper herausholen.

Auf einmal veränderte sich das Licht am Ende eines Ganges. Der Durchgang zum Meeresboden, zum offenen Wasser! Er hatte das Labyrinth tatsächlich verlassen und befand sich nun am Fuße der mächtigen Erhebung, auf deren Gipfel die Pyramide stand. Bret ließ die Kugel fallen und blickte hinauf. Er konnte das Ende des Berges nicht sehen. Zu dunkel. Dann blickte er sich hier unten um. Wohin sollte er gehen? Mars hatte ihm gesagt in welche Richtung er von der Pyramide aus gehen musste, um zur Unterwasserstadt zu gelangen, aber er hatte schon lange die Orientierung verloren. Er entschied sich abermals auf sein Bauchgefühl zu hören und stampfte mit der Kugel in die Richtung, die ihm richtig erschien.

Hier kam er noch schwieriger voran. Der Boden war nicht felsig wie in dem Höhlenlabyrinth, sondern weich und matschig. Das Gewicht der zu tragenden Last drückte ihn bis zu den Waden in den Meeresboden. Viel zu lange war er schon ohne Orientierung unterwegs. Seine Schultern schmerzten, seine Arme, sein Rücken, sein ganzer Körper. Er

ahnte, dass die Schmerzen ohne Naniten unerträglich gewesen wären. Unmenschliches wurde von ihm vollbracht.
Noch ein Schritt.
Dann noch einer.
Bret wurde lethargisch. Er nahm um ihn herum nichts mehr wahr. Er machte keine Pausen und beachtete die Agonie in seinem Körper nicht.
Noch ein Schritt.
Dann noch einer.
Nach einer Weile wurde der Untergrund wieder fester, stellenweise felsig. In dem Areal um ihn herum befanden sich seltsame Gebilde aus Stein. Auf einmal wurde Brets Blick verschwommen und die Inhalierung des Wassers fiel ihm schwerer. Schlagartig verließ ihn die Kraft, sodass die Kugel hart auf den Boden krachte. Dann verdrehte er die Augen und verlor das Bewusstsein. Durch die Massenträgheit unter Wasser fiel er langsam um und blieb regungslos auf dem Bauch liegen.

44

Peter unterdrückte den Schmerz so gut er konnte. Sein Arm fühlte sich an, als ob er in einem Schraubstock eingespannt war. Der starke Griff des Neptuniers und die Tatsache, dass er entwaffnet worden war, machten ihm unmissverständlich bewusst, dass er keine Möglichkeit zur Flucht gehabt hätte. Mordag wurde gleich von zwei Begleitern geführt, obwohl von ihm in diesem Moment keine Gefahr für sie ausging. Mordag wirkte wie ein anderer Mensch. Er hatte im Kampf seinen Gefährten verloren und selbst auch eine bittere Niederlage einstecken müssen, was für einen Kämpfer seiner Klasse sicherlich schwer zu ertragen ist. Sein Selbstbewusstsein und die stolz geschwollene Brust waren verschwunden. Geknickt starrte er auf den metallischen Boden und ließ sich mehr vorwärts stoßen, als dass er selber ging. Ein Neptunier ging voraus, ein weiterer folgte als Nachhut.

Peter fand, dass er sich nichts vorwerfen konnte. Er hatte alles versucht, was in seiner Macht stand. Er dachte an Bret und hoffte, dass er mit seiner Mission mehr Erfolg haben würde. Vom ängstlichen Gary erhoffte Peter sich keine Hilfe, und was könnte Hrolph alleine schon ausrichten? Peter resümierte, dass die Aussichten auf eine Rettung der Erde gegen Null tendierten.

Drei Decks tiefer stoppte der vordere Neptunier vor einem weiteren Schott. Er berührte den Sensor, der die Tür öffnete, und ging hinein. Peter und Mordag wurden genötigt zu folgen. Sie betraten einen voluminösen Raum, in dem unterschiedlich große kisten- und tonnenartige Behältnisse lagerten. Die dem Eingang gegenüber liegende Wand war ein riesiges Tor von über zehn Meter Breite. Peter vermutete, dass sie sich im Frachtraum des Schiffes befanden, und dass hinter diesem Schott der Weltraum war. An der linken Wand befanden sich einige Computer und ein großer Bildschirm, auf dem das gelbe Wurmloch zu sehen war. Der Raum war spärlich beleuchtet.

Peter musste schlucken, als er im Halbdunkel eine große Gestalt erkannte, die mit dem Rücken zu ihnen einige Befehle in einen Computer eingab.
„Neptun!", erleuchtete es Peter.
Langsam drehte sich der riesige Neptun zu ihnen um. Peter konnte das Gesicht kaum erkennen, nur die Augen glitzerten unheimlich und betrachteten die Menschen still und regungslos. Peter bemerkte den Hass in seinem Blick. Dann schritt er langsam auf ihn und Mordag zu. Er baute sich vor dem Krieger auf, der noch immer teilnahmslos auf den Boden starrte, packte ihn brutal am Unterkiefer und richtete sein Gesicht auf, um ihm in die Augen schauen zu können. Ruckartig ließ er ihn verachtend wieder los und wandte sich an Peter. Seinen rasenden Puls ignorierend schaute er Neptun an. Zum Hass gesellte sich nun auch Wut im fremdartigen Antlitz. Peter versuchte, genau wie bei seiner ersten Begegnung mit ihm, keine Angst zu zeigen.
„Diesen dort kenne ich nicht", sprach Neptun ohne Peter aus den Augen zu lassen. „Aber dich, Menschlein, kenne ich." Es entstand eine Pause, in der keiner von beiden den Blick abwandte. „Ich mache es dir einfach, Mensch. Ich habe nur drei Fragen an dich, bevor ich dich töten werde. Wenn mir deine Antworten nicht gefallen, wirst du sehr leiden. Ich werde dich zerquetschen wie eine Queckmilbe."
„Äh, Queck-was?", fragte Peter.
Neptun wirkte etwas überrascht von Peters Reaktion. Er griff an seinen Gürtel und nahm den Dreizack-Stab in die Hand, ohne ihn auszufahren.
„Deine Respektlosigkeit wird dir noch vergehen, Mensch. Erste Frage: Wie bist du meinem Aquacella entkommen und wo ist der andere Mensch von der Erde?"
Peter hatte den Stab bemerkt. Er kannte die Macht des Dreizacks nur zu gut und hoffte, dass er nicht zu weit gegangen war. Er entschloss sich, Neptun nicht darauf aufmerksam zu machen, dass es sich hier schon um zwei Fragen handelte, sondern die Wahrheit zu sagen, was den Ausbruch angeht.

„Nun, mit einem Stück Seife habe ich die Zellenwand geschwächt und dann durchbrochen. Wo sich der Andere im Moment befindet, weiß ich nicht."
„Seife? Was ist das?"
„Seifen benutzen wir zur Körperreinigung. Die darin befindlichen Tenside setzen die Oberflächenspannung von Flüssigkeiten herab."
Neptun nickte.
„Ich verstehe. Zweite Frage: Wie seid ihr auf mein Schiff gelangt und seid ihr alleine gekommen?"
Wieder zwei Fragen, dachte sich Peter. Diesmal traute er sich die Wahrheit etwas zu beugen.
„Ja, wir sind alleine mit einem Teleporter gekommen."
„Ich hatte alle Teleporter auf Teros und Minda abgeschaltet. Wie konntet ihr sie ohne Energiequelle reaktivieren, und woher hattet ihr diese Adresse?"
Zum ersten Mal wandte Peter seinen Blick ab und suchte rasch nach einer Antwort.
„Reiner Zufall. Es gibt eine Maschine, die noch funktioniert. Wir haben wahllos eine Adresse eingegeben und sind hier gelandet."
Neptuns Blick verfinsterte sich. Schlagartig schnellte der Dreizack auf seine volle Länge auf. Neptun schwenkte ihn blitzartig hoch und hielt ihn an Peters Kehle.
„Das ist unmöglich, Mensch!", fauchte Neptun. „Meine Technologie funktioniert nicht auf diese Weise."
Peter spürte den kalten Stahl des mit scharfen Spitzen versehenen Dreizacks auf seiner Haut.
„Wir haben eine Maschine reparieren können", presste er gequält heraus.
Daraufhin zog Neptun lachend den Dreizack etwas zurück.
„Ihr erbärmlichen Menschen, seid nicht annähernd in der Lage, meine Technologie zu verstehen, geschweige denn zu reparieren. Es ist egal, wie ihr hier her gekommen seid. Ihr seid keine Gefahr für meine Pläne." Wieder setzte er seinen Dreizack an Peters Kehle, sodass mittlerweile ein kleiner, blutender Riss entstand.

„Dritte Frage: Wie haben sich die Menschen auf deinem unbedeutenden Planeten entwickelt? War das Raumschiff, dass ich zerstört habe, eines von deiner Rasse?"
Auf diese Frage fiel es Peter leicht, mit der Wahrheit zu antworten:
„Das weiß ich nicht."
„Nun, Menschlein, das ist wohl die erste Antwort, die der Wahrheit entspricht. Du bist für mich nun nicht mehr von Belangen. Ich werde dich nun für deine Lügen und für deine Dreistigkeit vernichten."
Peter wurde von dem Neptunier mit einer unwiderstehlichen Kraft auf die Knie gezwungen. Er hatte keine Chance sich zu wehren. Mit panisch aufgerissenen Augen sah er wie Neptun einen Schritt zurück trat und mit dem Dreizack auf seine Brust zielte. Er wollte ihn mit dem Energiestrahl aus dem Dreizack töten. An den Spitzen der Waffe baute sich schnell Energie auf. Die Zacken fingen an weiß zu leuchten. Immer heller und heller. Peter hatte den Einsatz des Energiestrahls schon einmal gesehen und wusste, dass er nur noch wenige Sekunden zu leben hatte. Er schloss die Augen und erwartete den Tod. In dem Moment hörte er einen lauten Schrei.
Mordag hatte die ganze Zeit teilnahmslos und niedergeschlagen da gestanden. Trotzdem hatte er alles mitbekommen, auch das Neptun Peter töten wollte. Aus heiterem Himmel stieß er einen lauten Schrei aus, Adrenalin strömte in seine Muskeln. Blitzschnell streckte er den Neptunier, der ihm am nächsten stand, mit einem Fausthieb nieder und entriss ihm das Schwert. In einer gleitenden Bewegung drehte er sich mit dem Schwert in der Hand um die eigene Achse und köpfte einen weiteren Neptunier. Mordag nutzte den Schwung der Drehung und machte einen Schritt auf Neptun zu. Mit einem einzigen Hieb trennte er ihm den Arm ab, mit dem er seinen Dreizack hielt. Die Waffe fiel zu Boden, noch immer von der Hand des abgetrennten Arms gehalten. Die aufgebaute Energie an ihrer Spitze wartete pulsierend auf das Abfeuern. Mordag wollte eine weitere Drehung vollziehen, um auf Neptuns Kopf zu zielen. In

diesem Moment traf ihn jedoch ein Energiestrahl, den ein anderer Neptunier abgefeuert hatte. Mordag verwandelte sich in der Drehung zu Eis und stürzte zu Boden, wo er klirrend in tausende kleiner Eisstücke zerplatzte. Der verdutzte Neptun taumelte zurück und hielt sich den blutenden Stumpf. Erst jetzt hatte Peter seine Augen wieder geöffnet, so schnell war Mordags Überraschungsangriff gewesen. Er sah, dass sich Neptun von ihm weg bewegte und dass der geladene Dreizack vor ihm auf dem Boden lag. Dann erkannte er, dass ein Neptunier mit seinem Schwert auf ihn zielte. Schnell bückte er sich, um nach dem Dreizack zu greifen. Im gleichen Moment schnellte der Energiestrahl über ihn hinweg und traf einen weiteren Neptunier, der in einer Sekunde zu Eis fror. Peter packte den Dreizack und rollte sich mit ihm nach vorne ab. Nach der vollendeten Rolle blieb er kniend stehen und drückte Neptuns Faust, die noch immer den Dreizack hielt, zusammen. Die angesammelte Energie entlud sich in einem massiven Strahl und traf die beiden nebeneinander stehenden Neptunier. Sie verdampften auf der Stelle. Danach richtete Peter sich auf. Dem am Boden liegenden Neptunier, der von Mordag niedergeschlagen wurde, rammte er den Dreizack in die Brust. Anschließend riss er Neptuns Arm von der Waffe und schmetterte ihn achtlos in eine Ecke, dabei blickte er Neptun, der mit schmerzverzerrtem Gesicht an der Computerwand lehnte, scharf an. Entschlossen richtete er den Dreizack auf ihn und wollte wieder Energie aufbauen, doch beim Druck auf den Stab schrumpfte der Dreizack wieder in die Ausgangslage zurück.
Im selben Moment öffnete sich das Eingangsschott und zehn Neptunier stürmten in den Raum. Jeder richtete einen Strahler oder ein Schwert auf Peter, der den deaktivierten Stab fallen ließ und seine Arme ergebend in die Höhe streckte.
„Wartet, tötet ihn nicht, Neptunier!", befahl Neptun seinen Untergebenen und ging langsam auf Peter zu. Aus seiner Wunde tropfte das Blut auf den Boden des Frachtraums, doch Neptun beachtete es nicht. In seinem Blick waren der Hass und die Wut verschwunden, stattdessen erkannte Peter etwas

anderes: Genugtuung. Ohne den Blick abzuwenden bückte sich Neptun und hob den eingefahrenen Dreizack auf, den er wieder an seinem Gürtel verstaute. „Er hat den Tod nicht mehr verdient. Dieser Mensch wird ein schlimmeres Schicksal erleiden. Er wird miterleben, wie ich seine geliebte Welt versklaven werde. Bewacht ihn! Er darf von hier aus zusehen, es ist bald soweit."

45

Bei *Fongstar* hatte man eine Woche lang auf ein Lebenszeichen der Crew der *Glimmer Of Hope* gewartet. Fieberhaft wurde versucht sie über Funk zu erreichen, was jedoch ohne Erfolg blieb. Schließlich wandte sich der Präsident nach acht Tagen erneut an die Weltbevölkerung und erklärte die Mission offiziell für gescheitert und die Crew für verschollen. Er verriet die errechneten Koordinaten des ersten Kontakts und machte den Menschen Mut. Sie würden nicht aufgeben und bis zum Schluss nach einer Lösung suchen.

Sechs ergebnislose Wochen später zeigte die digitale Anzeige in der Zentrale von *Fongstar* nur noch drei Tage und sieben Stunden bis zum Kontakt an. Das Wurmloch thronte majestätisch am Himmel und schien langsam immer größer zu werden. Die Weltbevölkerung hatte in den Wochen nach der Präsidentenansprache auf die unterschiedlichste Art und Weise auf die Bedrohung reagiert. Manche freuten auf eine neue Stufe der Bewusstseinsebene, die sie mit dem Durchflug durch das Wurmloch zu erreichen hofften. Andere glaubten an die Vernichtung der Welt, an den Tag des Jüngsten Gerichts. Überall wurden abstruse Alien-Partys gefeiert. Global gab es einen enormen Anstieg der Selbstmordrate und der Kriminalität. Plünderungen lagen an der Tagesordnung und in den Großstädten weltweit keimte Anarchie auf. In weiten Teilen Afrikas und bei den Urwaldvölkern des Amazonas wurde die grelle Scheibe am Himmel als Zeichen ihrer Herrscher angebetet und die heutigen Nachfahren der Maya-Kultur glaubten an die Rückkehr der Götter, die ihre Ahnen anbeteten.

Fünfhundert Meilen vor der Ostküste Brasiliens lagen, bei den Koordinaten des ersten Kontaktes, unzählige Schiffe vor Anker. Neben hunderten von schwer bewaffneten

Militärschiffen aus den verschiedensten Ländern, waren dort noch Privatjachten, durch Fernseh- und Radiosender gemietete Schiffe, Frachtschiffe, die ihre Tour abgebrochen hatten und sogar acht völlig überbuchte Kreuzfahrtschiffe, deren Reederei die Tickets überteuert angeboten hatten.

Neben Michael Fong, Dick Hayritt und Paul McGigain waren nur noch wenige *Fongstar* Mitarbeiter bei der Arbeit. Die meisten wollten in diesen Stunden bei ihren Familien sein. Die verbliebenen waren erschöpft und niedergeschlagen. Michael Fong, Dick Hayritt und Paul McGigain saßen mit dem Physiker John McMuff und dem Computer-Nerd Yves Spiller in der Zentrale um einen Tisch und spielten Poker. Als Einsatz benutzten sie Zuckerwürfel. McGigain hoffte beim River auf einen Flush in Karo. Im Pott lagen bereits über hundert Zuckerstücke und Dick Hayritt war sein letzter Gegner in dieser Runde. Der Flop brachte zwei Könige in Karo und Herz, sowie die Karo Sieben. McGigain vermutete ein Ass als hohen Kicker, oder ein Pärchen in Dicks Hand. Er gab ihm maximal einen Drilling. Er selbst hatte zwei Karos auf der Hand, die Dame und die Zehn. Der Turn brachte kein weiteres Karo, sondern die Pik Zwei. Hayritt setzte fünfzig Würfel als Einsatz und McGigain ging mit. Dann kam der River als letzte offene Gemeinschaftskarte und zeigte die Sechs in Karo. Wieder setzte Dick fünfzig Würfel. McGigain grinste innerlich, wohl wissend, dass sein Flush sehr stark war.
„All In!", erhöhte er spontan.
„Will ich sehen", grinste Dick.
„Was ist denn das?", unterbrach John McMuff die Beiden und deutete auf einen Computerschirm. Dick schaute über seine Schulter und sah eine blinkende Fehlermeldung auf dem Bildschirm. Er legte seine Karten ab und ging mit Michael Fong zum Computer, um das Problem zu überprüfen. Auch Paul McGigain folgte ihnen, hielt aber auf Höhe von Dicks Platz noch einmal kurz inne und schaute sich Patricks Handkarten an.
„Vier Könige", murmelte er erstaunt und runzelte die Stirn,

dann gesellte er sich zu seinen Kollegen.
„Was gibt es für ein Problem?"
„Ich weiß es nicht. Irgendetwas stimmt mit den Sensoren nicht", sagte Fong ohne den Bildschirm aus den Augen zu lassen.
„Die Abstandssensoren geben offenbar falsche Daten aus", meinte Hayritt. „Aber wieso jetzt? Sie haben immer zuverlässig funktioniert."
„Was stimmt den mit den Daten nicht?" Paul kannte sich mit den Sensoren nicht aus, das war nicht sein Metier. Fong versuchte es ihm zu erklären.
„Die ganze Zeit wurde der Abstand zum Wurmloch in gleich bleibendem Maße geringer, weil die Erde auf dieses fest stehende Phänomen zufliegt. Doch nun scheint sich die Erde langsamer zu nähern, was unmöglich ist." Michael rieb sich den Drei-Tage-Bart. „Es sei denn... Ich müsste... hmm, lass mich mal..."
Er ging an einen anderen Computer und hackte dort auf der Tastatur herum. Nach einer Weile stöhnte er laut auf.
„Das ist ja nicht zu fassen! Ich weiß jetzt, was los ist. Ruft bitte alle zu einer Konferenz in einer Stunde. Ich muss mal wieder den Präsidenten verständigen."

Nach einer Stunde und zehn Minuten waren alle im Konferenzraum versammelt. Der Präsident der USA war einmal mehr auf dem Bildschirm zugeschaltet.
Michael Fong kam als Letzter herein und begrüßte das Staatsoberhaupt und alle Anwesenden.
„Guten Abend, Sir, liebe Kollegen, ich habe zur Konferenz geladen, weil es eine gravierende Änderung gegeben hat. Eine Änderung, die so absolut nicht abzusehen war."
Der Präsident wirkte angespannt von den letzten Monaten.
„Mr. Fong, von was für einer Änderung sprechen sie?"
„Sir, während unserer Schicht heute meldete der Computer eine Störung der Abstandssensoren. Es sah so aus, als ob wir uns dem Wurmloch plötzlich langsamer nähern würden, was natürlich völlig unmöglich ist. Zuerst dachte ich, die

Sensoranlage auf dem Satelliten wäre defekt, doch es stellte sich heraus, dass sie tadellos funktionierte. Also habe ich ein paar andere Funktionen zur Überprüfung hinzu geschaltet."
„Und, Mr. Fong, wo lag das Problem? Spannen sie uns doch nicht auf die Folter."
„Nun, Sir, nicht die Erde bewegt sich langsamer, sondern das Wurmloch ist dabei sich der Geschwindigkeit unseres Planeten anzupassen."
Gemurmel machte sich im Konferenzraum breit.
„Das verstehe ich nicht, Mr. Fong. Ist die Erde nun nicht mehr in Gefahr?"
„Doch, Sir, das Unvermeidliche ist nicht abgewendet, sondern nur verschoben."
„Verschoben? Um was? Tage? Monate? Vielleicht Jahre? Um was?"
„Das Wurmloch hatte sich ganz plötzlich der Geschwindigkeit der Erde angepasst, um direkt danach wieder leicht zu bremsen. Diese Verlangsamerungsrate ist gleich bleibend. Das wird so weit gehen, bis das Wurmloch nur noch minimal langsamer ist, als wir. Ich glaube der Grund dafür ist, dass wir nicht einfach nur hinein rasen, um auf der anderen Seite unkontrolliert weiter zu fliegen, sondern wir sollen auf der anderen Seite ganz langsam heraus gleiten, damit der Planet einen festen Punkt dort einnehmen kann."
Michael Fong machte eine kurze Pause, um die Informationen bei allen Anwesenden sacken zu lassen.
„Der Computer hat errechnet, das der erste Kontakt sich dadurch um fünf Tage und sieben Stunden von jetzt an verzögern wird."
Fong drückte auf einem Computer auf ´Enter` und die roten, digitalen Zeiten auf der Countdown-Uhr wurden auf acht Tage, vierzehn Stunden und neununddreißig Minuten aktualisiert.
„Nun gut, Mr. Fong, wir haben also fünf Tage gewonnen. Das ist doch gut für uns."
„Das stimmt, Sir, aber leider hat sich nicht nur die Zeit geändert, sondern auch der Ort des ersten Kontaktes."

„Der Ort?"

„Die neuen Koordinaten des Kontaktpunktes liegen etwa dreihundertfünfzig Kilometer nordöstlich von *Port-Villa*, der Hauptstadt von Vanuatu, mitten im Südpazifik."

46

Bret hatte einen ekligen Geschmack im Mund. Wovon nur? Er überlegte, was er gegessen hatte, aber ihm fiel der Grund nicht ein. Außerdem fror er und fühlte sich schlecht. Er hatte die Augen zu und glaubte krank auf seiner Couch zu liegen. Aber dieser Geschmack! War es die Medizin? Ihm wurde immer kälter und sein Körper fing an zu zittern. Allmählich kam immer mehr von seinem Bewusstsein zurück. Langsam öffnete er die Augen. Er erschrak, als das kalte Wasser seine Augen flutete. Schlagartig erinnerte er sich an seine Lage und an seine Mission. Er richtete sich auf und setzte sich hin, worauf hin ihm etwas schwindelig wurde. Er freute sich über die Tatsache, dass er noch lebte. Anscheinend waren die Transformierung der Lunge und die ungeheure Kraftanstrengung beim Schleppen der Kugel zu viel auf einmal für die Naniten, sodass sie Brets System heruntergefahren hatten, um sein Überleben zu gewährleisten. Langsam fühlte er sich wieder besser, bis auf die Kälte und den scheußlichen Geschmack auf seiner Zunge.
Bret stand auf und schaute sich um. Wo befand er sich? Wie weit war er schon gelaufen? Und in welche Richtung? Da registrierte er in dem spärlichen Licht, das seine umgewandelten Augen wahrnahmen, die seltsamen Gebilde aus Stein um sich herum. Er schwamm näher an eines der Objekte heran und erkannte, dass es sich um eine nicht natürliche Ansammlung von Steinen handelte. Der Haufen hatte in etwa die Größe eines Kleinwagens und war eindeutig von intelligenten Lebewesen errichtet worden. Bret tauchte noch ein Stück weiter und entdeckte hunderte von diesen Steinhügeln. Er nahm sich einen beliebigen Haufen vor und begann die Steine Stück für Stück abzutragen. Er wollte wissen, um was es sich hier handelte und ob sich etwas darunter befand. Nachdem er etwa zwanzig Steine herunter genommen hatte, kam ein nicht menschliches Skelett zum

Vorschein. Bret erschrak und wich zurück. Schlagartig wurde ihm klar, dass er sich auf einem Friedhof befand. Hektisch blickte er sich um. Auf einmal realisierte sein Verstand noch viel mehr dieser Gebilde. So schnell er konnte begab er sich wieder zur Kugel zurück. Dort setzte er sich hin und beruhigte sich wieder.

„Das muss der Friedhof der Quallas sein", blubberte er zur Kugel. „Wenn der hier ist, kann die Stadt nicht mehr weit sein."

Entschlossen nahm er die Kugel wieder auf und stampfte mit ihr durch die dunkle, unheimliche Begräbnisstätte. Das eine oder andere Mal glaubte er huschende Schatten gesehen zu haben, doch er setzte seinen Weg unbeirrt fort. Nach einer Weile bildeten sich neue schemenhafte Umrisse vor ihm ab. Mit jedem Schritt wurden die Silhouetten klarer und bald erkannte er dunkle Bauwerke.

Die Stadt Quataria.

Bret hatte sie gegen jede Wahrscheinlichkeit tatsächlich erreicht. Und sie war großartig. Bret legte die Kugel ab und schwamm staunend durch ihre akkurat gepflasterten Straßen und Gassen. Bret grübelte, wozu ein schwimmendes Volk überhaupt Straßen brauchte. Die Stadt war zwar verlassen und dunkel, doch ihre prächtigen Gebäude waren gut zu erkennen. Sie schienen aus Perlmutt errichtet worden zu sein, oder sie waren damit überzogen. Jedenfalls reflektierten sie das wenige Licht in allen Farben. Manche waren flach wie Bungalows, andere bis zu zehn Stockwerke hoch. Alle hatten runde, glaslose Fenster und große, ovale Eingänge. Es gab vereinzelte Statuen und sogar einen Park mit exotischen Unterwasserpflanzen und Korallen. Bret sah riesige Bäume, die wie Hornkraut in dem Aquarium seiner Eltern aussahen.

Je mehr Straßen Bret durchschwamm, desto mehr erkannte er, dass die kleineren Wege und Gassen die größeren Straßen miteinander verbanden und die Straßen schließlich sternförmig auf ein Zentrum zuführten. Bret folgte einer dieser Straßen bis zum Ende. Aus der Dunkelheit tauchte vor ihm schließlich ein riesiger, kreisrunder Platz auf, von dem

zahlreiche Straßen in alle Richtungen führten. Auf dem Platz gab es viele Statuen und in der Mitte ein rundes Gebäude, das viel imposanter als alle anderen war, die Bret hier gesehen hatte. Es war ein Palast mit glänzenden Säulen.
„Der Tempel!", staunte Bret. „Ich habe ihn gefunden."
Es gab vier offene Zugänge, aber keine Fenster. Die Perlmuttwände waren zahlreich verziert.
Bret hatte sich den Weg gemerkt, sodass er schnell zur Kugel zurück gelangte. Euphorisch stemmte er noch einmal das Gewicht und schleppte es durch die Stadt. Schließlich erreichte er den Tempel erneut und betrat ihn mit der Kugel durch das Portal. Bret ging einen etwa fünfzig Meter langen Flur entlang. An den Wänden befanden sich seltsame Zeichnungen und Malereien. Am Ende des Flures schloss sich eine gigantische, kreisrunde Halle an, deren gläserne Kuppel eine imposante Decke bildete. Insgesamt vier Gänge führten in diesen Dom, der bis auf eine niedrige Säule in der Mitte völlig leer war. Für Bret war es nicht schwer zu erraten, dass es sich hierbei um den heiligen Ort handelte, an dem die Quallas ihre Kugel aufbewahrten. Nach ungefähr hundert Metern hatte Bret die Säule erreicht. Sie ruhte auf einem einfachen Sockel, war glatt und bestand aus einem grauen Material, dass Bret nicht kannte. Wenn Bret daran kratzte, bildete sich ein Riss, der jedoch sofort von alleine wieder verschwand. Die Säule war etwa ein Meter fünfzig hoch und hatte nicht mehr als zwanzig Zentimeter Durchmesser. Die obere Fläche war leicht nach innen gewölbt. Bret stemmte die Kugel mit einem blubbernden Stöhnen auf Brusthöhe und legte sie anschließend vorsichtig auf die Säule. Sie rollte kurz in der konkaven Rundung herum, bis sie schließlich ruhig da lag. Brets Augen zuckten hin und her und er lauschte aufmerksam, doch es geschah nichts.
„Ich habe es geschafft, ich habe es tatsächlich geschafft", dachte sich Bret, der nicht mehr an eine Reaktion glaubte. Er drehte sich um und schwamm auf den Ausgang zu. Er wollte so schnell wie möglich auftauchen und hoffte, dass die Naniten seine Lungen auch wieder zurück verwandeln

würden. Er hatte den Dom noch nicht verlassen, da bemerkte er, dass es in der Halle heller wurde. Er drehte sich um und riss die Augen auf. Die Kugel hatte zu leuchten begonnen. Ein grünlich sanftes, helles Licht, das nicht in den Augen blendete, ging von ihr aus. Zudem wurde es angenehm warm. Verblüfft stellte Bret fest, dass sein Körper in diesem eigenartigen Licht keinen Schatten warf. Langsam übertrug sich das Licht der Kugel auf die Säule, die von oben nach unten ebenfalls zu leuchten begann. Als das Licht den Sockel erreicht hatte, registrierte Bret nur noch eine plötzliche Lichtflut, die blitzartig in alle Richtungen gleichzeitig expandierte. Diese Reizüberflutung ließ Bret erneut das Bewusstsein verlieren.

47

Nachdem sich Alram, Erdalf und Grundalf zurück nach Galosch teleportiert hatten, versammelte sich schnell das ganze Dorf um sie herum. Es gab ein tränenreiches Wiedersehen mit Sáphirs Familie und allen Freunden. Simonja erkundigte sich, für ihre Art recht forsch, nach Bret.
„Es geht ihm gut, Tochter. Er hat mich gebeten dir Grüße zu übermitteln. Euch allen, liebe Freunde", deutete Alram in die Runde.
Noch auf dem Marktplatz erzählte er von dem Zusammentreffen mit Peter und Mars und von den Plänen, die sie geschmiedet hatten. Er erklärte Peters Mission auf Neptuns Raumschiff und Brets Auftrag tief im Meer von Quatar.
"Das ist doch Selbstmord!"
„Das wird niemals funktionieren!"
„Viel zu gefährlich!", tönte es aus der Menschentraube heraus.
„Ihr müsst Vertrauen haben", versuchte Alram zu beruhigen. „Vertrauen in eure Freunde und in Euch, denn auch uns fällt bei der Rettung der Erde eine wichtige Aufgabe zu. Wie ihr wisst, hat Neptun eine Feste im Wald von Algrén. Sie ist fünfzig Geschichten von hier entfernt und mit hunderten Neptuniern besetzt. Wir holen uns mit Hilfe der Fernreise-Maschine Unterstützung aus anderen Dörfern und werden sie angreifen. Dadurch wird Neptun abgelenkt und unsere Freunde haben eine größere Erfolgschance."
Wieder kamen kritische Worte aus der Menge.
„Wollt ihr denn, dass Neptun uns versklavt?", fragte Alram. In der Menge schüttelten einige den Kopf, andere verneinten leise. Alram versuchte es einige Oktave höher:
„Wollt ihr, dass Neptun uns versklavt?"
Diesmal wurde die Reaktion der Dorfbewohner lauter.
„Nein!"
„Wollt ihr, dass Neptun unsere alte Heimat hierher holt und

alle Menschen unterwirft?"
„Nein!"
„Wollt ihr etwas dagegen tun?"
„Ja!"
Alram hatte die Menschen erreicht. Die Menge tobte mit erhobenen Fäusten und manche streckten ihre Heugabeln in die Luft.
„Dann lasst uns kämpfen!"
Die Menge jubelte und feierte die drei Rückkehrer. Die euphorische Situation wurde jäh gestoppt, als ein Energiestrahl mitten in der Menge einschlug und eine alte Frau und einen Mann traf. Erstarrt fielen sie in den Staub. Alram blickte an den hektisch fliehenden Dorfbewohnern vorbei in die Richtung, aus der der Strahl gekommen war und runzelte die Stirn. Acht Neptunier kamen langsam den Pfad herunter geschlurft. Die meisten Bewohner hatten sich schnell in Sicherheit gebracht. Nur Sáphir, Alram, Erdalf, Grundalf und acht weitere, teils mit Heugabeln bewaffnete Männer stellten sich den Wesen entgegen. Mit nicht zu deutender Miene und vorgehaltenen Energiestrahlern traten die Neptunier an sie heran. Der vorderste deutete mit dem Finger auf die Gruppe.
„Im Befehl von Neptun, ihr Menschlinge alle Gefangene. Wenn ihr widersetzen, wir töten viele und vernichten Dorf."
Alram trat mutig einen weiteren Schritt nach vorne und schaute dem um zwei Köpfe größeren Neptunier in die Augen.
„Nein, wir werden uns nicht ergeben. Neptun hat uns lange genug unterdrückt." Dann appellierte er an ihr Gewissen. „Ihr seid nicht unsere Feinde, sondern ihr steht unter seiner Kontrolle. Befreit euch von ihm! Kämpft mit uns gegen ihn!"
Blitzartig packte der Neptunier Alram mit einer Hand am Hals und hob ihn am ausgestreckten Arm auf seine Augenhöhe. Alram hielt sich instinktiv mit beiden Händen an seinem Arm fest, um sein Gewicht zu entlasten. Das Monster starrte ihn emotionslos an, dann hob er mit dem anderen Arm sein Energiegewehr und zielte auf ein beliebiges Haus. Ein

energetischer Strahl schoss aus der Mündung der Waffe und traf das Ziel genau. Das Haus explodierte in tausende Eisstücke. Flugs richtete der Neptunier seinen Blick wieder auf Alram, der mit den Beinen zappelnd nach Luft lechzte.

„Nun wir dein Dorf vernichten", deutete er mit der Waffe auf ein weiteres Haus

„Haltet ein!" Sáphir trat hervor und hielt seine faltigen Hände in einer beruhigenden Haltung.

„Zerstört nicht das Dorf, verschont meine Freunde. Nehmt mich, ich werde euer Gefangener sein."

Ohne Alram loszulassen, dem langsam die Kräfte schwanden, richtete der Neptunier seine Aufmerksamkeit auf den Dorfältesten.

„Nicht genug. Alle männlichen Menschen seien Gefangene, oder sonst..."

Mitten im Satz stockte der Neptunier. Sein Ausdruck änderte sich auf eine nicht zu definierbare Weise. Mit einem Mal ließ er Alram los, der keuchend zu Boden fiel. Ebenso geschah es mit den übrigen Neptuniern. Sie drehten sich um und schlurften, als wenn nichts gewesen wäre, davon. Sáphir kümmerte sich sofort um Alram, der sich auf dem Boden kauernd den Hals hielt. Erdalf stellte erleichtert fest, dass der Mann und die Frau nur betäubt waren. Verständnislos schauten alle den Neptuniern hinterher, bis sie hinter einer Kuppe im Wald verschwunden waren.

Nachdem Peter und Mordag von den Neptuniern aus der Kommandozentrale abgeführt wurden, war der Gang leer, sodass Hrolph Gary und sich wieder zurück verwandeln konnte. Nach einem kurzen Aufleuchten und Verformen hatte Gary wieder festen Boden unter seinen menschlichen Füßen. Er war kreidebleich und starrte Hrolph entsetzt an. Das schwebende Wesen deutete ihn an, ihm zu folgen, dann schwebte er hinter den Neptuniern und Peter her. Ohne zu wissen wohin Hrolph wollte, folgte Gary ihm. Er schüttelte ständig mit dem Kopf.

„Ich... Ich war eine Metallplatte", stöhnte er. „Das war ja

grauenhaft. Ich konnte mich nicht bewegen. Ich... Ich konnte nichts sehen, nichts hören oder schmecken. Ich war einfach nur eine Metallplatte." Während er ging, starrte Gary auf den Boden. „Ich habe meine Umgebung gespürt. Auf eine eigenartige Art und Weise", sagte er nachdenklich und schloss mit den Worten: „Ich glaube ich brauche einen Psychologen, wenn wir wieder zu Hause sind."
Hrolph schwebte zurück zu ihm und deutete an leise zu sein, in dem er Gary einen Finger vor den Mund hielt. Das holte Gary in die Realität zurück. Er schaute sich um.
„Wo sind wir eigentlich? Wo willst du denn hin? Wir sollten uns doch verstecken." Fast panisch fügte er hinzu: „Aber bloß nicht wieder verwandeln."
Als Hrolph ihm erneut andeutete ruhig zu sein, dämmerte es Gary. Er schimpfte so leise, dass Hrolph fast nur ein Piepsen verstand.
„Du willst doch nicht etwa hinter denen her? Wir können ihnen nicht helfen. Das weißt du doch, oder? Oder? Wenn du das Gleiche gespürt hast wie ich, dann weißt du auch, dass Peter und Mordag von fünf dieser Ungeheuer begleitet wird. Wer weiß, was sie mit diesem... diesem Gemmon gemacht haben, und der konnte wenigsten kämpfen."
Fast war Gary beim weinerlichen Meckern mit Hrolph zusammen gestoßen, der plötzlich angehalten hatte. Erneut hielt er einen Finger vor den Mund und deutete mit der anderen Hand um eine Ecke. Vorsichtig spähte Gary in den Gang und sah, dass die Neptunier Peter und Mordag in einen Raum drängten und dann selber darin verschwanden. Wie ein Pfeil schoss Hrolph über Gary hinweg den Gang entlang und blieb vor dem Schott stehen. Er winkte Gary zu ihm zu folgen und deutete auf die Tür zum Frachtraum.
„Dieser Wicht ist doch verrückt!", flüsterte Gary zu sich selbst. Er schüttelte den Kopf. Hrolph verdrehte die Augen und winkte ihm erneut zu. Diesmal energischer. Widerwillig gab Gary nach und schlich leise durch den Gang, bis er Hrolph erreicht hatte.
„Und jetzt? Was machen wir hier? Jeden Moment kann die

Tür aufgehen."
Auf einmal hörten sie aus dem Inneren Kampfgeschrei und Energieentladungen. Gary zweifelte erneut an Hrolphs Verstand, als er sah, dass er den Sensor zur Schottöffnung drücken wollte. Doch Hrolph kam nicht dazu. Aus dem Gang hörten sie weitere Neptunier auf sie zu kommen. Hrolph blickte sich suchend um, dann packte er den verdutzten Gary am Arm und drückte ihn gegen die Wand. Gary rief gerade noch:
"Nein, lass mich bloß...", dann hatte Hrolph ihn und sich erneut in eine Wandplatte verwandelt. Zehn Neptunier stürmten an ihnen vorbei in den Frachtraum. Nachdem der Flur wieder leer war, konnte Hrolph sich und Gary wieder zurück in ihre normalen Körper umwandeln.
„Du hast es wieder getan", sagt Gary leise und blickte das schwebende Wesen vorwurfsvoll an. Hrolph grinste und begann mit den Händen Gary seinen Plan zu erklären. Er würde die Neptunier ablenken und Gary sollte Peter herausholen. Zur Sicherheit verwandelte Hrolph seinen Arm noch in ein Schwert, dass er von seinem Körper löste und Gary überreichte.
„Und wie glaubst du diese Monster ablenken zu können?"
Gary konnte nicht glauben, dass er diesem Plan zustimmte, doch Hrolph begann sich bereits zu verformen. Diesmal alleine. Er pulsierte und deformierte sich, bis schließlich ein Gepard ähnlicher Heckipus fauchend vor ihm stand. Bei Gary stellten sich die Nackenhaare hoch. Diese Krallen! Diese fürchterlichen Reißzähne!
„Ein einheimisches Raubtier, das könnte klappen."
Der Heckipus deutete mit der Schnauze auf den Türöffner und stellte sich frontal vor das Schott. Gary platzierte sich neben dem Eingang flach an der Wand und drückte den Sensor. Das Schott glitt zur Seite und der Heckipus sprang brüllend in den Raum. Die Tür schloss sich hinter ihm. Gary atmete noch einmal tief durch, dann öffnete er erneut das Schott und stürmte mit erhobenem Schwert ebenfalls hinein. Hecktisch blickte er sich um. Hrolph hatte als Bestie alle

Neptunier beschäftigt. Er kämpfte wild und hatte bereits einige Neptunier niedergerissen. Dann entdeckte er Peter direkt neben diesem grässlich psychopatischen Neptun, dem zu Garys Verwunderung ein Arm fehlte. Neptun bemerkte Gary ebenfalls und starrte ihn mit eiskalten Augen an. Gary zitterten die Knie. Das Schwert hielt er krampfhaft vor sich. Was sollte er nur tun? Wie könnte er Peter jemals befreien? Und wo war Mordag? Er entdeckte einen verstreuten Haufen Eis und verstand. Ihm schauderte. Der Heckipus kämpfte tapfer und leidenschaftlich, doch Hrolph verlor den Kampf. Die Zahl der Neptunier war einfach zu groß. Eines der Monster erwischte ihn mit der breiten Seite seines Schwertes am Kopf. Daraufhin fiel der Heckipus um, verwandelte sich zurück und blieb bewusstlos am Boden liegen. Auch das Schwert in Garys Hand verwandelte sich prompt zurück in eine morphogene Masse, die langsam über den Boden zu Hrolph zurück floss. Gary war entsetzt. Nun hatte er nicht einmal mehr eine Waffe. Die Neptunier hatten ihn jetzt ebenfalls bemerkt und blickten ihn eiskalt an. Sie erhoben ihre Strahlenschwerter und zielten auf ihn. Gary wich hektisch einige Schritte zurück, bis er an das geschlossene Eingangsschott stieß.
„Nein, nicht!", brüllte er.
Dann geschah etwas völlig unerwartetes. Die Neptunier feuerten nicht. Stattdessen senkten sie ihre Waffen und der Gesichtsausdruck änderte sich bei allen gleichzeitig. Sie wirkten auf Gary, als ob jemand in ihren Gedanken mit ihnen sprach. Einen Augenblick später bewegten sich alle auf das Schott zu. Gary wich schnell zur Seite und der erste Neptunier öffnete das mechanische Tor.
„Halt, Neptunier!", befahl Neptun, der das unerklärliche Verhalten der Wesen ebenfalls bemerkt hatte. „Wo wollt ihr hin? Ich befehle euch diesen Eindringling zu töten. Danach bewacht ihr weiterhin diesen Menschen hier!"
Es schien so, als wären die Neptunier plötzlich taub geworden. Ohne zu zögern verließen sie einer nach dem anderen den Frachtraum.

„Ich sagte Halt!", erneuerte Neptun seine Anordnung. Seine Augen blitzten zornig auf, als er seinen Dreizack auf den hinteren Neptunier richtete und einen gleißenden Energiestrahl abfeuerte. Der im Rücken getroffene Neptunier zerfiel augenblicklich zu Asche. Neptun richtete sein Kinn nach vorne und wartete auf die Reaktion der Neptunier, die tatsächlich kam. Die Neptunier strömten wieder herein und gingen zielstrebig auf Neptun zu. Dabei feuerten sie ihre Waffen auf ihn ab. Mühsam konnte der einarmige Neptun die Energie mit seinem Dreizack absorbieren. Die Neptunier attackierten ihren Herren weiter und Peter erkannte seine Chance. Blitzschnell schnappte er sich ein Perlmuttschwert, das am Boden lag, und rannte zu dem vor Angst zitternden Gary. Der sah ihn völlig apathisch an, so als ob er ihn gar nicht wahrnahm. Mit einer Ohrfeige holte Peter ihn in die Realität zurück.

„Hilf mir bei Hrolph."

Jeder von ihnen legte einen von Hrolphs Armen um den Hals. Peter blickte sich noch einmal um und sah, dass die Neptunier Neptun hart bekämpften, dann rief er während sie aus dem Frachtraum flohen:

„Wir müssen zurück zur Kommandozentrale!"

48

Niemals zuvor war der Menschenandrang auf Vanuatu und auf die Fidschi-Inseln im Südpazifik größer, als in den vergangenen sieben Tagen. Nachdem die Korrektur der Erstkontakt-Koordinaten bekannt gegeben wurde, machten sich nicht nur die Militär-Schiffe vieler Länder auf den Weg dorthin, sondern auch private Schiffe aus Australien, Neuseeland und sogar aus Japan und China.

Majestätisch schwebte die gigantische, gelbe Scheibe über der Erdoberfläche. In wenigen Minuten würde sie das Wasser des Pazifiks berühren. Sie war bereits vor einigen Stunden in die Atmosphäre eingetreten und kam sehr langsam immer näher. Das von einigen Forschern befürchtete ´Absaugen der Atmosphäre` fand nicht statt. Von hier aus war das Ende der Scheibe in neuntausendfünfhundert Kilometern Entfernung nicht mehr zu erkennen. Sie füllte das gesamte Blickfeld aus und die Erscheinung gab keinerlei Geräusche ab. Es war still während alle Menschen gebannt in den Himmel starrten. Das Militär hatte bis zuletzt Experimente durchgeführt, die von *Fongstar* geleitet wurden. So wurden mehrere unbemannte Helikopter-Drohnen hindurch geschickt, um mit der vermissten Crew der *Glimmer Of Hope* Kontakt per Funk aufzunehmen, oder um detaillierte Informationen über den dahinter befindlichen Weltraum zu erlangen. Jedoch ohne Erfolg. Die Drohnen waren nach dem Durchfliegen nicht mehr zu kontrollieren und die Videoübertragung fiel jedes Mal schnell aus. Das Einzige das man feststellen konnte war, das sich das fremde Raumschiff noch immer dort befand.
Nun wartete die gesamte Menschheit auf das Unvermeidliche. Der vor Ort befindliche, amerikanische Flugzeugträger *USS George H. W. Bush* hatte wegen seiner Höhe als erster Kontakt mit dem Galaxie-Tunnel. Die Antennen und Radaranlagen des Kommandostandes tauchten ohne spürbare Reaktion in den

gelben Ereignishorizont. Im Schneckentempo glitt das Wurmloch am Kommandostand hinab. Die Offiziere der *George Bush* und jene der anderen Militär-Schiffe nahmen Haltung an und ließen das Unabwendbare über sich ergehen. Auf den Passagierschiffen sah das anders aus. Im letzten Moment bekamen es viele mit der Angst zu tun, sodass an Bord Panik ausbrach. Viele sprangen über Bord ins Wasser, um dem gelben Unbekannten doch noch etwas länger zu entgehen. Der Kapitän einer einhundert Meter Jacht verlor ebenfalls die Nerven. Er wendete ohne Erlaubnis des millionenschweren Eigentümers und seiner Partygesellschaft das Schiff und wollte mit maximaler Geschwindigkeit fliehen. Dabei schaute er stets nach oben. Die Scheibe war nur noch wenige Zentimeter über seinem Kopf. Schließlich sprang er bei voller Fahrt von Bord, sodass das Schiff führerlos war und gegen die Steuerbordwand eines Passagierschiffes raste, wo es in einem gewaltigen Feuerball explodierte.

Als die Fernsehkameras, die die Bilder live in alle Welt sendeten, in das Wurmloch eintauchten, wurde die Übertragung abrupt gestört und die Fernsehbilder schwarz.

Exakt als die digitale Uhr bei *Fongstar* auf 000:00:00 umsprang, berührte das Wurmloch das Wasser des pazifischen Ozeans.

49

Als Bret die Augen aufschlug hatte er ein leichtes Lächeln auf den Lippen und er fühlte sich wohlig und warm. Sein Körper kribbelte angenehm und er dachte verliebt an Simonja. „Das muss dieses Licht sein", urteilte er, während er sich aufrichtete und noch einmal zur Kugel tauchte. Noch immer warf er keinen Schatten, das Licht schien ihn geradewegs zu durchfließen. Er bedeckte die Kugel vorsichtig mit beiden Händen und spürte ihre unglaubliche Macht, während er genießend die Augen schloss.
Auf einmal hatte er das Gefühl, beobachtet zu werden. Langsam drehte er sich um und erschrak. Keine fünf Meter von ihm entfernt schwammen sechs Neptunier und blickten ihn stumm an. Bret wendete hastig und schwamm auf einen der anderen Eingänge zu, doch auch durch diesen Gang kamen Neptunier in den Tempel hinein geschwommen. Bret drehte zum nächsten Eingang ab, aber auch hier waren bereits Neptunier herein getaucht. Alle Ausgänge waren besetzt und es kamen immer mehr hinzu. Bret schwamm zur Säule zurück. Schnell hatten sich hunderte Neptunier im Kreis um ihn herum versammelt. Sie blieben jedoch fünf Meter von ihm entfernt stehen und sahen ihn wortlos an. Bret bemerkte zwar, dass keiner von ihnen bewaffnet war, aber er war äußerst misstrauisch. Schließlich war schon einer dieser riesigen, starken Wesen alleine in der Lage, ihn locker zu besiegen. „Das schaffen selbst die Naniten nicht", dachte er sich, während er in die Runde sah. Dabei bemerkte er, wie eine der Kreaturen elegant über alle anderen hinweg schwamm und zu Bret herab glitt. Er schaute den Menschen ruhig an und hielt beide Hände beruhigend vor seinen Körper. Bret verstand die friedliche Geste und nickte. Er hatte das Gefühl, mit seiner Mission Erfolg gehabt zu haben. Der Neptunier öffnete eine Tasche, die er an seinem Gürtel trug und holte zwei kleine, metallische Chips heraus, von denen er Bret einen hinhielt. Als

er Brets zögern bemerkte, nahm er das Plättchen und setzte es zur Verdeutlichung der Harmlosigkeit zuerst bei sich selbst ein. Er drückte es etwas oberhalb seiner Augen an die schuppige Haut, wo es prompt haften blieb. Dann offerierte er dem Menschen erneut das andere Exemplar. Bret zögerte noch ein paar Sekunden, dann nahm er das kleine, runde Ding und begutachtete es. Es sah so aus wie ein Geldstück ohne Prägung. Er schaute den Neptunier fragend an. Als Antwort zeigte das schuppige Wesen mit dem Finger auf das Gerät an seiner Stirn und nickte. Daraufhin zuckte Bret mit der Schulter und drückte den Apparat an seine Stirn. Zunächst geschah nichts, dann vernahm er plötzlich so etwas wie eine leise Stimme. Bret runzelte die Stirn. Hatte er sich das nur eingebildet? Er konzentrierte sich und lauschte in die Stille. Da war es wieder. Eindeutig eine Stimme in seinem Kopf. Aber was sagte sie? Bret schloss die Augen um seine Konzentration zu erhöhen. Die Stimme wurde immer deutlicher.

„…Mensch? Du mich hören, Mensch? Ich zu dir spreche."
Bret riss die Augen wieder auf und starrte den Neptunier an.
„Warst du das?", blubberte er dem Neptunier unverständlich entgegen. „Wenn ja, dann höre ich dich", nickte er zögerlich.
„Du konzentrieren auf mich. Du Antwort denken müssen. Unter Wasser sprechen nicht verstehen."
Bret versuchte es. Er konzentrierte sich auf sein Gegenüber und dachte:
„Ich verstehe dich."
„Gut", antwortete der Neptunier. „Mein Name sein Aquallor. Ich Priester von diesem Tempel. Du? Wie dein Name?"
„Mein Name ist Bret."
Bret hörte die Stimme des Priesters nicht, sondern er vernahm sie direkt in seinem Kopf, fast wie eigene Gedanken. Es war ein merkwürdiges Kitzeln in seinem Gehirn, durchaus nicht unangenehm.
„Also, Mensch Bret, wie du kommen nach Quataria? Du sein aller erster Mensch bei Quallas. Wie du in Wasser atmen können?"
„Quallas? Ich kenne deine Art nur unter dem Namen

Neptunier, außerdem habt ihr Neptun bei seinen Plänen geholfen."
Der Priester schaute beschämt drein.
„Meines Volk und mich tut alles sehr leid. Wir nicht freiwillig Neptun seine Helfers. Neptun war mächtig über Quallas, weil er Heiligtum geraubt. Wir dachten, das sein unmöglich. Doch er schaffte! Wir waren hilflos. Er gekommen und versprochen Hilfe. Dann er uns in Gedanken versklaven und uns nennen Neptunier. Wir uns nicht wehren können."
„Ja, ich verstehe. Aber warum seid ihr jetzt wieder hier, als Quallas?"
„Ich nicht genau wissen. Alle Neptunier, egal wo, augenblicklich ohne Blockade in Kopf. Wurden wieder zu Quallas. Neptun sein Bann war weg. So alle gingen zurück zu Quataria, diese Stadt. Unsere Stadt! Wenn wir sie verließen, Stadt war tot und dunkel. Nun sie wieder hell und lebendig. Blicke in Antlitz aller Quallas, Mensch Bret. Sehe Wunderstaunen. Sehe Fragen. Sehe Dank?"
Der Priester der Quallas machte einen Schritt auf Bret zu.
„Wir kommen zu Tempel. Wir nicht wissen was passiert und warum heilige Kugel wieder zurück. Bitte sage Bret, du sein Erlöser der Quallas? Du haben Kugel zurück gebracht?"
Bret schaute sich um. Nun konnte er die Gesichter der Quallas doch deuten. Er erkannte Hoffnung, Freunde und Dank.
„Ja, ich habe eure Kugel hier her gebracht. Das war ein Teil meiner Aufgabe. Und ihr könnt mir glauben, das war ein echt hartes Stück Arbeit. Wie kann so etwas kleines nur so schwer sein. Sie muss aus einem Material mit einer unglaublich hohen Dichte sein."
Der Priester hörte nicht weiter zu, sondern drehte sich zu seinem Volk um. Er sprach per Gedanken in seiner eigenen Sprache zu den Quallas. Dabei deutete er das eine oder andere Mal auf Bret. Das Volk jubelte, dann wendete er sich wieder an ihn.
„Wir dir so dankbar sein. Du uns Leben zurück gebracht. Wir werden machen Fest zu Ehre von Mensch Bret."
„Ich fürchte, das muss warten", unterbrach Bret den

euphorischen Priester. „Ich muss so schnell wie möglich an die Oberfläche zurück. Wir müssen Neptun aufhalten, damit er die Menschen nicht ebenfalls versklaven kann. Kann ich auf die Unterstützung der Quallas zählen, verehrter Priester?"
„Du können, Bret! Du sein unser Erlöser. Du sein Mensch. Quallas helfen Menschen. Wir dir geben drei Qualla-Kämpfer mit Eisschwertern. Sie dich begleiten. Wenn du brauchen mehr Hilfe, sie mich alarmieren."
Bret nickte zufrieden. Seine Mission war mehr als erfolgreich. Gleichwohl galten seine Gedanken auch Peter, Alram und allen anderen, sowie deren Missionen.
Der Priester Aquallor deutete auf einen Ausgang. Anstatt erneut über die Quallas hinweg zu schwimmen, bildeten die Wesen einen Durchgang. Er forderte Bret per Gedankenübertragung an, ihm zu folgen, dann ging er durch das Spalier der glücklichen Quallas. Um mitzuhalten folgte Bret ihm schwimmend. Das Laufen unter Wasser fiel ihm bei Weitem nicht so leicht wie den Angehörigen des Wasservolkes.
Als sie den Tempel verlassen hatten, stockte Bret der Atem. Mit offenem Mund und mit großen Augen bewunderte er die zu neuem Leben erweckte Stadt *Quataria*. Bret war sich sicher, dass der Anblick dieser strahlenden Unterwasserstadt das Schönste war, dass er jemals gesehen hatte. Die Perlmuttwände der prächtigen Gebäude reflektierten das unbegrenzte Licht der mystischen Kugel in einer Flut von Farben. Die Bewegung des Wassers verstärkte diese Wahrnehmung zusätzlich. Schwärme von bunten Fischen und Quallen schwirrten durch die Stadt. Die Bauwerke wirkten viel schöner und imposanter als zuerst im Dunklen. Überall schienen Regenbogen zu tanzen. Selbst die Straßen glitzerten wie Diamanten.
Der Priester bemerkte Brets Staunen.
„Sehe, Bret, was du den Quallas zurückgegeben hast."
Dann verabschiedeten sie sich und Bret schwamm, gefolgt von den drei rekrutierten Kämpfern, Richtung Oberfläche.

50

In kürzester Zeit gelangten Peter, Gary und Hrolph zur Brücke des Raumschiffs. Unterwegs hatte Hrolph sein Bewusstsein wieder erlangt und konnte nun alleine weiter fliegen. Anscheinend hatte er sich bei seinem Kampf nicht schwer verletzt, konnte sich allerdings für den Moment nicht verwandeln. Schnaufend standen die Drei schließlich vor dem Schott zur Kommandozentrale.
„Wir müssen unbedingt diesen Computer, der das Wurmloch kontrolliert, zerstören. Egal wie!", schnaubte Peter. „Lasst uns hoffen, dass nicht zu viele Neptunier da drin auf uns warten. Du musst heute nicht mehr kämpfen, Hrolph. Lenke sie nur etwas ab, indem du hin und her fliegst. Lasse dich aber nicht erwischen." Dann wandte er sich an Gary, der furchtbar nervös wirkte. „Versuche cool zu bleiben, Gary. Wir werden es schon schaffen. Aus dieser Wasserzelle sind wir auch gemeinsam raus gekommen."
Gary schaute Peter zweifelnd an. Sein Augenlid zuckte.
„Hier brauchen wir aber etwas mehr als ein Stück Seife."
„Hier, nimm du das Schwert. Ich werde so kämpfen."
Gary ergriff widerwillig das Schwert. Bei dem Gedanken an den bevorstehenden Kampf dachte er wieder an den Polizisten, damals als Kind auf dem Marktplatz. Er erinnerte sich erneut an die panische Angst, die er seinerzeit verspürt hatte. Heute war seine Angst größer.
„Um zu feuern musst du den Griff kräftig drücken. Es ist nicht so leicht", erklärte Peter.
Dann machten sie sich bereit.
„Ich zähle bis drei, dann drücke ich den Sensor. Du fliegst zuerst rein und überraschst sie. Dann du, Gary. Nach rechts. Ich bin direkt hinter dir und gehe nach links. Alles klar? Nun denn, eins…, zwei…, drei."
Bei der letzten Zahl tippte Peter auf den Türöffner, sodass das Schott zur Seite glitt. Hrolph flog flugs hinein und Gary und

Peter stürmten schreiend hinterher. Nach ein paar Schritten blieben sie abrupt stehen und erkannten, dass die Brücke leer war.

„Oh nein!", stöhnte Peter in einem gruselig resignierenden Tonfall.

„Was gibt es denn da zu stöhnen", wollte Gary wissen. „Also ich bin froh, dass keiner von denen hier ist."

„Ich stöhne nicht weil niemand hier ist, sondern wegen dem Bildschirm", schrie Peter, ohne dass er den Blick abwandte. Daraufhin schauten auch Gary und Hrolph auf den riesigen Monitor. Augenblicklich entglitten Gary sämtliche Gesichtszüge zu einer undefinierbaren Grimasse.

Auf dem Wandschirm war noch immer das Wurmloch zu sehen, doch mittlerweile ragte ein großes Stück der Erde heraus. Man konnte deutlich Wasser und Landmassen erkennen. Am linken Rand glaubte Peter ein Stück von Australien zu erkennen.

„Das da muss der Pazifik sein", keuchte er fassungslos. „Ich erkenne die Fidschi-Inseln und Vanuatu."

Gary antwortete nicht. Er hielt seine Hand vor seinen entsetzt aufgerissenen Mund. So verharrten sie etwa eine Minute, dann entriss Peter Gary das Schwert und schlug so fest er konnte auf den Kontrollcomputer ein. Ebenso feuerte er mehrere Energiestrahlen auf ihn ab, jedoch alles ohne Wirkung. Der Schutzschirm absorbierte alles und schien nicht schwächer zu werden. Gary setzte sich auf den zentralen Stuhl und fluchte: „Der Mist bringt doch nichts. Die Welt ist verloren. Wir sind echt am Arsch."

Bei seinen letzten Worten haute er mit der Faust auf die Armlehne des Stuhls, wo ein kleines Bedienelement angebracht war. Dabei hatte er versehentlich einen Sensor aktiviert, denn auf dem Fußboden öffnete sich direkt vor seinem Stuhl eine Klappe, aus der ein kleines Steuerpult hochfuhr. Auf ihm befanden sich einige Schalter und blinkende Kontrolllämpchen, sowie ein Hebel, der wie ein Joystick aussah.

„Was ist denn jetzt passiert?", fragte Peter neugierig.

„Ich habe nichts gemacht", verteidigte sich Gary und dachte dabei an seine bisherige, tollpatschige Karriere. Aus einer irrationalen Laune heraus tippte er kurz mit dem Zeigefinger gegen den Hebel. Gleichzeitig vibrierte der Boden des Raumschiffs leicht und es machte einen schwerfälligen Satz nach vorne. Gary zuckte mit der Hand zurück und zog die Luft scharf durch seine Zähne ein.

„Hast du gerade das Raumschiff bewegt?", fragte Peter ungläubig und runzelte die Stirn. Er stand nun direkt neben Gary und blickte abwechselnd auf ihn und auf das Steuerpult. „Mach noch mal."

„Wirklich?"

„Ja, mach schon."

„Wenn du meinst."

Behutsam nahm er den Steuerknüppel in die Hand. Er merkte sofort, dass die Ergonomie nicht für menschliche Hände gemacht wurde. Langsam drückte er den Hebel Millimeter für Millimeter nach vorne. Wieder bebte der Boden leicht, als die mächtigen Triebwerke das Schiff in minimale Bewegung versetzten.

„Ich habe eine Idee", meinte Peter, nachdem Gary den Hebel wieder losgelassen hatte. „Wir fliegen weg von hier. Vielleicht ist die Entfernung irgendwann so weit, dass der Computer keinen Kontakt mehr zum Wurmloch hat. Vielleicht können wir auch später bei Mars landen. Flieg mal nach rechts."

Gary drückte den Joystick nach rechts, aber nichts geschah. Er versuchte es erneut, bis zum Anschlag, aber ohne Reaktion. Fragend schaute er zu Peter rauf.

„Was ist? Geht's nicht?"

„Nee, keine Reaktion."

Gary versuchte es auch nach links und nach hinten, aber das Raumschiff bewegte sich nicht. Es bewegte sich erst wieder, als er den Hebel erneut nach vorne drückte.

„Keine Ahnung, aber wir können irgendeinem Grund nur geradeaus fliegen."

„Verdammt", fluchte diesmal Peter und starrte auf das herausquellende Stück Erde im Ereignishorizont. „Langsam

gehen uns die Optionen aus."
„Nicht unbedingt", meinte Gary leise und schürzte die Lippen.
„Wie bitte? Hast du noch eine andere Idee?"
Gary betrachtete einige Sekunden lang die Szenerie auf dem Bildschirm. Dabei schweiften seine Gedanken erneut in seine Jugend ab, damals zur Mutprobe auf dem Marktplatz. Er erinnerte sich an seine Furcht vor dem Apfeldiebstahl und an den Polizisten, der mit ihm zum Stand zurückging. Er hatte damals große Angst vor dem Bauern mit dem bärtigen, vernarbten Gesicht und seiner Roboterstimme gehabt, doch plötzlich erinnerte sich Gary zum allerersten Mal an mehr. Ihm fielen wieder Details ein, die er unbewusst verdrängt hatte. Der Polizist hatte Gary nicht wegen dem geklauten Apfel zum Händler zurück gebracht, sondern er fragte den Bauern lediglich, ob der Gary kannte, weil er dem Polizisten keine einzige Frage beantwortet hatte. Der Bauer, der den Diebstahl gar nicht bemerkt hatte, verneinte und lächelte Gary freundlich an. Seine Augen strahlten Wärme aus und die Narben wirkten gar nicht mehr so beängstigend.
„Ist schon gut, lassen sie ihn ruhig bei mir", krächzte er zum Polizisten. Nachdem der Ordnungshüter gegangen war, nahm der Bauer eine Tüte und füllte sie mit einem Dutzend saftiger, grüner Äpfel. Dann hockte er sich auf sein Knie neben Gary, wuschelte ihm durch die Haare und sprach mit seiner künstlichen Stimme so deutlich er konnte:
„Hier mein Junge, lass sie dir schmecken."
Gary erkannte nun, dass Angst in manchen Situationen unbegründet sein kann. Die Zuversicht in ihm stieg, wie ein Thermometer an einem heißen Tag.
„Ja", antwortete er auf Peters Frage. „Ich habe sehr wohl eine Idee."
„Da bin ich aber mal gespannt."
„Ihr beide geht jetzt sofort zum Teleporter und reist zurück auf den Planeten."
„Ach ja? Und was machst du?"
„Ich bleibe hier und fliege geradeaus."
Peter runzelte die Stirn.

„Geradeaus? Warum..." Er blickte erneut auf den Bildschirm. Dann verstand er. Er machte große Augen und protestierte. „Moment Mal, das ist doch wohl nicht dein Ernst, oder?"
„Doch, genau das ist mein Ernst." Alles an Unsicherheit und Angst in Garys Stimme war verschwunden. „Die Erde liegt genau in unserer Flugbahn. Ich steuere das Schiff hin und lasse es abstürzen. Dadurch wird der Kontrollcomputer mit Sicherheit zerstört."
„Nein, das geht doch nicht", protestierte Peter mit zittriger Stimme. Er war überrascht von Garys neuem Selbstvertrauen und Mut. „Lass mich das für dich machen, oder lass uns wenigstens losen."
„Es ist schon in Ordnung", beruhigte Gary und schaute Peter ruhig an. „Ich will es tun. Das ist meine Chance, einmal im Leben etwas richtig zu machen. Nimm mir bitte nicht diese Möglichkeit."
Peter hatte verstanden. Er nickte langsam, dann hielt er ihm die Hand hin. Gary nahm die Hand und beide verblieben einige Augenblicke wortlos in dieser Haltung. Hrolph schwebte daneben und nickte anerkennend.
„Nun aber schnell", zog Gary seine Hand zurück. „Ihr müsst euch beeilen. Ich zähle bis hundert, dann fliege ich los. Also weg mit euch! LOS!"
Hrolph zog den noch zögerlichen Peter an der Schulter, dann rannte er hinter Hrolph her durch das Schott. Bevor es sich schloss, schaute er noch einmal zu Gary, der ihnen nicht hinterher sah. Er zählte laut im Sekundentakt:
„Vier..., Fünf...", dann trennte das Schott die Freunde.

51

Vanuatu, Fidschi, Neukaledonien und die Solomon-Inseln waren die ersten von Menschen besiedelten Landmassen, die in dem riesigen Galaxie-Tunnel verschwunden waren. Unaufhaltsam wanderte das Wurmloch weiter. Der Radius der verschlungenen Erdmasse wuchs und wuchs. Schließlich erreichte der Ereignishorizont den Norden Neuseelands und die Ostküste von Australien. In den Millionenstädten Brisbane und Sydney brach ebenso Panik aus, wie in der Hauptstadt Canberra. Hunderttausende flohen mit dem Auto oder zu Fuß über die überfüllten Straßen aus den Städten. Andere blieben ruhig in ihren Häusern, wohl wissend, dass sie ihrem Schicksal nirgendwo auf der Welt entgehen konnten.

Die Scheibe war wie eine gigantische Wand. Buchstäblich im Schneckentempo fraß sie sich durch die Straßen der Städte. Einige Menschen gingen interessiert vor ihr her und warfen Steine, Stöcke oder andere Dinge hinein. Museen, Denkmäler, Regierungssitze und Autos, alles verschwand im Unbekannten. Im *Alma Park Zoo* in Brisbane machten verbliebene Tierpfleger die erstaunliche Entdeckung, dass die Tiere sich nicht an der gelben Scheibe störten. Sie waren völlig unaufgeregt. Ein schlafender Koala wachte nicht einmal auf, als er schon zur Hälfte im Wurmloch eingetaucht war. Diese Tatsache beruhigte zumindest die Tierpfleger.

Schließlich waren die ersten Großstädte komplett verschwunden und das Wurmloch wanderte weiter.

52

Peter versuchte mit Hrolph mitzuhalten. Der fliegende Freund war jedoch sehr schnell unterwegs. Ein paar Mal hatte er ihn aus den Augen verloren, aber Hrolph hatte immer wieder auf ihn gewartet. Peter hoffte, dass sie zum Raum mit dem Teleporter auf dem richtigen Weg waren. Die metallisch kalten Korridore glichen sich alle sehr.
Wieder einmal war Hrolph weiter vorne in einer Abzweigung verschwunden.
„Hoffentlich weiß der Kleine wohin er fliegt", dachte sich Peter und sprintete hinter ihm her um die Ecke, wo er recht unsanft mit ihm zusammen stieß. Aus irgendeinem Grund war Hrolph plötzlich stehen geblieben. Durch den Aufprall verlor Peter das Schwert und er stürzte zu Boden. Als er sich auf dem Bauch liegend nach dem Schwert umsah, erkannte er den Grund für Hrolphs Stoppen: Neptun!
Schwer gezeichnet vom Kampf gegen die Quallas versperrte der selbsternannte Gott ihnen den Weg. Er war alleine. Unbewaffnet und aus zahlreichen Wunden blutend starrte er Peter und Hrolph mit allem Hass an, den er aufbringen konnte. Peter stand langsam auf, ohne die Nemesis der Menschheit aus den Augen zu lassen. Er wusste, dass Neptun selbst in dieser Verfassung und mit nur einem Arm ein für ihn unbezwingbarer Gegner war. Aus den Augenwinkeln heraus sah er das glitzernde Schwert in zwei Metern Entfernung auf dem Boden liegen. Neptun stand etwa sechs Meter vor ihnen.
„Du!" Neptun stieß dieses Wort wie einen Pistolenschuss aus. „Du schon wieder! Du elender Mensch! Ich hätte dich schon bei unserer ersten Begegnung vernichten sollen. Was habt ihr mit meinen Neptuniern gemacht? Glaubst du wirklich, dass du Menschlein meine Pläne verhindern kannst. Ihr Menschen seid nichts. Ich werde dich töten."
Mitten in Neptuns aufgeregte Ansprache hinein startete Hrolph einen Blitzangriff. Er spürte, dass seine

Verwandlungsfähigkeit wieder da war, also veränderte er seinen Arm in eine scharfe Klinge. Er stürzte auf Neptun zu und zielte mit der Waffe auf seinen Kopf. Reflexartig zuckte Neptun mit dem Kopf zur Seite. Hrolphs Klinge streifte seitlich knapp an Neptuns Auge vorbei durch das Fleisch, sodass er schmerzhaft aufschrie. Er wirbelte herum, um den Angreifer zu packen, doch Hrolph war schnell genug außer Reichweite, bereit für einen weiteren Angriff. Diese Ablenkung nutzte Peter um das Perlmuttschwert vom Boden aufzuraffen und sich ebenfalls bewaffnet vor Neptun aufzubauen. Blut floss aus Neptuns neuer Wunde. Er wischte es mit einer ruckartigen Bewegung weg. Seine Augen blitzten vor Wut.

Unterdessen zählte Gary auf der Brücke zu Ende.
„…Achtundneunzig, Neunundneunzig, Hundert. Ich hoffe, ihr habt es geschafft."
Mit diesem letzten, an Peter und Hrolph gerichteten Satz, nahm er den Steuerknüppel in die Hand und drückte ihn nach vorne. Erst sachte, dann immer weiter, bis zum Anschlag. Die Manövriertriebwerke beschleunigten das Raumschiff rapide, genau auf die aus dem Wurmloch ragende Erde zu.

„Ich bin mit diesen verräterischen Neptuniern fertig geworden und jetzt vernichte ich euch auch!", brüllte Neptun und humpelte hastig auf Peter zu, der trotz Bewaffnung zurück wich. Hrolph startete in seinem Rücken einen zweiten Angriff und flog auf Neptun zu. Kurz bevor er ihn erreicht hatte, sprang Neptun herum und streckte den überraschten Hrolph mit den Handrücken nieder. Das Leichtgewicht schleuderte hart gegen eine Wand und fiel regungslos zu Boden. Neptun setzte seinen Weg zu Peter fort, der beim Zurückweichen auf Neptun zielte und dann den Griff des Schwertes drückte. Ein Energiestrahl zischte aus der Klinge. Reaktionsschnell hob Neptun seinen Arm, wo eine spezielle Manschette am Unterarm die Energie absorbierte. Nach ein paar Metern stieß Peter mit dem Rücken gegen die Wand. Er zielte tiefer und

schoss ein weiteres Mal. Neptun hielt den Arm nach unten und sog so auch den zweiten Energiestoß auf. Schließlich nutzte Peter das Schwert in seiner klassischen Form und attackierte Neptun mit einem Hieb von der Seite. Doch auch diesmal hielt er seinen geschützten Arm hin. Das scharfe Schwert glitt daran ab, ohne einen Schaden zu hinterlassen. Mit der nächsten Bewegung hatte Neptun Peter das Schwert aus der Hand geschlagen und ihn am Hals gepackt. Er hob ihn mühelos hoch und presste ihn gegen die Wand.
„Menschen, pah", raunzte er abfällig. „Ihr seid schwach und wertlos. Auf eurem Planeten gibt es faunische Rassen, die in ihrer Lebensweise stärker, schneller und intelligenter sind als ihr. Wenn dein unbedeutender, von Wasser bedeckter Felsen erst einmal hier ist, wird sich die Menschheit dort befinden, wo sie hin gehört: Unter meiner Knute."
Peter röchelte. Er bekam keine Luft und spürte, wie das Leben aus seinem Körper glitt.

Gary hatte mit dem Schiff die Distanz zur Erde schnell überbrückt. Beim Eintritt in die Atmosphäre wurde das Raumschiff heftig durchgeschüttelt, sodass er sich an seinem Sitz festkrallen musste. Augenblicklich schaltete sich der Schutzschild des Schiffs selbstständig ein und absorbierte die Turbolenzen, so dass der Flug wieder ruhiger wurde.

Durch die Erschütterungen verlor Neptun kurz das Gleichgewicht und ließ Peter fallen. Erschrocken sah er sich um.
„Was war das?"
Peter hustete und rieb sich den Hals. Dann krächzte er:
„Dein Raumschiff wird gleich auf der Erde aufprallen und vernichtet. Dann werden wir sehen, wie sterblich Götter wirklich sind."
„Das kann nicht sein. Das ist völlig unmöglich", sagte Neptun mit unsicherer Stimme. Dann blickte er sich suchend um. „Wo ist eigentlich der andere Mensch?"
„Wer?", zuckte Peter schelmisch mit den Schultern.

Ohne ein weiteres Wort drehte Neptun sich um und rannte hinkend so schnell wie möglich Richtung Brücke. Peter rappelte sich stöhnend auf. Er nahm das Schwert an sich und stolperte zum bewusstlosen Hrolph, den er hoch hob und weiter Richtung Teleporter Raum trug.

Nachdem der Schutzschild des Raumschiffs gesättigt war, fiel er aus. Das Schiff war erneut den zerrenden Kräften des Atmosphäreneintritts ausgeliefert und wurde nun dauerhaft aufs heftigste durchgeschüttelt. Neptun kämpfte sich die letzten Meter bis zur Brücke vor. Immer wieder stürzte er zu Boden. Endlich drückte er den Sensor und öffnete somit das Schott zur Brücke. Der Blick auf den Bildschirm schockierte ihn.

„Nein!", stammelte er erst leise, dann noch einmal lauter und länger in seiner eigenen Sprache:

„Daaaeeeiii!"

Gary bekam von Neptuns Ankunft in der Kommandozentrale nichts mit. Er schaute zufrieden lächelnd auf die rasend schnell näher kommende Erdoberfläche. Die Reibung an der Lufthülle der Erde hatte das Raumschiff auf knappe Schallgeschwindigkeit abgebremst. Er war mit sich und der Welt im Reinen.

„Australien!", erkannte er den Teil des Kontinents, den das Schiff ansteuerte. „Ich hoffe dort gibt es Äpfel."

Bei diesen Worten und während Neptuns lang gezogenem Schrei, prallte das riesige Raumschiff mit unbeschreiblicher Wucht auf einen Acker nördlich von Moree im australischen Bundesstaat New South Wales und explodierte in einem gewaltigen Feuerball. Der Absturz hinterließ nichts als einen riesigen Krater.

Mit dem Ende von Neptuns Raumschiff, wurde auch der Kontrollcomputer zerstört, sodass der Galaxie-Tunnel im selben Moment verschwand. Alles was bisher durch ihn hindurch geglitten war, blieb allerdings in Neptuns zeitloser Galaxie. Der Erde fehlte nun ein Stück, das einen

Durchmesser von achttausend Kilometern hatte. Die Erdkugel sah nun aus, wie eine Melone, von der ein Stück mit einem Messer abgeschnitten wurde. Zurück blieb eine glatte, fünfzig Millionen Quadratkilometer große und rot glühende Fläche, die augenblicklich vom Wasser des umliegenden Ozeans geflutet wurde. Beim Auftreffen des Wassers auf die riesigen Mengen flüssigen Magmas, verdampften Millionen von Litern explosionsartig. Heißer Dampf stieg in die Atmosphäre und trübte die Sonnenstrahlen.

53

Meter um Meter wurde es heller. Das Tageslicht wartete wie eine Belohnung auf Bret. Schließlich durchbrach er die Wasseroberfläche und hielt kurioser Weise instinktiv die Luft an. Würden die Naniten in seinem Körper seine Lungen problemlos zurück verwandeln? Bret atmete das restliche Wasser aus seinem Organ aus, dann zog er zum ersten Mal seit Stunden wieder normale Luft ein. Es blubberte in seinen Lungenflügeln und der dadurch ausgelöste Hustenreiz ließ ihn auch die letzten Tropfen Wasser ausspucken. Schließlich atmete er wieder ganz normal.

„Na das ging ja einfach", freute er sich und musste erneut husten, weil seine Stimmbänder kitzelten. Dann schaute er sich um und stellte ernüchternd fest, dass sie zum Kristallstrand sehr weit zu schwimmen hatten. Bret schätzte die Entfernung auf drei bis vier Kilometer.

„Dorthin müssen wir, ans Ufer", deutete er den Quallas den Weg. Augenblicklich schwammen die drei mit einem unglaublichen Tempo los. Bret kraulte hinter ihnen her, doch der Abstand wurde immer größer. Er dachte an die Naniten in ihm und konzentrierte sich auf die Schwimmbewegungen. Tatsächlich wurde Bret dadurch schneller und konnte schließlich mit den Wasserwesen mithalten.

Nach nur etwa fünfzehn Minuten hatten sie den Strand erreicht, wo zu Brets Erstaunen schon Mars auf sie wartete. Bret stampfte aus dem Wasser und glaubte eine Tonne zu wiegen. Erschöpft setzte er sich in die Kristalle des Ufers.

„Es ist schön dich gesund und erfolgreich wieder zu sehen, Mensch Bret", empfing ihn Mars. Die Quallas erkannten in ihm einen Angehörigen von Neptuns Volk und wussten nicht, wie sie ihm begegnen sollten.

„Es ist in Ordnung", beruhigte sie Bret. „Er ist ein Freund. Ohne seine Technologie hätte ich niemals eure Kugel zurückholen können."

Bret stand auf und umarmte den um zwei Köpfe größeren Mars. Der kannte diese menschliche Geste zwar nicht, verstand jedoch ihren Sinn.

„Die Nano-Sonden haben also funktioniert?", fragte er.

„Haben sie perfekt. Ich hatte unterwegs zwar einige Schwierigkeiten, aber letzten Endes habe ich die Kugel an ihren Platz zurück gebracht."

„Das war mir klar, als auf einmal hunderte von Quallas zum Meer von Quataria strömten und in ihre Stadt hinab tauchten."

„Hast du etwas von Peter und den Anderen gehört?", fragte Bret.

„Gehört nicht, aber schau mal nach oben." Mars deutete in den Himmel. Bret schaute an seinen Arm vorbei und erkannte, dass die Wurmloch-Scheibe verschwunden war. Stattdessen schwebte dort ein halbrundes Stück eines Planeten.

„Die Erde?"

„Ja, das Stück, das bereits hindurch geglitten war, als sich der Galaxie-Tunnel auflöste."

„Was ist passiert? Und geht es den Menschen dort gut?", fragte Bret hektisch.

„Nun, das bedeutet wohl, dass deine Freunde Peter und Gary ebenfalls Erfolg mit ihrer Mission hatten. In welcher Art und Weise auch immer. Zu deiner zweiten Frage kann ich sagen, dass es den Menschen auf der wenigen Landmasse gut geht. Wenn die Atmosphäre sich aufgelöst hätte, würde das Wasser gefrieren und die Ansicht von hier sähe anders aus."

Erleichtert atmete Bret auf und die Anspannung wich einem glücklichen Lächeln.

„Nun lass uns in mein Schiff zurückgehen. Von dort aus kannst du in das Menschendorf reisen." Anschließend wandte er sich an die drei Quallas. „Ihr könnt euch nun ebenfalls wieder auf den Weg in euer Reich machen. Ihr werdet nicht mehr gebraucht. Bitte richtet eurem Priester meinen Dank aus."

Die Quallas nickten und gingen ins Wasser, wo sie wortlos hinab tauchten.

Auch Mars und Bret machten sich auf den Rückweg. Unterwegs berichtete Bret so detailliert er konnte von seinem Abenteuer unter Wasser. Als sie das alte Raumschiff erreicht und betreten hatten, wartete in der Zentrale eine Überraschung auf sie. Peter und der wieder muntere Hrolph empfingen sie. Überglücklich fielen sich die Freunde in die Arme. Auch Mars schüttelte Peter anerkennend die Hand.
„Du hast es also geschafft, Mensch Peter?"
„Nun, wir sind wieder zurück, aber die Ehre gebührt nicht uns."
Bret runzelte die Stirn und fragte vorsichtig:
„Wo sind Gary und die beiden Kämpfer?"
„Sie haben es leider nicht geschafft. Aber sie haben uns alle gerettet. Die ganze Menschheit. Durch ihre Courage wurde das Wurmloch vernichtet."
„Ehrlich? Was ist denn dort oben passiert?"
„Grauenhaftes!" Peters Stimme zitterte als er sich auf einen Stuhl setzte. Die Anspannung der letzten Stunden löste sich mit einem Schlag und er konnte die aufkeimenden Tränen nicht unterdrücken. „Mordag und Gemmon starben heldenhaft im Kampf gegen die Neptunier. Ihr hättet sie mal kämpfen sehen sollen. Mordag gelang es sogar, Neptun einen Arm abzutrennen, bevor er selbst getötet wurde. Nachdem die Neptunier plötzlich abgezogen waren, sind wir zu dritt auf die Brücke gegangen, aber der Computer ließ sich einfach nicht zerstören. Gary entdeckte mit Glück einen Steuerhebel, mit dem wir das Raumschiff fliegen konnten. Jedoch nur nach vorne. Er wollte das Schiff auf die herausragende Erde stürzen. Ich versuchte ihn noch davon abzubringen, aber er beharrte darauf, seine Bestimmung gefunden zu haben. Er war auf einmal so mutig und selbstbewusst. Er ließ Hrolph und mir noch Zeit zum Teleporter zu gelangen. Unterwegs sind wir dann erneut auf Neptun gestoßen. Er war rasend vor Wut und hätte uns fast umgebracht. Hrolph wurde bei einem mutigen Angriff von ihm ohnmächtig geschlagen. Als ich Neptun gesteckt habe, was Gary vorhatte, ließ er von uns ab und ist hastig in Richtung Brücke gerannt. Ich bin dann mit

dem bewusstlosen Hrolph so schnell ich konnte zum Teleporter und habe die Adresse eingetippt. Ich drückte die Aktivieren-Taste und der Teleport wurde eingeleitet. Beim Entmaterialisieren spürte ich noch den Aufprall des Schiffes. Im nächsten Moment materialisierten wir wieder hier."
„Wow", staunte Bret. „Zum Glück hast du die richtige Adresse eingegeben. Das mit Gary, Mordag und Gemmon tut mir echt leid."
„Es war eine gute und mutige Entscheidung das Schiff zu vernichten", meinte Mars. „Es hätte schlimmer für euren Planeten ausgehen können."
„Schlimmer? Wieso schlimmer?", fragte Peter irritiert.
„Komm mal mit!", forderte Bret ihn auf.
Die vier verließen das Schiff und standen in der kreisförmigen Schlucht. Dort deutete Bret in den Himmel und zeigte seinem Freund das abgetrennte Stück der Erde. Gleichzeitig beruhigte er ihn mit der Tatsache, dass die Menschen es überlebt hatten. Nachdem sie wieder hinein gegangen waren, gab Mars ihnen ein Versprechen.
„Ich werde euren Weltenwandler weiter studieren und euch aufsuchen, sobald ich eine Lösung habe. Geht nun in euer Dorf und schaut euch im Wald von Algrén einmal genau um. Ich habe beobachtet, wie ein Fluggerät dort abgestürzt ist, das scheinbar aus dem Galaxie-Tunnel hierher kam."
„Na klar!", erinnerte sich Peter. „Das habe ich in der Aufregung ganz vergessen zu erzählen. Wir waren gerade auf der Brücke, als die uns angegriffen haben. Das kann nur eins von unseren gewesen sein. Leider hatten sie keine Chance und wurden schwer getroffen. Als letztes habe ich gesehen, wie sie Richtung Teros trudelten. Vielleicht hat ja jemand überlebt."
Mit dieser Zuversicht reisten Peter, Bret und Hrolph zurück nach Galosch.

54

In Sáphirs Dorf halfen sich die Bewohner stets gegenseitig. Direkt nachdem die Neptunier Galosch überraschend verlassen hatten, begannen die Menschen mit dem Neubau des vernichteten Hauses. Jeder gab etwas, damit sich die bisherigen Bewohner ein neues zu Hause einrichten konnten: Einen Tisch, einen Stuhl, Teller, Krüge, einen Teppich und andere benötigte Dinge. Die Stimmung unter den Bewohnern war gut, denn man ahnte, dass das seltsame Verhalten der Neptunier etwas mit dem erfolgreichen Intervenieren der gestrandeten Besucher von der Erde zu tun hatte.
Als plötzlich der Teleporter auf dem Dorfplatz von außerhalb aktiviert wurde, bemerkte Alram, der gerade einige Bretter am neuen Haus festnagelte, es als erster. Er legte den Hammer beiseite und ging zur Maschine, wodurch auch die anderen Dorfbewohner darauf aufmerksam wurden. Alram hatte zwar gehofft, dass seine neuen Freunde mit Hrolph bald zurück kommen würden, aber als Bret sich als erster in der Maschine materialisierte, war seine Freunde riesengroß.
„Bret!", jubelte er. „Du bist zurück?"
Bret freute sich ebenso über das Wiedersehen und glücklich umarmten die Männer sich. Nacheinander kamen noch Peter und Hrolph mit der Maschine an und wurden nicht minder fröhlich begrüßt. Schnell hatte sich wieder einmal eine Traube um sie herum gebildet und auch Sáphir und seine Familie begrüßten die Rückkehrer. Schüchtern lächelnd trat Simonja an Bret heran, der sie zärtlich aber entschlossen in seine Arme zog und küsste.
„Du hast mir gefehlt", flüsterte er ihr leise ins Ohr. „Der Gedanke daran dich wieder zu sehen, hat mir zusätzliche Kraft gegeben."
„Ich bin froh, dass du gesund wieder zurück bist", antwortete Simonja glücklich. Abermals küssten sie sich.
„Komm, ich stelle dir meinen besten Freund vor", schlug Bret

vor.

Sie gingen zusammen zu Peter, der gerade von Sáphir in Galosch willkommen geheißen wurde.

„Peter, darf ich dir Simonja vorstellen?"

„Natürlich, sehr gerne." Peter streckte ihr die Hand entgegen. „Hallo, ich bin Peter. Nett dich endlich kennen zu lernen. Bret spricht ja in jeder Sekunde von dir."

„Danke, es ist auch nett dich kennen zu lernen, auch wenn du übertreibst", schüttelte sie Peters Hand und warf Bret ein süßes Lächeln zu.

„Meine Freunde", unterbrach Sáphir die Turtelnden. „Wo sind unsere Mitdörfler Mordag und Gemmon?"

Peter atmete schwer aus und seine Miene wechselte ins Bedauern. Traurig blickte er zu Boden.

„Sie haben es leider nicht geschafft."

„Sie sind gestorben? Wie?"

„Heldenhaft im Kampf gegen Neptun und seine Schergen", lobte Peter die verlorenen Freunde. „Ohne sie hätten wir es niemals geschafft. Das gilt auch für Gary Frisbee, der sich für alle Menschen geopfert hat."

„Dann hatten sie einen ehrenvollen Tod", sagte Sáphir ehrfurchtsvoll. „Sie haben für eine gute Sache ihr Leben gegeben und werden für immer in unseren Geschichten weiterleben."

Dann schaute er zu seiner Frau.

„Fatma wird uns ein Mahl bereiten. Ich möchte unbedingt eure Geschichten hören und dabei unserer gefallenen Freunde gedenken."

Während des Essens in Sáphirs Haus erzählten Peter und Bret, mit verwandelnden Animationen von Hrolph, ihre jeweiligen Erlebnisse. Sáphir, Alram, Erdalf und seine Frau Metra, sowie Grundalf, Fatma und Simonja hörten gebannt zu.

„Das ist alles faszinierend und traurig zugleich", resümierte Sáphir nach dem Ende des Mahls und den Erzählungen. „Ich danke euch im Namen aller Menschen auf Teros und Minda für die Befreiung aus Neptuns Knechtschaft. Ferner

beglückwünsche ich euch für die Rettung der Erde, wenn auch mit substanziellen Verlusten. Ich würde mich freuen, wenn ich euch dauerhaft als Bewohner in Galosch begrüßen dürfte."
Der letzte Satz erschreckte Peter etwas. Er stand auf und sagte:
„Verehrter Sáphir, vielen Dank für das angenehme Mahl und für die freundliche Einladung, in deinem Dorf bleiben zu dürfen. Ich glaube da spreche ich auch für meinen Freund Bret, wenn ich sage: Wir bleiben gerne. Allerdings nur so lange, bis Mars eine Möglichkeit gefunden hat, uns zur Erde zurück zu bringen. Das verstehst du bestimmt."
Bret nickte zaghaft und schaute in Simonjas schöne Augen, während sie seine Hand zärtlich drückte.
„Natürlich", sagte Sáphir verständnisvoll. „Das verstehe ich absolut. Ihr könnt bleiben solange ihr wollt."
„Da wäre übrigens noch etwas", fügte Peter hinzu, nachdem er sich wieder gesetzt hatte. „Mars erwähnte den Absturz eines Raumschiffes im Wald. Wir vermuten ein menschliches Schiff von der Erde dahinter. Habt ihr davon etwas mitbekommen?"
Sáphir verneinte.
Alram jedoch rieb sich nachdenklich das Kinn. Schließlich meinte er:
„Kolnar, ein guter Freund von mir, berichtete, dass er während der Jagd im Wald beobachtet hat, wie ein glühendes Objekt etwa zwölf Geschichten von hier in den Wald gestürzt ist. Er wollte nachsehen, wurde jedoch von Neptuniern überrascht und beinahe gefangen genommen."
„Das muss es sein", stieß Bret hervor. „Wir müssen sofort dort hin."
„Das meine ich auch", stimmte Peter zu. „Alram, könnte dein Freund uns die Stelle zeigen?"
„Ich werde ihn fragen und komme natürlich mit euch."
„Wir sind ebenfalls dabei", meldeten sich Erdalf und sein Sohn. Hrolph flog ganz dicht zu Peter, legte ihm die Hand auf die Schulter und verdeutlichte damit seine Unterstützung.
„Du musst schon wieder weg?", fragte Simonja Bret traurig.
„Ich lasse Peter niemals alleine, doch ich komme auch diesmal

zu dir zurück." Er strich ihr eine Haarsträhne aus dem Gesicht und küsste sie erneut.

55

Als Mario Trebes die Augen öffnete, lag er auf dem Rücken und blickte in den strahlend blauen Himmel. Stöhnend hielt er einen Arm vor seine geblendeten Augen. Der Computer-Experte der *Glimmer Of Hope* hatte starke Kopfschmerzen. Langsam nahm er den Arm wieder weg, kniff die Augen zu Schlitzen zusammen und richtete sich auf um sich umzusehen.
„Warum bin ich in einem Wald?", murmelte er leise.
„Commander, er ist wieder wach", rief jemand hinter ihm, allerdings viel zu laut für seine hämmernden Kopfschmerzen. Er zuckte zusammen und drehte sich zornig zur Stimme um und erkannte seine Kollegin.
„Ruji! Was ist passiert? Wo sind wir? Und was ist mit deinem Arm passiert?"
„Erinnerst du dich denn nicht mehr?", fragte Ruji Kaluç. „Wir sind doch hier abgestürzt. Ich habe mir den Arm gebrochen und du hast dir den Kopf gestoßen. Du warst sogar bewusstlos. Es hatte stark geblutet. Ich habe dir einen Verband gemacht."
Mario tastete nach der Bandage auf seinem Kopf.
„Ach ja, ich erinnere mich an den Absturz, aber an nichts danach. Mir brummt ganz schön der Schädel, aber mir ist nicht übel. Ich glaube nicht, dass ich eine Gehirnerschütterung habe. Was ist mit den Anderen?"
„Bis auf ein paar Kratzern sind alle wohl auf", sagte Sebastian Echolon, der hinter den beiden auftauchte. „Und es ist auch schön, sie wieder munter zu sehen, Mario. Bertrand und Remi befinden sich auf Erkundungstour im näheren Umfeld. Die *Hope* steht einige Meter von hier in der Schneise."
„Das Schiff, es ist noch intakt?"
„Mehr oder weniger. Remi hat ein wahres Wunder vollbracht, indem er uns heil runter brachte. Er hat das trudelnde Schiff halbwegs stabilisieren können und in einen stabilen Sinkflug gebracht. Natürlich waren wir viel zu schnell und sind sehr

heftig aufgeschlagen, wobei der Ring komplett zerstört wurde. Anschließend sind wir noch weit durch diesen Wald gerutscht. Die Erschütterungen waren furchtbar. Bei dem Ritt durch diesen Wald haben sie und Ruji sich ihre Verletzungen zugezogen. Schließlich stoppte das Schiff und wir haben sie hierher, auf diese kleine Lichtung gebracht. Im Schiff sind die Elektronikbauteile der Steueraggregate durchgeschmort. Sie können durch Ersatzteile ausgetauscht werden. Die Schäden am Rumpf sind leider gravierender. Ohne Ring können wir fliegen, aber es gibt zahlreiche kleinere und größere Löcher in der Hülle. Die können wir nicht so ohne weiteres reparieren. Wir benötigen dafür Stahlplatten."
„Sie meinen wir sitzen hier fest?"
„So sieht es momentan jedenfalls aus. Außerdem wüsste ich nicht, wohin wir fliegen könnten. Schauen sie."
Der Commander zeigte mit dem Finger in den Himmel. Trebes schaute hoch und erkannte neben den großen, beeindruckenden Himmelskörpern über Teros auch das abgetrennte Stück der Erde.
„Es ist weg, Mario. Verstehen sie? Das Wurmloch ist weg, nachdem es schon ein Stück unserer Heimat verschlungen hatte."
Einige Zeit später, nachdem Trebes etwas getrunken und eine Notration gegessen hatte, waren die Kopfschmerzen fast verschwunden. Er hatte mit dem Austausch der verschmorten Platinen begonnen. Das Schiff ruhte am Ende einer schier endlosen Schneise im Wald. Der Commander und Ruji unterstützten ihn als Remi Dyk und Bertrand Carpentier zurückkamen. Als sie Mario wohl auf sahen, freuten sie sich.
„Mon dieu, Mario, schön dich gesund zu sehen", sagte Bertrand und richtete sich anschließend an Echolon: „Commander, sie werden nicht glauben, was wir gesehen haben. Wir sind hier nicht allein."
„Nicht allein?", fragte Ruji besorgt. „Was meinst du mit ´nicht allein`?"
„Was haben sie entdeckt?", forderte Echolon die Beiden zum Bericht auf.

„Sir, wir schlugen uns durch diesen unglaublich dichten Wald, als wir auf so eine Art Trampelpfad stießen. Wir folgten ihm einige Zeit, als Remi plötzlich seltsame Fußspuren entdeckte."
„Von einem Tier?"
„Nein, Sir, weder tierischer noch menschlicher Herkunft."
Der Commander runzelte die Stirn.
„Sie meinen doch nicht etwa…"
„Doch, Sir, außerirdisch!", unterbrach ihn Remi. „Wir folgten den Spuren, bis wir die fremden Wesen eingeholt hatten. Sie bewegten sich nur sehr langsam fort. Es waren zehn etwa zweieinhalb Meter große Kreaturen mit zwei Armen, zwei Beinen und einem Kopf. Sie hatten eine grünlich schuppige Haut und Fischaugen. Ihr Gang war aufrecht und sie waren mit glänzenden Schwertern bewaffnet."
„Haben sie euch entdeckt?", fragte Ruji hastig.
„Zuerst nicht, aber als Remi auf einen Ast trat, drehten sich drei von ihnen um und sahen uns an. Zum Glück ignorierten sie uns gänzlich."
„Wir haben sie dann nicht weiter verfolgt und sind hier her zurückgekommen", fügte Remi hinzu.
„Das bedeutet, hier gibt es eine intelligente Lebensform. Und sie können Metall verarbeiten, schließlich haben sie Schwerter. Da wir Metall zur Reparatur benötigen, werde ich mit ihnen in Kontakt treten. In welche Richtung sind sie gegangen?"
„Das können wir ihnen nicht sagen, Sir", meinte Bertrand. „Aus irgendeinem Grund funktioniert hier weder ein Kompass, noch eine Uhr."
Gleichzeitig schaute jeder auf seine nicht funktionierende Armbanduhr.
„Ich finde die Stelle allerdings auch so wieder."
„In Ordnung", resümierte Commander Echolon. „Ihr bringt mich zu diesen Wesen. Ich werde dann den ersten Kontakt herstellen und um Hilfe bitten. Mario und Ruji, sie bleiben hier und setzen ihre Arbeiten fort."
„Sie sollten sich vorsichtshalber bewaffnen, Sir", schlug der Waffenspezialist Carpentier vor. Echolon dachte kurz nach und lehnte dann ab.

„Ich möchte nicht aggressiv wirken. Es reicht wenn sie beide ihre Gewehre dabei haben, die sie aber defensiv tragen."

Dann packten sie Wasser und Notrationen in einen Rucksack und verließen das Raumschiff, doch sie kamen nicht weit. Echolon erstarrte erschrocken und Remi und Bertrand gingen mit dem Gewehr im Anschlag in die Hocke, bereit zum Feuern.

56

Kolnar hatte Alram und die Anderen zielsicher an den Ort geführt, wo er das Schiff abstürzen sah. Sie durchkämmten von hier aus als Suchkette den Wald und stießen einige Zeit später auf eine große verwüstete Stelle. Riesige Bäume waren abgeknickt, zersplittert und platt gewalzt wie Streichhölzer. Zweifelsohne konnte dies nur die Absturzstelle gewesen sein, doch es gab keinerlei Trümmerteile. Stattdessen führte eine lange, breite Schneise, deren Ende für Peter, Bret und dem Rest der Suchenden nicht erkennbar war, von ihnen weg.
„Das Schiff muss noch intakt sein", sinnierte Bret. „Vielleicht lebt die Besatzung sogar noch. Ich schlage vor, wir folgen der Schneise."
„Ja, du hast bestimmt Recht. Ich glaube auch, dass sie noch leben", stimmte Alram zu.
Somit folgten sie der brutal in die Natur gezogenen Spur des Raumschiffs. Das Gehölz war innerhalb der Schneise so platt gewalzt, dass sie recht mühelos vorankamen.
Nach einer Weile bemerkte Erdalf, dass sich die Sonne viel weiter vorne in der Schneise an etwas metallischem spiegelte.
„Ich glaube, dort vorne ist etwas."
Alle strengten ihre Augen an, um etwas zu erkennen.
„Ja, ich glaube ich sehe es auch, dort glitzert etwas metallisch. Das muss das Raumschiff sein."
„Schau doch einmal nach, Hrolph", schlug Alram vor. „Aber pass auf dich auf."
Hrolph nickte und schrumpfte auf ein Viertel seiner Größe. In dieser Erscheinung flog er schnell zum Wrack. Er beobachtete aus sicherer Höhe drei Menschen etwas abseits des Schiffes, von denen zwei augenscheinlich leicht verletzt waren. Schließlich kehrte Hrolph zu seinen Freunden zurück. In seiner normalen Größe berichtete er durch Handzeichen, was er gesehen hatte. In Peter und Bret stiegen Stolz, Hoffnung und Euphorie.

„Das sind tatsächlich Menschen von der Erde", jubelte Bret.
„Wir müssen ihnen helfen."
„Natürlich werden wir ihnen helfen, Bret, aber wir sollten weiterhin vorsichtig sein", mahnte Alram.

Ohne Zwischenfall erreichten sie schließlich das havarierte Raumschiff. Staunend umrundeten sie es entgegen dem Uhrzeigersinn, wobei sie einige große Beschädigungen an der Steuerbordhülle bemerkten.

„Es ist erstaunlich, was die Menschen in all den Jahren erreichen konnten", staunte Alram. „Wir glaubten einst, dass die Wesen aus diesen Himmelsschiffen Götter sein mussten, wenn sie von den Sternen zu uns kamen. Nun hat unsere Rasse die gleiche, unglaubliche Leistung vollbracht."

„Ich staune auch", antwortete Peter. „Dass wir ein solches Raumschiff haben, wusste ich auch nicht. Stell dir einmal vor, wir Sieben landen mit diesem Schiff auf einem unterentwickelten Planeten. Dann wären *wir* für *sie* die Götter."

„Faszinierend", meinte Alram nachdenklich.

„Hier vorne steht etwas geschrieben", rief Bret. „Das muss der Name des Schiffes sein. Es ist zwar stark verkratzt, aber ich glaube da steht ´*Glimmer Of Hope*`."

„Cooler Name! Ist irgendwie passend", fand Peter.

Als sie an der Backbordseite angekommen waren, entdeckte Alram eine geöffnete Luke.

„Hier scheint es hinein zu gehen. Ich werde mit Peter das Fluggerät betreten und die Menschen suchen. Ihr haltet hier draußen die Augen auf."

In dem Moment stieß Kolnar ein „Passt auf!" heraus.

Alle wirbelten herum und starrten entsetzt auf die drei Männer, die aus der Luke heraus gekommen waren und mit ihren Waffen auf sie zielten.

„Nicht schießen!", rief Peter als erster und hob beruhigend die Hände. „Wir sind keine Feinde. Wir sind Menschen von der Erde, wie ihr."

„Von der Erde? Wie soll das denn möglich sein?" Sebastian

Echolon schüttelte zweifelnd den Kopf.
Schritt für Schritt ging Peter langsam auf die drei Männer zu.
„Das ist eine lange Geschichte, die wir euch gerne erzählen werden. Dafür sagt ihr uns, wie die NASA den Besitz eines solchen Raumschiffs trotz Internets und Verschwörungstheoretikern geheim halten konnte."
Echolon schmunzelte. Diese Worte überzeugten ihn. Er wies Remi und Bertrand an, die Waffen zu senken.
„Aber er ist bewaffnet", protestierte Bertrand so laut, dass Peter es ebenfalls hören konnte.
„Das Schwert gehört auch zur Geschichte", beruhigte Peter und legte es vorsichtig auf den Boden. Nachdem er es weitere drei Schritte hinter sich gelassen hatte, senkten auch Remi und Bertrand ihre Gewehre. Schließlich war Peter bei ihnen angelangt.
„Ich bin Peter Tenner aus Deutschland", streckte er dem Commander seine Hand entgegen. Echolon nahm sie und stellte sich und seine Crewmitglieder vor.

57

Sebastian Echolon und seine Crew hörten den Ausführungen von Bret, Peter und Alram gebannt zu und beobachteten Hrolph beeindruckt bei seinen Verwandlungstricks. Unter normalen Umständen hätten sie dies alles als zu phantastisch abgetan, aber hier, auf diesem fremden Planeten, wussten sie, dass alles Realität war.
Seit einigen gefühlten Stunden befand sich die zwölfköpfige Gruppe auf dem Weg zurück nach Galosch. Echolon hatte eingewilligt, Sáphir und Mars zu treffen, um Hilfe bei der Reparatur der *Hope* zu erhalten.
„Und hier gibt es wirklich keinen Zeitfluss?", fragte Mario Trebes. „Wir würden nicht altern, wenn wir hier bleiben?"
„So ist es", antwortete Alram ruhig. „Ich bin nicht einen Tag älter geworden, seit ich nach deiner Zeitrechnung vor tausenden von Jahren hier her gebracht wurde. Niemand von uns."
Remi Dyk deutete auf sein Handgelenk.
„Und das soll der Grund für den Ausfall unserer Uhren sein? Das verstehe ich nicht. Uhren sind doch mechanisch, oder elektrisch angetrieben. Sie werden nicht von etwas ungreifbaren wie ´Zeit` beeinflusst. Das ist ganz schön unheimlich."
Wenig später erreichten sie die Kuppe, von der auch Peter und Bret das Dorf zum ersten Mal gesehen hatten und von der aus Peter entführt wurde.
„Oh, das ist wunderschön!" Ruji Kaluç war von der Pracht des Ausblicks beeindruckt. Die Anderen aus ihrer Crew hatten ähnliche, euphorische Worte auf den Lippen. Nach einer Pause wanderten alle weiter in das Dorf.
Zurück in Galosch freuten sich Sáphir und die Dorfbewohner über die Rückkehr ihrer Freunde und über die nächsten Neuankömmlinge. Erneut war der Dorfälteste ein guter Gastgeber und bewirtete seine Gäste gut. Nach dem Essen

losten Peter und Bret darum, wer mit dem Commander zu Mars reisen sollte. Peter hatte zwei Streichhölzer in den Fingern, deren Ende man nicht sah.
„Wer das kürzere zieht geht zu Mars", erklärte er und ließ Bret eines ziehen. Bret erwischte das längere Streichholz und zog sich augenblicklich mit Simonja in Sáphirs Höhlenhaus zurück. Peter sah den beiden lächelnd hinter her und warf sein ebenfalls langes Streichholz auf den Boden. Anschließend reiste er mit dem Commander per Teleporter zu Mars ins Kristall-Gebirge. Remi, Mario, Ruji und Bertrand blieben bei Alram, Hrolph und den Dörflern, um weitere Geschichten auszutauschen.

Mars empfing die Menschen freundlich und ging mit ihnen zur Kommandozentrale, wo sie auf den Stühlen Platz nahmen. Er spürte Echolons anfängliche Angst vor ihm und versuchte ihn zu beruhigen, indem er den beiden einen wohl schmeckenden Tee servierte.
„Ich bin wirklich zutiefst beeindruckt, dass die Menschen es geschafft haben, den Weltraum zu bereisen. Das ist eine unglaubliche Leistung."
„Vielen Dank", sagte Echolon noch etwas gehemmt. „Es gab einige Rückschläge, aber schon vor vierzig Jahren hatten wir den größten Durchbruch, als der erste Mensch den Mond betrat."
„Du meinst den Trabanten, der euren Planeten umkreist, nicht wahr? Habt ihr denn mittlerweile entdeckt, dass dort auf der erdabgewandten Seite ein von Neptun abgeschossenes Raumschiff liegt?"
„Nein, an eine solche Entdeckung kann ich mich nicht erinnern."
„Glaube mir, es liegt dort im Staub. Wenn ich mich richtig erinnere, ist es *Apollos* Schiff. Es war sehr mutig von dir und deiner Crew, Neptuns Raumschiff anzugreifen. Ihr habt Glück, noch am Leben zu sein."
„Was hätten wir denn sonst tun sollen? Tatenlos zusehen, wie die Erde verschluckt wird? Wir kannten ja vorher seine Stärke

nicht. Leider hatten wir tatsächlich keine Chance. Beim Absturz saß glücklicherweise der beste Pilot am Steuer, den ich kenne. Trotzdem hat unser Schiff großen Schaden genommen. Die Elektronik ist reparabel, aber der Rumpf hat Löcher, die wir mit dicken Stahlplatten verschweißen müssen. Sonst können wir nicht mehr fliegen, geschweige denn wieder in den Weltraum."
„Ihr benötigt lediglich einige Metallplatten, um euer Schiff wieder tauglich zu machen? Dann kann ich euch helfen." Mars deutete mit den Armen umher. „Du bist von Metallen umgeben. Mein Schiff wird nie wieder fliegen. Du kannst so viel Metall haben, wie du willst."
„Vielen Dank", sagte Echolon begeistert. „Da wird meine Crew sich freuen."
„Aber wie kommen wir damit wieder nach Hause?", unterbrach Peter den Jubel und richtete sich an Mars. „Hast du Fortschritte mit unserem Gerät gemacht? Vielleicht könnten wir es in die Systeme der *Glimmer Of Hope* integrieren."
Mars dachte über Peters Worte nach und sagte dann: „Peter, du hast für einen Menschen einen brillanten Verstand. Bevor ihr zu mir kamt, wollte ich dich in dem Menschendorf besuchen, um zu berichten. Ich verstehe nun, wie der irdische Weltenwandler funktioniert. Leider ist er bei deiner Flucht aus Neptuns Aquacella nass geworden und kann unmöglich einen Tunnel in der Atmosphäre dieses Planeten generieren. Die Energie ist zu schwach. Ich hatte befürchtet, dass ihr hier gestrandet wärt, doch mit dem Menschenraumschiff ergeben sich völlig neue Möglichkeiten. Ich glaube in der Tat, dass wir eine irdische Technologie mit einer anderen irdischen Technologie verbinden können."
Dann wandte er sich an Echolon: „Commander, ich muss mir dein Schiff ansehen."
Daraufhin begaben sich die Drei zurück nach Galosch und von dort fuhren sie zusammen mit dem holländischen Piloten in Peters Chevrolet, der mit der Fernreise-Maschine überbrückt wurde und dem Hrolph erneut als Rad diente,

weiter zum Raumschiff. Mars' Untersuchung des Schiffs und seiner Technik dauerte sehr lange. Dyk maß in der Zwischenzeit alle Löcher im Rumpf aus. Schließlich berichtete Mars den Menschen.

„Ich muss euch sagen, dass es möglich ist, den Weltenwandler mit dem Schiff zu benutzen. Allerdings benötigt ihr zusätzlich meinen Kontroll-Computer, um das Tor in eure Galaxie groß genug für das Schiff zu machen. Leider werdet ihr nur einen Versuch haben, dann ist das Gerät für immer unbrauchbar."

Alsdann begannen alle mit der Arbeit. Ein Team um Bertrand, Bret, Erdalf und Grundalf demontierte zahlreiche Wandverkleidungen und Stahlverstrebungen aus Mars' Schiff. Mit Hilfe der Antigravitations-Maschine, die sie an den Chevrolet banden, zogen sie das Metall vom Kristall-Gebirge durch den Wald von Algrén bis hin zur Absturzstelle. Remi Dyk und Peter schweißten sie am Rumpf fest, während Ruji und Mario die Reparatur der Elektronik vorantrieben. Mars installierte mit Sebastian Echolons Hilfe den Weltenwandler, sowie den Kontrollcomputer in die Systeme der *Glimmer Of Hope*. Auf Sáphirs Initiative hin, wurde ein Teleporter an einem unbedeutenden Platz im Wald demontiert und in den Frachtraum der *Hope* gebracht. Sie sollte später mit dem Schiff auf das Stück der Erde gebracht werden, damit die Menschen dort auch eine Anbindung an Teros und Minda hätten.

Die Arbeiten waren schwierig und dauerten sehr lange. Bis auf Mars schliefen zwischendurch alle ein paar nichterzählte Geschichten lang im Schiff.

Schließlich war die Reparatur doch abgeschlossen. Bret schätzte, dass in einem normalen Zeitkontinuum drei Tage vergangen wären. Nun stand der Testflug auf dem Programm. Die Crew und Mars befanden sich auf der Brücke, während alle anderen sich im Schiff auf die Quartiere und den Frachtraum verteilten. Auf Commander Echolons Befehl hin, startete Dyk die Triebwerke, die zum Glück problemlos anliefen. Nur ein leichtes Vibrieren durchzog das Schiff.

„So weit so gut. Fliegen sie uns jetzt nach Galosch, Remi."
Mit einem „Eye, Sir", bestätigte der holländische Pilot den Befehl und gab Druck auf die unteren Manövrierdüsen. Die Vibrationen wurden etwas stärker, als das Schiff langsam vom Boden abhob.
„Sie ist sehr schwerfällig und zieht nach Backbord", schimpfte Dyk.
Das Schiff driftete einen Meter über dem Boden schwebend nach links. Dabei walzte es Brets Chevrolet und weitere Bäume platt.
„Godverdamme", fluchte der Pilot in seiner Muttersprache.
„Entschuldigung, mein Fehler. Aber ich glaube, jetzt habe ich es."
Das Schiff stabilisierte sich und flog höher. Über den Baumkronen machte Remi einige Testmanöver. Er war zufrieden und flog schließlich weiter nach Galosch, das sie schnell erreichten. Etwas abseits des Dorfes fuhr er die Landestützen aus und setzte das Schiff sanft auf dem Boden auf.
„Ihre erste gute Landung auf diesem Planeten", scherzte Echolon.

Ein letztes Mal trafen sich alle in Galosch zu einem großen Abschiedsfest. Es gab saftiges Fleisch mit Kartoffeln und Brot zu essen. Zu Trinken gab es Wasser und Wein. Die Stimmung war fröhlich und ausgelassen.
Etwas weiter weg von der Gruppe saßen Bret und Simonja auf einer schlichten Holzbank am Fluss und hielten ihre Hände.
„Ich möchte dich nicht verlassen, Simonja. Ich habe mich in dich verliebt und möchte mit dir zusammen bleiben. Aber ich kann auch nicht hier bleiben. Ich habe auf der Erde eine Familie und Freunde. Außerdem ist da auch noch Peter, der wie ein Bruder für mich ist. Daher möchte ich dich fragen, ob du dir vorstellen kannst, mich zur Erde zu begleiten."
Peter schaute seiner Angebeteten erwartungsvoll in die Augen. Simonja erwiderte seinen Blick lächelnd.
„Ich habe bereits mit meinen Eltern darüber gesprochen. Sie

sagten mir, wenn ich gehen wolle, hätte ich ihren Segen. Es gibt nichts, was ich lieber tun würde, als dich zur Erde zu begleiten. Meine Antwort ist: Ja, ich komme mit dir."
„Ich kann nicht glauben, was ich für ein Glück habe", jubelte Bret. Dann küssten sie sich und begaben sich zur Feier zurück. Unterwegs kamen sie an einer anderen Stelle des Flusses vorbei und trauten ihren Augen kaum. Dort standen Peter und Simonjas Schwester Alina, und küssten sich ebenfalls. Als sie die Beiden bemerkten, wirkten sie ertappt.
„Na ja, was soll ich sagen?", lachte Peter. „Es ist auf jeden Fall so, wie es aussieht."
„Ich freue mich für euch", grinste Bret und zwinkerte seinem Freund zu. Dann schlenderten sie zu viert ins Dorf zurück.
Irgendwann war das Fest schließlich vorüber und die Letzten legten sich schlafen. Beim Hahnenschrei sammelten sich alle am Raumschiff. Mars verabschiedete sich von seinen menschlichen Freunden.
„Bevor ihr den Weltenwandler aktiviert, denkt daran, dass unbekannte Nebenwirkungen sehr wahrscheinlich sind. Niemand kann voraussagen, was passieren wird, wenn ihr durch den Tunnel fliegt. Ich berechne die Chance, dass alles gut geht auf achtundsiebzig Prozent. Ich wünsche euch viel Glück und ein langes Leben. Wie machen die Menschen das?"
Er streckte Peter die Hand entgegen, doch Peter umarmte ihn und Bret machte es ihm gleich.
„Vielen Dank für die Naniten und für alles andere."
„Setze sie stets weise ein, dann werden sie dir in allen Situationen, in denen du sie benötigst, helfen."
Auch die Crew der *Glimmer Of Hope* bedankte und verabschiedete sich mit einem Handschlag von ihm. Dann hinkte er langsam zum Teleporter und verschwand darin.
Sáphir und Alram stiegen mit der Crew in das Raumschiff. Sie wollten mit den Menschen auf dem Erdenstück in Verbindung treten, ihnen die Situation erläutern und den Teleporter installieren.
Peter, Bret, Simonja und Alina, die ebenfalls mit zur Erde kam, verabschiedeten sich vom traurigen Hrolph, von Erdalf,

Grundalf und von den restlichen Dörflern. Der weinenden Fatma versprachen Peter und Bret, dass sie auf ihre Töchter aufpassen würden, so lange sie leben. Dann gingen die Vier an Bord und die Luke schloss sich automatisch. Nachdem die Dorfbewohner etwas auf Abstand gegangen waren, startete das Schiff und flog rasch in den Himmel.

Der Flug zum Erdenstück dauerte nicht sehr lange. Es war ein bizarrer Anblick: Je näher sie kamen, desto deutlicher erkannte man die Ostküste Australiens. Echolon entschied sich öffentlichkeits-wirksam im *Sydney Park*, nördlich vom Flughafen der australischen Metropole zu landen. Er war groß genug für das Schiff und lag ideal zentral für den Teleporter. Das Chaos, das in der Stadt herrschte, war schon aus der Luft zu erkennen. Viele Häuser und Autos brannten. Es herrschte offensichtlich Anarchie.

Nach der Landung des Raumschiffes, hatten sich die Menschen schnell im Park versammelt. Sie erkannten die *Glimmer Of Hope* aus der Präsentation im TV wieder.

„Ich beneide sie nicht um ihre Aufgabe", sagte Echolon zu Sáphir zum Abschied, nachdem sie den Teleporter abgeladen hatten.

„Mein Sohn, ich habe keine Angst. Diese Menschen brauchen eine neue Hoffnung, die wir ihnen geben können."

Dann kam auch für Bret, Simonja, Alina und Peter der Abschied von Sáphir und Alram.

„Meine Töchter, ich wünsche euch, dass ihr ein glückliches und langes Leben führt. Lebt wohl, meine Kinder." Er gab ihnen einen väterlichen Kuss auf die Stirn. „Und ihr passt auf die beiden auf", flüsterte er Peter und Bret während der Umarmung ins Ohr.

Auch Alram nahm Abschied von seinen Freunden.

„Es war mir eine Ehre, euch kennen gelernt zu haben. Dank euch haben wir unzählige neue Geschichten zu erzählen. Lebt wohl."

Commander Echolon erklärte sich bereit, gewichtsbedingt

maximal einhundert Menschen mitzunehmen, die nicht aus der abgeschnittenen Zone der Erde kamen. Die Auswahl per Ausweiskontrolle, verlief ausgesprochen ruhig und gesittet ab. Einige protestierten lautstark, aber es kam nicht zu größeren Ausschreitungen. Die Menschen spürten seit ihrer Ankunft in dieser Galaxie eine positive, nicht definierbare Änderung in ihrer Existenz. Die meisten empfanden es nicht als schlimm, dass sie hier gestrandet waren, sondern als Chance für die Zukunft. In dieser Meinung bestätigte sie auch Sáphir.
Nachdem die Luke geschlossen wurde startete das Raumschiff und hob ab. Es entfernte sich rasch von den Planeten und hielt den von Mars empfohlenen Kurs. Echolon aktivierte den Weltenwandler und den Kontrollcomputer. Alle hielten angespannt den Atem an. Simonja klammerte sich an Bret fest. Auf dem kleinen Display des Wandlers erschien erneut der lateinische Text ´Iussa facere`.

Einen Augenblick später bildete sich vor dem Raumschiff ein Galaxie-Tunnel im luftleeren Raum des Alls und hielt seine Position vor dem fliegenden Raumschiff. Die grelle Scheibe wurde immer größer und größer, doch sie flackerte.

„Das Wurmloch ist nicht stabil", rief Ruji Kaluç. „Wir müssen sofort hindurch fliegen."

„Das geht noch nicht. Es ist noch viel zu klein", bellte der Commander. „Mario, können sie es stabilisieren?"

„Ich versuche es ja schon, aber ich weiß nicht, wie lange der Akku noch hält." Mario Trebes korrigierte einige Daten an dem Computer, so wie Mars es ihm gezeigt hatte. Tatsächlich beruhigte sich das Flackern etwas.

„Laut Telemetrie brauchen wir nur noch wenige Meter", sagte Remi.

Schließlich hatte die Scheibe ihre programmierte Größe erreicht, doch sie drohte jeden Moment auszufallen. Ein weiterer Versuch wäre nicht möglich gewesen, weil der beschädigte Nuklear-Akku so gut wie leer war. Im nächsten Moment blieb das Wurmloch stehen und das Raumschiff glitt hinein. Keine Sekunde später fiel der Ereignishorizont in sich zusammen.

58

Bret Mulligan beobachtete mit müden Augen den Mittelstreifen der Autobahn. Der fünfundzwanzig-jährige Geologie-Student war gebürtiger Amerikaner, lebte jedoch schon seit fünfzehn Jahren in Deutschland. Mit seiner großen, sportlichen Statur und seinen strohblonden, gelockten Haaren, hielt ihn jeder, der ihn zum ersten Mal traf, für eine Person aus dem skandinavischen Raum.
Im Scheinwerferlicht seines Autos wirkte das Wechselspiel zwischen den weißen Mittelstreifen und der stets folgenden Lücke fast hypnotisch auf ihn. Die Autobahn Nr.5 war um kurz vor zwei Uhr in der Nacht ziemlich leer. Wegen der fehlenden Unterhaltung war ihm furchtbar langweilig, zudem hatte er stark mit seiner Müdigkeit zu kämpfen. Die Rückfahrt dauerte nun schon fast zwei Stunden und einige Male waren ihm bereits die Augen kurz zugefallen. Nach jedem Einnicken gab er sich selbst eine Ohrfeige, um wieder klar zu werden, doch der Effekt hielt jeweils nur wenige Sekunden an. Das Radio schwieg ebenfalls. Es funktionierte schon seit einem halben Jahr nicht mehr. Sein Onkel hatte ihm zu seinem Geburtstag fünfhundert Euro geschenkt. Zusammen mit seinen mühsam angesammelten Ersparnissen hatte er sich den elf Jahre alten, blauen Chevrolet Blazer für zweitausend Euro bei einem Händler gekauft, der auf den Import von amerikanischen Fahrzeugen spezialisiert war. Bei der Probefahrt funktionierte das Radio mit integriertem CD-Spieler noch einwandfrei. Es hatte einen tollen Klang. Voller Vorfreude hatte Bret sich extra eine CD mit seinen Lieblingssongs zusammengestellt.
„Ich dachte, es würde wieder laufen", grübelte Bret, nachdem er das Radio eingeschaltet hatte, es jedoch keinen Ton von sich gab. „Da habe ich mich wohl getäuscht", zuckte er gleichgültig mit der Schulter.
Von seinem Freund und Kommilitonen war auch keine

Ablenkung zu erwarten. Peter Tenner schlief tief und fest auf dem quietschenden Beifahrersitz und schnarchte leise vor sich hin. Er hatte sich mindestens einen Cocktail zu viel gegönnt. Aber schließlich hatte er am Morgen das Auslosen gewonnen, als es darum ging, wer diesmal fahren müsste. Bret verdrehte die Augen als er daran dachte wie oft Peter bei solchen Entscheidungen schon Glück gehabt hat. Er war sich jedoch sicher, dass er in letzter Zeit auch das eine oder andere Auslosen gewonnen hatte. Er konnte sich nur nicht mehr an die Umstände erinnern.

In Bret schrie die Vernunft nach einer Pause, außerdem verspürte er große Lust auf eine Tasse heißen Kaffee. Er erinnerte sich an eine kleine Tankstelle, die hier in der Nähe etwas abseits von der Autobahn lag. Sie hatten bis nach Hause noch etwa vierzig Minuten Fahrt vor sich und er wusste, dass auf ihrem Weg kein weiterer Rastplatz mehr kommen würde. Also entschied er sich für den Stopp und fuhr von der Autobahn runter. Wenig später bewegte sich der Wagen auf einer Landstraße durch ein Waldgebiet. Bret rüttelte an Peters Schulter.

„Was ist denn los?", stöhnte Peter. „Sind wir etwa schon da?"
„Nein, aber ich brauche dringend eine Kaffee-, Frischluft- und Toilettenpause. Glaube ich jedenfalls." Den letzten Satz sagte Bret ein wenig nachdenklich.
„Du *glaubst* nur, dass du auf die Toilette musst? Na wenn du es nicht weißt, ich weiß es auch nicht." Peter rieb sich die Augen und horchte kurz in sich hinein. „Für mich klingen alle drei gut. Ich finde es war eine tolle Party, oder? Schade nur, dass du nichts trinken konntest. Willi hat echt klasse Cocktails gemacht."
„Ja, ja, klasse Cocktails", sagte Bret geistesabwesend.
„Hättest du die höhere Zahl gewürfelt, wäre ich gefahren", stichelte Peter, bis er merkte, dass Bret etwas verwirrt wirkte. „Was ist eigentlich los mit dir? Geht es dir nicht gut? Du wirkst irgendwie abwesend."
„Nein, alles in Ordnung. Ich hatte gerade nur ein ziemlich intensives Déjà-vu."

„Jetzt eben, hier im Auto?", fragte Peter.
„Ja, genau. Bis auf ein paar Kleinigkeiten stimmte alles."
„Was für Kleinigkeiten meinst du denn?"
„Na du zum Beispiel. Ich hätte schwören können, dass dir noch ein wenig schwindelig vom Alkohol ist."
„Mir geht es aber gut. Ich fühle mich sogar so, als wenn ich überhaupt nichts getrunken hätte. Ist ja auch besser so."
„Natürlich, du hast ja Recht, aber ich habe trotzdem ein komisches Gefühl im Bauch. Ich glaube außerdem die ganze Zeit, dass wir irgendetwas vergessen oder verloren haben."
„Was sollte das schon sein?" Peter schaute aus dem Seitenfenster in die Dunkelheit. Er wollte nicht zugeben, dass er ebenfalls das Gefühl hatte, dass irgendetwas nicht stimmte.
Fünf Minuten später lenkte Bret den Wagen auf das Tankstellengelände. Ein großes, verwittertes Schild stand hier: „*Toni's Tank und Rast – 24 Stunden*".
Es war jetzt kurz nach zwei Uhr. Bret parkte den Wagen direkt neben einen roten Nissan. Der kleine Japaner wirkte im Vergleich mit dem bulligen Chevrolet wie ein Spielzeugauto. Bret schaltete den Motor aus, der sich mit einem leisen Zischen dafür bedankte. Peter wollte gerade aussteigen, als Bret ihn am Arm festhielt.
„Warte mal kurz."
„Was ist denn los?"
„Es ist nur…" Bret zögerte. „Ich habe das Déjà-vu noch immer. Der rote Nissan hier, ich habe vorher gewusst, dass der hier steht."
„OK, mir kommt er auch bekannt vor, aber was soll's?"
„Ich weiß ja auch nicht", überlegte Bret, bis ihm etwas einfiel. „Öffne doch bitte mal das Handschuhfach. Ich habe da so eine Ahnung."
Peter öffnete die Klappe und schaute hinein.
„Und, was ist drin?"
„Nichts Besonderes. Jede Menge Papierkram, dein Handy, eine Packung Erdnüsse und zwei Kugelschreiber." Peter sah seinen Freund erwartungsvoll an. „Zufrieden? Können wir jetzt was essen gehen?"

„Nur *ein* Handy?" Bret knetete einige Sekunden lang nachdenklich seine Unterlippe. Dann schüttelte er den Kopf und fragte: „Kennst du eigentlich eine Simonja?"
„Simonja? Was soll denn das für ein Name sein? Ich kenne eine Simone. Die habe ich vor ein paar Monaten in der Mensa kennen gelernt, aber keine Simonja. Können wir jetzt endlich gehen?"
„Nein!", sagte Bret knapp und startete wieder den Motor. Peter protestierte, war aber hilflos auf dem Beifahrersitz.
„Ich habe ein ungutes Gefühl und will hier nur noch weg. Wenn du Hunger hast, kannst du ja die Erdnüsse essen."
Mit diesen Worten bog Bret mit dem Wagen vom Tankstellengelände auf die Straße.
In diesem Moment erhellte ein allgegenwärtiger Blitz die Nacht und die Realität veränderte sich. Nicht mal eine Sekunde dauerte der Wandel.
Erschrocken sahen Peter und Bret sich an, dann blickten sie wild um sich. Sie erkannten die neue, alte Umgebung, in der sie sich befanden, sofort wieder. Sie waren nicht mehr im Auto auf einer Straße in Baden-Württemberg, sondern saßen in ihrem Quartier, an Bord der *Glimmer Of Hope*, an einem Tisch, zusammen mit Simonja und Alina, die ebenfalls erschrocken drein schauten.
„Was zum Teufel ist da eben passiert?", fragte Peter hastig.
„Ich weiß es nicht, aber ich ahnte doch, dass etwas nicht stimmte. Wie geht es euch?", fragte Bret die Frauen.
„Ich bin verwirrt", antwortete Simonja. Ich war gerade wieder in der Backstube bei meiner Mama."
„Ich auch", stimmte Alina zu. „Plötzlich gab es einen Blitz und ich war wieder hier."
„Bei uns war es ähnlich. Wir waren wieder auf der Erde, genau zu dem Zeitpunkt, als alles anfing. Ich hatte die ganze Zeit das Gefühl, dass irgendetwas nicht stimmt", erklärte Bret.
„Ja, du hattest ein Déjà-vu, hast du gesagt. Als du dann gänzlich von dem ursprünglichen Ablauf abgewichen bist, gab es diesen grellen Blitz und alles hat sich verändert."
„Glaubst du, dass wir eine Zeitreise gemacht haben?", fragte

Bret.

„Keine Ahnung", zuckte Peter mit den Schultern. „Vielleicht befanden wir uns in einer Art von Zeitschleife, aus der du uns mit dem Verlassen der Tankstelle herausgebracht hast. Möglicherweise hat das etwas mit deinen Nano-Sonden zu tun."
Die Verwirrung der vier wurde von einer Überraschung übertroffen, als auf einmal ein klopfendes Geräusch aus einem Stahlspind kam. Peter hatte sein erobertes Perlmutschwert dort verstaut und öffnete nun vorsichtig die Tür. Zu seinem Staunen befand sich darin nicht sein Schwert, sondern ein schelmisch grinsender, schwebender Wicht.
„Hrolph? Wo kommst du denn her", fiel Peter aus allen Wolken. Auch die anderen drei konnten es nicht fassen.
„Du hast dich in Peters Schwert verwandelt?", fragte Bret, woraufhin Hrolph bestätigend nickte. „Und du weißt, dass wir nicht mehr nach Teros oder Minda zurückkehren können?" Wieder nickte Hrolph. „OK, dann bleibst du eben bei uns, was aber keiner auf der Erde erfahren darf." Anschließend fielen sich die Freunde freudig in die Arme. Hrolph machte ihnen klar, dass auch er eine Art Déjà-vu-Erlebnis hatte und deshalb seine Schwertform verloren hatte. In diesem Moment ertönte Commander Echolons Stimme aus einem Lautsprecher:
„An alle an Bord, hier ist der Commander. Ich freue mich, ihnen mitteilen zu können, dass wir den Flug durch das Wurmloch schadlos bewerkstelligt haben, und dass wir uns nun im Anflug auf die Erde befinden."
„Das muss ich sehen", rief Bret euphorisch. „Lasst uns schnell auf die Brücke gehen." Hrolph verwandelte sich wieder in das Schwert und verharrte bis auf weiteres im Schrank. Peter und Bret begaben sich mit ihren Begleiterinnen zur Kommandozentrale und erblickten auf dem Sichtschirm ein perfektes Livebild der Erde. Eine dicke Wolkendecke umspannte den ganzen Planeten. Trotzdem erkannte man die Narbe des abgetrennten Stückes.
Echolon begrüßte sie.

„Peter und Bret, dank euch ist diese Crew wieder nach Hause gekommen. Für mich seid ihr Helden."
Die Freunde winkten verlegen ab. Schließlich sagte Echolon: „Es wird nun Zeit, *Fongstar* über unsere Rückkehr zu informieren."

59

Siebzehn Tage waren vergangen, seitdem das Wurmloch urplötzlich verschwunden war und von der Erde ein gigantisches Stück abgetrennt wurde. Niemand kannte hierfür den Grund. Durch die Medien verbreitet, etablierte sich in der Weltbevölkerung die Bezeichnung 'Cutting-Day' für den Unglückstag. Überall rund um den Globus hingen dicke Wolken am Himmel, die durch das Verdampfen von Meerwasser an der Schnittfläche entstanden sind, wodurch es seit diesem Tag weltweit ununterbrochen regnete.
In dem Konferenzraum bei *Fongstar* gab es das erste Zusammentreffen seit dem *Cutting-Day*. Zu den Teilnehmern gehörten die Regierungschefs der G-8 Staaten und Chinas, der Präsident der Europäischen Kommission, der Generalsekretär der Arabischen Liga, der australische Botschafter aus Washington DC und einige Korrespondenten aus verschiedenen Ländern.
Michael Fong stand am Rednerpult und kontrollierte noch einmal seine Unterlagen, die überwiegend wissenschaftliche Daten enthielten. Es hatte bis zu diesem Tag gedauert, alle Daten, die als Ergebnis und Folgen des Cutting-Days anzusehen waren, zusammenzutragen. Fong schaute in die Sitzreihen und verspürte eine riesige Nervosität angesichts der vielen, hochrangigen Personen, die ihn erwartungsvoll ansahen. Seine Rede wurde für jeden fremdsprachigen Anwesenden simultan übersetzt. Er räusperte sich.
„Guten Abend, meine Damen und Herren. Es sind nun siebzehn Tage vergangen, als ein Phänomen, unbekannter Herkunft und Ursache, unseren Planeten heimgesucht und schweren Schaden hinterlassen hat. Ich möchte zuvor jedem Menschen, der einen Angehörigen, Freund oder Bekannten seit dem Cutting-Day vermisst, meine Anteilnahme aussprechen. Unser Planet war bereits mit fast zehn Prozent seines Volumens in das Wurmloch eingetaucht, als es sich aus

einem unbekannten Grund plötzlich auflöste. Mit ihm verschwand auch alles, was bis dahin hinein geglitten war." Zur visuellen Unterstützung wurde nun gleichzeitig eine Animation auf einem großen Bildschirm abgespielt.

„Die abgetrennte Fläche hat einen Durchmesser von achttausend Kilometern und eine Ausdehnung von über fünfzig Millionen Quadratkilometern. An der tiefsten Stelle fehlen eintausend-zweihundertfünfzig Kilometer Wasser und Erdkruste. Die Schnittkante liegt im Norden bei 20 Grad Nord, 170 Grad Ost. Sie verläuft weiter durch das Johnston-Atoll bis zum östlichen Rand bei 15 Grad Süd, 148 Grad West. Die Koordinaten des südlichen Randes lauten 52 Grad Süd, 170 Grad Ost und liegen etwa sechshundert Kilometer südlich der ehemaligen, neuseeländischen Küste. Die Kante verläuft weiter westlich an Tasmanien vorbei, auf das australische Festland. Dort geht sie mitten durch die Stadt Adelaide. Der westlichste Rand liegt bei 15 Grad Süd, 135 Grad Ost, im Bundesstaat *Northern Territory*. Verloren haben wir den größten Teil von Papua-Neuguinea, Mikronesien, Salomonen, Fidschi, Neukaledonien, die Marshallinseln, Samoa, Tasmanien, Vanuatu, Neuseeland und vierzig Prozent von Australien, wo wir die Millionenstädte Brisbane, Sydney und Melbourne, sowie die australische Hauptstadt Canberra und die Hälfte von Adelaide vermissen. Insgesamt gehen wir von unfassbaren fünfundzwanzig Millionen verschollenen Menschen aus."
Ein raunendes Gemurmel erfüllte den Konferenzsaal. Michael Fong wartete einige Sekunden, bis er wieder die volle Aufmerksamkeit hatte.
„Das plötzliche Verschwinden legte die Erdkruste frei, die aus flüssigem Magma besteht. Das umliegende Wasser des Pazifiks strömte augenblicklich auf die frei gewordene Wunde und verdampfte explosionsartig beim Kontakt mit dem Magma. Als Folge daraus bildeten sich die dicken Wolken, die den ganzen Planeten umspannen und seit dem ununterbrochen Regen bringen. Dadurch steigen die Pegel der Flüsse weltweit bedrohlich an. Das fehlende Wasser im Pazifik bewirkte ein

Absinken der Meeresspiegel um lediglich sieben Zentimeter, was mit dem global gemessen geringen Prozentsatz des verschwundenen Wassers zu erklären ist. Die Weltmeere beinhalten rund 1,3 Trillionen Liter Wasser. Da sind die Auswirkungen nicht so gravierend, wie man annehmen könnte. Wenn die Wolken ihr Wasser entladen haben, was noch zwei bis drei Wochen dauern kann, wird der Meeresspiegel wieder um etwa zwei Zentimeter gestiegen sein. Des Weiteren, das betrifft die Tier- und Pflanzenwelt, rechnen wir mit…"
Michael Fong wurde unterbrochen, als Dick Hayritt an ihn heran trat und ihm leise etwas zutrug, während er das Mikrofon am Pult zuhielt. Anschließend verließ er wieder den Saal.
„Verehrte Anwesende, bitte entschuldigen sie mich für einen Moment. Wie es aussieht, gibt es wichtige Neuigkeiten."
Mit diesen Worten kehrte er den Staatsoberhäuptern und Amtsinhabern den Rücken zu und verließ ebenfalls den Saal. Auf dem Korridor warteten Hayritt und McGigain auf ihn.
„Was ist denn los? Was ist passiert?"
„Vor fünf Minuten hat sich ein neues Wurmloch gebildet", meinte Dick.
„Und es wächst", fügte McGigain aufgeregt hinzu.
Die Drei gingen in die Zentrale, wo die Mitarbeiter intensiv an den Rechnern arbeiteten. Hayritt führte Fong zu einem Computer, auf dessen Monitor man ein leicht flackerndes Wurmloch sehen konnte.
„Gefahr für die Erde?", fragt Michael knapp.
„Nein, viel zu klein", meinte Dick. „Außerdem scheint es nicht stabil zu sein."
„In Ordnung, behaltet es im Auge. Ich werde den Leuten im Saal davon berichten. Haltet mich auf dem Laufenden."
Fong wollte gerade die Zentrale verlassen, als Dick ihn zurück rief.
„Warte, Michael, es hat aufgehört zu wachsen."
Fong kehrte an den Arbeitsplatz zurück.
„Es scheint sich auch etwas stabilisiert zu haben. Wie groß ist

es nun?"

„Etwa achtzig Meter", rief McGigain von einem anderen Terminal.

„Was soll das bloß?", rieb sich Fong das Kinn.

Plötzlich wurde der Ereignishorizont des Wurmlochs von etwas durchbrochen.

„Es kommt etwas hindurch", riefen einige gleichzeitig.

„Ein Schiff!", raunzte Dick.

„Nein, nicht irgendein Schiff", erkannte Fong. „Das ist *unser* Schiff. Das ist die *Glimmer Of Hope*! Sie sind zurück!"

Augenblicklich entbrannte ein großer Jubel in der Zentrale. Fong schickte einen Mitarbeiter in den Konferenzsaal, um die Delegierten zu informieren.

„Versucht Commander Echolon zu kontaktieren", forderte er die Wissenschaftler auf.

„Nicht nötig", antwortete Yves Spiller an der Kommunikation. „Sie rufen bereits uns." Er schaltete die Stimme von Commander Echolon auf die Lautsprecher im gesamten Komplex.

„...ist die Glimmer Of Hope, bitte melden. Fongstar, hier ist Commander Echolon an Bord der Glimmer Of Hope. Bitte antworten sie."

„Ja, Commander, hier ist Michael Fong. Wir hören sie laut und deutlich. Sie sind wieder zurück! Wie ist das möglich?"

„Das ist eine lange Geschichte. Nur so viel: Zwei der Helden haben wir mit an Bord."

60

Acht Monate später.
Nachdem die Menschen auf der Erde von den Rückkehrern Peter, Bret und der ´Glimmer Of Hope`-Crew die ganze Geschichte erfahren hatten, schwappte eine Welle der Erleichterung um die Welt.
Den Wissenschaftlern, des an gleicher Stelle wieder aufgebauten ´Science-Lab`, das nun den Namen ´Frisbee-Science-Lab` trug, war es gelungen, aus den Unterlagen von Professor Doktor Neumann, die in einem Bankschließfach aufbewahrt waren, einen neuen Weltenwandler zu konstruieren. Damit war es dreimal gelungen, ein Wurmloch zu etablieren, bevor auch dieses Gerät nicht mehr funktionierte. So konnten weitere, tausende Menschen zurückgeholt werden. Die meisten der Menschen wollten allerdings freiwillig dort bleiben und nicht auf die Erde zurückkehren. Ohne Neptun war es ein Paradies.

Ägypten, heute:
Die gemietete Zwölf-Meter-Jacht schaukelte sanft auf den Wellen des Roten Meeres in der Nähe von Hurghada in Ägypten. Die artenreiche Unterwasserwelt an diesem Ort zog jedes Jahr Massen von Tauchern in ihren Bann, so auch Peter, Bret, Alina und Simonja. Mit an Bord war auch Hrolph, der sich seit ihrer Ankunft auf der Erde in einen deutschen Schäferhund verwandelt hatte.
Als Helden überall auf der Welt gefeiert, haben sie die letzten Monate damit verbracht, ihre Erlebnisse in Fernsehshows und Zeitungsinterviews immer wieder und wieder zu erzählen. Die Naniten in Brets Körper und Hrolphs Existenz konnten sie bisher allerdings erfolgreich verschweigen. Sie waren von vielen verschiedenen Staaten zur Belobigung ihrer Taten für die Erde eingeladen worden und erhielten, ebenso wie Gary Frisbee posthum, staatliche Auszeichnungen. Darunter waren

der brasilianische *Orden vom Kreuz des Südens*, der *Verdienstorden der Bundesrepublik Deutschland*, die *Goldene Ehrenmedaille des US-Kongresses* und viele mehr.

Nun befanden sie sich zur Ehrung in Ägypten, die am nächsten Tag in Kairo stattfinden würde, und erholten sich in der warmen Sonne, unter dem mittlerweile wieder wolkenlosen Himmel. Für Simonja und Alina war der Besuch ihres arabischen Heimatlandes etwas ganz besonderes. Mit Tränen in ihren Augen hatten sie die Pyramiden besucht, bei deren Errichtung ihr Vater Sáphir einst mitgeholfen hatte.

Peter und Bret hatten die Fortsetzung ihres Studiums auf unbestimmte Zeit verschoben. Sie genossen ihren neuen Wohlstand, den ihnen die Edelsteine aus Peters kleiner Pillendose bescherten.

Während Bret mit Simonja und Alina an Deck des Bootes lag, tauchte Peter aus dem Wasser auf. Er nahm das Mundstück der Tauchausrüstung aus dem Mund und rief seinem Freund zu:

„Hey, ich habe hier unten ein tolles Wrack entdeckt. Lass uns das mal anschauen." Dann tauchte er wieder hinab.

„Ich komme gleich wieder", sagte Bret zu Simonja und gab ihr einen Kuss. Anschließend sprang er ins Wasser und tauchte hinter Peter her. Eine Taucherausrüstung benötigte er nicht.

- Ende -

Eines noch in eigener Sache:

Es war ein langjähriger Wunsch von mir, einmal eine selbst erdachte Geschichte zu veröffentlichen. Ich hoffe, sie hat euch gefallen.
Wer noch Rechtschreib-, oder Grammatikfehler gefunden hat, darf sie gerne behalten. Ich habe bewusst auf ein Lektorat verzichtet.

Mein tiefster Dank geht an all die lieben Menschen, die mich bei diesem Erstlingswerk in unterschiedlichster und produktiver Art und Weise unterstützt haben.
Dass ihr euch überhaupt die Zeit genommen habt, meine aufgeschriebenen Gedanken zu lesen und euch damit zu befassen, hat mir wirklich sehr viel bedeutet. Ohne euch wäre das hier sicherlich nicht möglich gewesen.

Danke an Teck und Holgi, an Mario und Kay aka „D", an Heiko und Julia, an Hubi, Sabine und Marc Phillip, an Angela, an Karin und Rainer und vor allem an meine gesamte, großartige Familie.

Ich widme das Werk meinen Eltern, die ich sehr lieb habe.

Michael Grütering, März 2017